Johanna Nellon

Liebesleuchten am Bodensee

Roman

Ullstein

Besuchen Sie uns im Internet:
www.ullstein-taschenbuch.de

MIX
Papier aus verantwortungsvollen Quellen
FSC® C014496
FSC www.fsc.org

Originalausgabe im Ullstein Taschenbuch
1. Auflage April 2014
3. Auflage 2014

Umschlaggestaltung: ZERO Werbeagentur, München
Titelabbildung: © getty images / Clandestini (Frau);
FinePic®, München (Steg und Bodensee)
Satz: Pinkuin Satz und Datentechnik, Berlin
Gesetzt aus der Granjon
Papier: Pamo Super von Arctic Paper Mochenwangen GmbH
Druck und Bindearbeiten: GGP Media GmbH, Pößneck
Printed in Germany
ISBN 978-3-548-28559-7

1

Schwer klatschten die ersten Regentropfen auf die Erde, zerplatzten auf dem trockenen Boden und hinterließen kleine dunkle Kreise. Der Himmel, vor einer halben Stunde noch von strahlendem Blau, wurde dunkel, gefährlich hoch türmten sich Gewitterwolken auf, bizarre Gebilde, zwischen denen im Westen schon vereinzelte Blitze aufzuckten.

»Das muss doch nicht gerade jetzt sein«, murmelte Bettina und zog sich die dünne Jacke fester um die Schultern. Sie war mitten auf dem Damm, der die Insel Mainau mit dem Festland verband. Grau schwappte rechts und links das Wasser gegen die Holzbohlen. Zwei Entenmütter schnatterten aufgeregt auf ihre Jungen ein, sie lockten die Kleinen ans Ufer, wo sie sicherer waren.

»Lauf, Tina, es gibt gleich ein irres Gewitter! Nicht, dass du noch vom Blitz getroffen wirst!« Ulli Erbinger, ein junger Azubi, fuhr auf seinem Rennrad an ihr vorbei. Sein blonder Zopf, über den sich zwei der älteren Gärtner immer noch aufregten, wehte im Wind.

Der hat gut reden, dachte Bettina und beschleunigte ihren Schritt. Er wohnt nur einen Steinwurf vom Parkplatz entfernt und ist bald daheim. »Pass du mit deinem Drahtesel auch auf!«, rief sie Ulli nach. »Du lebst gefährlich!« Doch ob er sie gehört hatte, war fraglich, denn ein heftiger Donnerschlag übertönte ihre Worte.

Und dann setzte ein Platzregen ein, der Bettina in Sekunden völlig durchnässte. Beinahe blind stolperte sie weiter. Wie eine graue Wand stand der Regen schräg vor ihr, und Bettina wandte sich ein bisschen mehr nach rechts, damit sie zumindest das Geländer des Damms erkennen konnte. In der Ferne zuckte nacheinander eine Reihe von Blitzen über den Himmel. In ihrem Licht konnte sie die kleine Segeljacht erkennen, die ganz in der Nähe dahindümpelte. Der Segler hatte sich wohl vor dem Unwetter am Ufer in Sicherheit gebracht.

Sie schenkte dem Boot keine Beachtung, sondern sah zu, dass sie auf den glitschigen Holzplanken nicht ausrutschte.

Wieder erhellte ein Blitz die Szene, sein helles Licht spiegelte sich im Wasser. Und nun erblickte Bettina die große Gestalt auf dem Boot, die sich aufrichtete, einen Atemzug lang zögerte – und sich dann mit einem gewaltigen Hechtsprung ins Wasser stürzte.

Unwillkürlich blieb Bettina stehen und umklammerte das Geländer.

»Hey, Sie!« Sie beugte sich weiter vor, konnte den Mann, der mit langen Kraulzügen auf eine bestimmte Stelle zuschwamm, nur mit Mühe erkennen. »Der ist ja wohl verrückt geworden!«, murmelte sie vor sich hin.

Über den fast schwarzen Himmel zuckte ein weiterer Blitz, und in seinem Licht bekam Bettina mit, dass der Mann krampfhaft etwas umklammert hielt.

»Warten Sie, ich komme!«

Sicher hört er mich nicht, dachte sie, als sie mit langen Sätzen die restlichen Meter auf der Brücke zurücklegte, dann nach rechts ans grasbewachsene Ufer eilte. Sie rutschte aus, landete auf dem Hosenboden, rappelte sich wieder auf und kam gerade rechtzeitig, um dem Mann, der sich mühsam ans Ufer schleppte, seine Last abzunehmen. Der Sturm hatte das Wasser aufgewühlt, ungewöhnlich hohe Wellen schwappten an Land und machten es nicht einfach, ans Ufer zu klettern.

»Geben Sie schon her!« Das schwarze Fellbündel wimmerte leise, als sie es an sich drückte.

»So ein dummer Hund!« Schwer atmend ließ sich der Mann ins Gras fallen. »Lebt er?«

»Ja.« Bettina ging in die Hocke und legte den Hund vorsichtig auf die Erde. Er zitterte, japste ein paarmal, dann versuchte er, sich aufzurichten, doch die Beine trugen ihn noch nicht. Das nasse dunkle Fell klebte an der Haut, die Rippen und Hüftknochen traten deutlich hervor.

»So ein armer Kerl!« Bettinas Herz krampfte sich vor Mitleid zusammen. »Der ist ja viel zu dünn.« Sie streichelte den Kopf des Hundes, der sie mit großen dunklen Augen ansah. »Ob man ihn in den See geworfen hat?«

»Glaub ich nicht. Ich denke eher, dass er nach einem Fisch hat schnappen wollen und dann den Boden unter den Füßen verloren hat.«

»Sie waren ziemlich mutig.« Erst jetzt sah Bettina den Hunderetter näher an. Eine Strähne seines dunklen Haares klebte ihm auf der Stirn. Er war ein athletischer Typ, soweit sie das erkennen konnte. Die nasse Jeans und das kurzärmelige karierte Hemd betonten seinen Körper perfekt.

»Ich habe in der Schule meinen Rettungsschwimmer-Schein gemacht. Jetzt hab ich mein Können endlich mal unter Beweis stellen können.« Ein leises Lachen begleitete seine Worte. »Allerdings sehen Sie so aus, als wären auch Sie von mir aus dem Wasser gezogen worden.« Er strich sich das Haar aus der Stirn. »Allerdings gefallen Sie mir besser als der Hund.«

»Danke. Welch großes Kompliment!« Bettina schaute nur kurz in die dunklen Männeraugen, die sie interessiert musterten. Um ihre Verlegenheit zu kaschieren, kümmerte sie sich wieder um den Hund, der immer noch völlig erschöpft im Gras lag. »Er muss dringend ins Trockene.« Sie sah sich um. »Sind Sie mit dem Wagen da?« Sie hob das erschöpfte Tier auf die Arme. »Sonst nehme ich ihn mit zu mir, ich wohne ganz in der Nähe.«

Nur kurz zögerte der Mann. »Nein.« Er stand auf und nahm ihr den Hund ab. »Wir müssen wohl bei Ihnen aufgepäppelt werden.«

»Wir?« Bettina schüttelte den Kopf. »Ich wollte nur den Hund mitnehmen. Ihnen geht's doch schon wieder sichtlich gut, Sie können aufs Boot zurück.«

»Das glauben auch nur Sie. Mir ist ziemlich kalt. Und ... schwindelig ist mir plötzlich auch.«

»Tatsächlich?« Skeptisch sah Bettina ihn an. Der Fremde war fast einen Kopf größer als sie. Er hatte den Kopf ein wenig zur Seite geneigt, atmete schwer und presste die Lippen fest aufeinander. Ihm schien es wirklich nicht gutzugehen. Jetzt fuhr er sich seufzend mit der Hand übers Gesicht, so dass ein paar Wassertropfen in seinem dunklen Bart hängenblieben.

»Los, kommen Sie schon mit.« Bettina kletterte die Böschung hoch. »Mein Auto steht auf dem Parkplatz.«

»Aber ...«

»Was ist denn?« Sie drehte sich kurz um.

»Wir sind klatschnass.« Der Mann hob die Arme kurz an, in denen er den Hund hielt, der sich verängstigt an ihn drückte.

Wieder zuckte ein Blitz über den Himmel, gefolgt von einem heftigen Donnerschlag. Bettina schüttelte sich unmerklich. Sie wollte es nicht zugeben, aber das Gewitter so direkt über ihnen … das war ihr unheimlich.

»Egal. Ich will jetzt nur noch weg. Im Wagen sind wir sicher.« Ohne sich noch einmal umzudrehen, lief sie auf ihren kleinen Zweisitzer zu, der gleich am Anfang des Parkplatzes stand.

»Los, rein mit Ihnen. Die Sitze können morgen in der Sonne wieder trocknen.«

Sie startete, kaum dass der Mann Platz genommen hatte. Er hatte Mühe gehabt, seine langen Beine unterzubringen.

Bettina griff hinter sich und zog ein altes Handtuch vom Notsitz. »Für den Hund. Wickeln Sie ihn da rein.«

»Verdammter Mist! So eine Gemeinheit!«

»Was ist los?« Bettina fuhr vom Parkplatz. Nur kurz blickte sie nach rechts.

»Er ist doch verletzt, der arme Kerl.« Der Mann hob die linke Hand hoch, sie war blutverschmiert. »Ich fürchte fast, man hat versucht, ihm die Halsschlagader zu durchtrennen, die Wunde ist direkt an der Kehle.« Er streichelte das Tier, das keinen Laut von sich gab. »Du arme Socke, bist deinem Peiniger wohl gerade noch entwischt.«

»Kennen Sie einen Tierarzt hier in der Nähe?«, erkundigte sich Bettina.

»Nein. Aber den brauchen wir nicht. Ich denke, der Schnitt ist nicht allzu tief, da tut's auch ein Verband.«

»Wir sind gleich da, dann können wir nachsehen.« Mit Schwung nahm Bettina die nächste Kurve. Wasser spritzte auf, klatschte gegen die Sträucher am Wegrand. Die Scheibenwischer bekamen zusätzlich Arbeit.

Es war nicht weit bis Meersburg. Als sie den Ort erreichten, war das Gewitter weitergezogen, stand jetzt schon über den Schweizer Bergen.

Bettina parkte direkt vor ihrem Haus im Halteverbot. Normalerweise stellte sie den Wagen in die Tiefgarage, doch dafür war jetzt keine Zeit.

»Hoffen wir, dass bei dem Wetter keine Politesse unterwegs ist«, meinte sie.

»Egal, den Strafzettel zahle dann ich.« Es war nicht leicht für den Mann, mitsamt dem Hund aus dem Wagen zu klettern.

»Ihre Beine sind zu lang für meinen Murkel.«

»Das stimmt. Ich dachte schon, ich müsste sie entknoten.« Er folgte ihr zur Haustür. »Warum geben Frauen ihren Autos eigentlich immer Kosenamen?«

Bettina grinste. »Die haben sich beim Kauf schon so vorgestellt.«

»O *shit*, ich bin vielleicht ein Stoffel.« Den Hund mit der Linken festhaltend, streckte ihr der Mann die rechte Hand entgegen. »Ich heiße Richard. Richard Meiningen.«

»Bettina Solberg.« Sie schloss auf. »Kommen Sie mit, ich wohne unterm Dach. Einen Aufzug gibt es leider nicht.«

Sie bekam nicht mit, dass Richard leicht das Gesicht verzog. Er fror tatsächlich, und der nasse Hund auf seinen Armen wurde mit jeder Minute schwerer. Zumindest kam es ihm so vor.

»Puh, man merkt, dass Sie im Training sind.« Sein Atem rasselte ein bisschen. »Und wohin mit dem Hund?«

»Hierher, in die Küche.« Sie stieß die Tür zu einer kleinen Küche auf. »Ich hole eine Decke.«

Richard schaute sich um. Der Raum war nicht groß, doch ansprechend eingerichtet. Das Weiß der Einbauschränke wurde durch hellblaue Kissen auf den Stühlen, hellblaue Vorhänge und zwei Bilder, die Rittersporn und Lavendel zeigten, unterbrochen. Auf der Fensterbank stand ein hellblaues Regal mit Küchenkräutern.

Mit einer raschen Bewegung nahm Bettina den Obstkorb vom Tisch und breitete eine Decke darauf aus. »So, dann wollen wir mal sehen, wie schwer die Verletzungen sind.« Mit einem sauberen Küchentuch säuberte sie den Halsbereich und atmete auf, als sie feststellte, dass der Schnitt an der Kehle wirklich nicht tief war.

»Können Sie ihn festhalten? Ich tue was zum Desinfizieren drauf, dann gibt's einen Verband.« Sie tätschelte vorsichtig den Kopf des Hundes, der sie aus großen dunklen Augen vertrauensvoll ansah.

Schnell war das Tier versorgt. Mitsamt der Decke legte ihn Bettina dann in eine Ecke der Küche, holte Wasser und ein Stückchen Brot, das sie mit Leberwurst bestrich.

»Das ist zwar nicht hundgerecht, aber er wird es mögen«, erklärte sie lächelnd und fütterte dem Hund die ersten beiden Stücke, die er gierig fraß. »Nicht so schnell«, mahnte sie, und Richard sah fasziniert in das schmale Frauengesicht, das jetzt einen beinahe zärtlichen Ausdruck angenommen hatte. »So, jetzt ist's erst mal genug.« Sie richtete sich auf. »Und nun zu Ihnen …« Sie grinste. »Verarzten muss ich Sie ja nicht, aber vielleicht wollen Sie was Trockenes zum Anziehen haben?«

»Gern. Wenn Sie was Passendes haben?« Er hatte sich umgesehen, nichts deutete darauf hin, dass in dieser Wohnung ein Mann lebte.

»Ob's passt, wird sich rausstellen. Kommen Sie mit, drüben rechts ist das Bad, da finden Sie im Regal unter dem Fenster frische Handtücher. Und ich hole ein paar trockene Sachen.«

Während er wartete, schaute sich Richard um. Die Maisonettewohnung war hell und freundlich eingerichtet, soweit er das bis jetzt beurteilen konnte. Die Tür zum Wohnraum stand offen, hier herrschten helles Holz und Glas vor. Die Sessel waren aus dunkelblauem Leder, ebenso die Couch. Blau schien Bettinas Lieblingsfarbe zu sein.

Natürlich standen hier viele Blumen, und auch draußen auf dem kleinen Balkon grünte und blühte es in verschwenderischer Pracht. Seine neue Bekannte schien den berühmten grünen Daumen zu haben.

»So, das müsste passen. Und wenn nicht ...« Sie lachte leise. »Zur Modenschau wollen Sie ja damit bestimmt nicht.«

»Danke.« Etwas irritiert blickte Richard auf die grüne Latzhose und ein weites T-Shirt. Auf beidem prangte das Logo der Insel Mainau.

»Ich arbeite da«, antwortete Bettina auf seine unausgesprochene Frage. »Und die Hose gehörte einem Kollegen.«

»Ach so.« Richard umklammerte die grüne Latzhose so fest, dass seine Fingerknöchel weiß hervortraten. Er konnte nicht genau erklären, warum das so war, doch die Vorstellung, dass hier in der Wohnung die Klamotten eines anderen Mannes lagen, störte ihn.

Irgendwie.

Obwohl es ihn absolut nichts anging.

Bettina wies auf eine Tür. »Los, ziehen Sie sich um, sonst erkälten Sie sich noch.« Sie verschwand hinter einer anderen Tür, und Richard beeilte sich, ins Bad zu kommen. Er durfte sich nicht erkälten, es wäre fatal gewesen, denn in der kommenden Woche musste er zu Synchronaufnahmen nach München. Er sollte zum ersten Mal einem weltbekannten amerikanischen Star seine Stimme leihen.

Während er sich die etwas zu langen Haare trocken rubbelte, dachte er daran, dass er in München mit Vanessa verabredet war. Er sah in den Spiegel und verzog das Gesicht, als er sich über den dunklen Bart strich, der ihm auch jetzt, nach zehn Tagen, noch fremd war. »Wenn sie dich so sehen könnte«, murmelte er dabei und grinste. Der Gedanke daran erheiterte ihn.

Ein Lächeln war noch auf seinem Gesicht, als er das Bad verließ. Die Latzhose saß ganz gut, das T-Shirt hingegen war viel zu eng, doch es war wenigstens trocken!

Er ging in die Küche und hockte sich neben den Hund, der kurz den Kopf hob, ihm über die Hand leckte und dann die Augen gleich wieder schloss.

»Er ist total geschafft, der arme Kerl.« Bettina war, von ihm unbemerkt, in die Küche gekommen.

Richard stand auf und drehte sich um. In seinen Augen blitzte es auf, als er Bettina ansah. Das blonde lange Haar war immer noch ein wenig feucht, doch es fiel ihr in weichen Wellen auf die Schultern. Das nasse karierte Hemd und die grüne Arbeitshose hatte sie gegen eine kurzärmelige weiße Bluse und einen hellblauen Jeansrock getauscht. Ein dunkelblauer Gürtel betonte die schlanke Taille.

»Was halten Sie von einem Glas Rotwein? Es regnet immer noch wie verrückt, und ich fürchte, das Gewitter kommt zurück.«

»Rotwein ist immer gut, danke.«

»Dann kommen Sie mit rüber ins Wohnzimmer.« Bettina ging ihm voraus. Sie wunderte sich ein bisschen über sich selbst, denn schließlich hatte sie gerade einen Wildfremden mit in ihre Wohnung genommen.

Ach was, sagte sie sich dann, ein Mensch, der bei diesem Wetter in den See springt, um einen Hund zu retten, kann kein übler Kerl sein.

»Öffnen Sie schon mal die Flasche.« Sie hielt Richard eine Flasche hin, die er aufmerksam betrachtete.

»Sie haben einen guten Geschmack«, stellte er fest. »Der Wein ist exzellent.«

»Woher wissen Sie das?«

Er lächelte. »Mein Großvater hat ihn gemacht.«

2

Ein leichter Wind wehte vom See herauf und trocknete, zusammen mit der aufsteigenden Sonne, die letzten Regentropfen auf den Reben.

»Guten Morgen, Gertrud.« Ottmar Meiningen nickte der Haushälterin zu und setzte sich an seinen Stammplatz am langen Eichentisch, der unter der breiten Fensterfront stand. Seit dem Tod seiner Frau vor fast zehn Jahren frühstückte er mit seinen Leuten in der großen Gutsküche. »Hast du Richard schon gesehen? Er war gestern bei dem Gewitter unterwegs.«

»Nein. Der schläft sicher noch. Der Bub hat schließlich Urlaub.« Gertrud, eine schlanke Frau von fünfundfünfzig Jahren, schenkte Ottmar Kaffee ein und schob ihm den Brotkorb hin. Eine Platte mit Käse und Wurst stand schon bereit, ebenso selbstgemachte Marmelade und goldgelber Honig.

»Hast du dir endlich überlegt, ob du deinen Fünfundsiebzigsten groß feiern willst oder nicht?« Gertrud setzte sich zu ihrem Dienstherrn. Sie war seit mehr als dreißig Jahren auf dem Gut und gehörte zur Familie.

»Ach was, hör mir mit dem Unsinn auf! Es besteht überhaupt kein Grund zu feiern, dass man bald zum alten Eisen gehört.«

»Pah! Du und alt! Das ist der Widerspruch in sich.« Gertrud sah Ottmar kopfschüttelnd an. »Oder wirst du gar eitel?«

»Schmarrn.« Ottmar, ein kräftiger Mann mit wettergegerbter Haut und vollem grauem Haar, biss mit Appetit in eine mit Schinken belegte Semmel.

»Na also. Es bietet sich doch an, deinen Geburtstag mit dem Winzerfest zusammen zu feiern. Wir haben doch dann sowieso viele Gäste da ... du müsstest also nur noch ein paar persönliche Freunde dazu einladen.«

Ottmar trank seine Tasse leer. »Das hat doch noch Zeit. Wir haben grade mal Mitte Juni.«

»So viel Zeit, ein großes Fest zu organisieren, bleibt da auch nicht mehr.« Gertrud stand auf, denn nun kamen fünf Arbeiter in die Stube und setzten sich nach einem knappen Gruß mit an den Tisch.

Gertrud stellte eine Kanne mit frischem Kaffee auf den Tisch. »Wir reden noch drüber, Ottmar«, sagte sie.

»Du bist schlimmer, als eine langjährige Ehefrau es sein könnte«, knurrte Ottmar leise vor sich hin – was Gertrud geflissentlich überhörte, sein Kellermeister Johann Kayser jedoch mit einem Grinsen kommentierte.

Johann Kayser war so alt wie Gertrud und kannte sie seit der gemeinsamen Schulzeit. Er wusste wie kein anderer, dass sie das, was sie sich in den Kopf gesetzt hatte, auch durchsetzte. Dennoch liebte er sie. So energisch und selbstsicher, wie er sich auch im Berufsleben gab, bei Gertrud war er schüchtern und hatte in all den

Jahren nicht den Mut gefunden, ihr seine Gefühle zu gestehen.

Gertrud war geschieden, ihre Ehe, viel zu jung geschlossen, war nach knapp zehn Jahren gescheitert. Seither lebte sie allein. Ihr altes Haus in Lindau hatte sie vor Jahren verkauft und war, nachdem Jutta Meiningen verstorben war, in eine große Wohnung auf dem Gut gezogen.

Auch Johann wohnte auf dem Gut, er hatte sich das ehemalige Austragshäusl am Fuß eines alten Weinbergs hergerichtet. Hier wuchsen besonders wertvolle Reben, um die sich Johann am liebsten persönlich kümmerte. So, wie er auch das alte Haus selbst renoviert hatte. Die ehemaligen Backsteine waren weiß verputzt, das Dach vor einigen Jahren frisch gedeckt worden. An der Westseite befand sich eine breite Terrasse, auf der ein paar Blumenkübel standen, in denen im Sommer Geranien, Fuchsien und Margeriten um die Wette blühten.

Hin und wieder kam Gertrud zu ihm und leistete ihm bei einem Glas Wein Gesellschaft. Sie genossen dann meist schweigend die letzten Sonnenstrahlen. Aber so nah sie sich in solchen Stunden auch waren – Johann hatte bisher nicht den Mut gefunden, der attraktiven Gertrud seine Gefühle zu offenbaren.

»Guten Morgen, alle miteinander!«

»Guten Morgen!«

»Was hast du denn da?« Gertrud wies mit angeekelter Miene auf das struppige schwarze Fellbündel, das brav hinter Richard hertrottete.

»Das ist ein Findelkind. Mit Namen kann ich ihn dir nicht vorstellen, aber ich bin sicher, du gewinnst sein Herz, wenn du ihm was zu fressen gibst.«

»Hunde in meiner Küche – das kommt ja gar nicht

in Frage!« Gertrud stemmte die Hände in die Hüften, doch der Blick, mit dem sie den abgemagerten Hund ansah, wurde von Sekunde zu Sekunde mitleidiger. »Wo hast du ihn denn aufgegabelt?«

»Ich hab ihn aus dem Wasser gezogen.« Schnell erzählte Richard, wie er den Hund gerettet hatte. »Ich konnte ihn doch nicht sich selbst überlassen. Und früher hatten wir auch immer einen Hund.«

»War denn niemand in der Nähe? Hast du keinen gesehen, dem er gehören könnte?« Ottmar griff nach einem Stückchen Schinken und machte Anstalten, es dem Hund hinzuwerfen. Er war tierlieb wie sein Enkel.

»Nichts da!« Gertruds energische Stimme hielt ihn zurück. »Ich mache ihm gleich was Gescheites. Und das frisst er aus einem Napf.« Schon ging sie an den Kühlschrank und holte ein Stück Fleisch heraus. Drei dünne Scheiben schnitt sie ab, zerkleinerte sie und mischte sie mit ein paar Kartoffeln, die vom Vortag übriggeblieben waren. »Das ist zwar auch nicht optimal, doch besser als gewürzter Schinken«, meinte sie und sah zu, mit welchem Heißhunger der Hund alles verschlang.

Ottmar zwinkerte Richard zu. Damit war schon klar, dass der Hund bleiben durfte.

»Warst du vielleicht bei dem Unwetter draußen auf dem See?«, erkundigte er sich dann.

»Nein, nein, ich war rechtzeitig an Land. Allerdings muss ich das Boot gleich noch abholen.«

»Wo hast du denn geankert?«

Richard zuckte mit den Schultern. »Irgendwo in der Nähe von Uhldingen.« Er trank eine Tasse Kaffee im Stehen. »Ich muss gleich los. Wir sehen uns später.« Er pfiff nach dem Hund, der sofort auf ihn zusprang.

»Was hast du vor? Gestern hat deine Vanessa angerufen und mich nach dir ausgefragt.«

Richard verdrehte kurz die Augen. »Und was hast du gesagt?«

»Nichts natürlich. Beziehungsweise, dass ich nicht weiß, wo mein erwachsener Enkel Urlaub macht.« Ottmar grinste. »Allerdings denke ich nicht, dass sie mir das geglaubt hat.«

»Hoffentlich kommt sie nicht auf die Idee, hier nach dir zu suchen.« Gertrud machte keinen Hehl daraus, dass sie Richards ausgesprochen hübsche, doch exaltierte Freundin nicht besonders gut leiden mochte.

»Keine Sorge, sie wird sich nicht in unser Kaff bemühen.« Richards Stimme klang bitter. »Sie hatte sich auf Ferien auf den Seychellen eingestellt und war schon sauer, als ich erklärt habe, dass ich auf keinen Fall so weit fliegen würde.«

»Und? Was hast du ihr gesagt, wo du entspannen willst?«

»Gar nichts.« Richard grinste jungenhaft. »Allerdings habe ich in den letzten Wochen immer wieder vom Lago Maggiore geschwärmt. Dort hatten wir mal eine Produktion, und das weiß sie.«

»Was ist das nur für eine Beziehung, in der man sich belügt, weil man nicht zusammen verreisen will?« Gertrud goss sich eine weitere Tasse Kaffee ein. »Das hat doch mit Liebe nichts zu tun.«

Richard ging auf sie zu, umarmte sie flüchtig und gab ihr einen Kuss auf die Wange. »Mit Liebe vielleicht nichts, aber mit Leidenschaft. Vanessa hat so ihre Vorzüge.«

»Richard!«

»Schon gut, entspann dich, Gertrud. Ich werde Vanessa schon nicht heiraten. Zumindest nicht in den nächsten Monaten. Musst dir also keine Sorgen machen, du liebe Glucke.« Und damit war er aus der Tür.

Seit dem Unfalltod von Richards Eltern sorgte sich Gertrud noch mehr als zuvor um den jungen Mann, den sie liebte wie ein eigenes Kind. Vor allem, wenn er mit dem Boot unterwegs war, hatte sie keine ruhige Minute. Richards Eltern waren bei einem Schiffsunglück im Golf von Mexiko ums Leben gekommen. Über das tragische Geschehen war tagelang in den Medien berichtet worden. Zwei lange Tage hatten Richard und sein Großvater gebangt und gehofft, dass sich Marion und Christopher nicht unter den Toten befanden. Doch diese Hoffnung zerschlug sich, als die Leichen der Eheleute am dritten Tag geborgen werden konnten.

Es war die erste große Reise gewesen, die sich der erfolgreiche Winzer und seine Frau gegönnt hatten. Marions Traum, einmal ein Stück den Mississippi hinunterzufahren, New Orleans zu sehen und dann übers Meer bis zu den Bahamas zu reisen, hatte sich nicht erfüllt. In einer Sturmnacht waren die Eheleute, so wie fast einhundertfünfzig andere Touristen, tödlich verunglückt.

Seither waren weder Gertrud, die mit Marion befreundet gewesen war, noch Ottmar Meiningen noch einmal auf ein Boot gegangen.

Draußen war es inzwischen warm geworden, die Weinberge, die sich hinter dem weißgekalkten Gutshaus erhoben, lagen im hellen Morgenlicht da. Vereinzelt stieg noch weißer Dampf auf. Richard überquerte den gepflasterten Hof und ging in die Scheune, in der Gartenmöbel und ein paar Geräte aufbewahrt wurden. In einer alten Konsole fand er, was er suchte.

»Na also, hab doch gewusst, dass Gertrud nichts wegschmeißt.« Er nahm eine grüne Leine und ein passendes Halsband aus der Schublade. »Das hat mal unserem Ilko gehört«, sagte er an den Hund gewandt, der ihm gefolgt war und jetzt erwartungsvoll zu ihm hochsah. »Mal sehen, ob es passt.«

Das Halsband war etwas zu weit, aber fürs Erste ging es. Und der junge Hund lief brav neben Richard her.

»Johann, kann ich deinen Jeep haben?«, rief Richard dem Kellermeister zu, der sein Frühstück beendet hatte und gerade aus dem Haus trat.

»Klar doch, die Schlüssel stecken.«

»Danke. Ich bin bestimmt gegen Mittag wieder zurück.«

»Lass dir Zeit, wir arbeiten heute bis zum Abend am Südhang, die Triebe müssen hochgebunden werden.«

Kurz hob Richard die Hand. »Dann komm, mein Kleiner. Schauen wir, dass wir das Boot in Sicherheit bringen. Und vor allem müssen wir Bettina wiedersehen, meinst du nicht auch?«

Ein kurzes Bellen signalisierte, dass der Hund ganz der Meinung seines neuen Herrchens war.

3

Du hattest Besuch gestern Abend.«

»Ja. Stimmt.«

»Der Typ sah ziemlich derangiert aus.« Sabine Borken blickte ihre Mieterin forschend an.

»Er hatte gerade einen Hund aus dem See gerettet.« Bettina schmunzelte vor sich hin. Sabine gab sich zwar

Mühe, nicht allzu interessiert zu wirken, doch dass sie vor Neugier fast verging, war ihr deutlich anzumerken. Sie dekorierte die Blumenkübel und Töpfe vor ihrem Laden nicht so ansprechend wie sonst, und die frisch gelieferten Kartons mit Gerbera und Freilandrosen, um die sie sich sonst immer als Erstes kümmerte, standen unbeachtet auf dem Boden des Blumenladens.

»Ich habe euch ganz zufällig gesehen. Er ... er hat einen Bart, oder?«

»Ja.«

»Also, mir würde kein Mann mit Bart gefallen. Das Gemüse im Gesicht kratzt doch bestimmt. Außerdem sah das ziemlich ungepflegt aus.« Sie arrangierte ein paar Blumentöpfe mit Fuchsien und Lobelien neu.

Bettina lachte. »Das ist mir nun wirklich egal. Ich hatte nicht die Absicht, ihn zu küssen.«

»Nein?«

»Nein. Sabine, du bist unmöglich! Nicht jeder Mann, den ich kennenlerne, ist ein potentieller Eheaspirant.« Sie schaute auf die Uhr. »Du, ich muss los, bin schon viel zu spät dran.«

Als sie ihren Wagen aufschloss, stellte sie fest, dass die Scheiben alle von innen beschlagen waren und der Beifahrersitz, auf dem Richard mit seinen nassen Klamotten gesessen hatte, immer noch feucht war.

Mit zwei Papiertaschentüchern versuchte Bettina, sich bessere Sicht zu verschaffen. Gerade als sie starten wollte, stellte sich ein schwarzes Cabrio quer vor ihren Parkplatz.

»Da treff ich dich ja doch noch an! So ein Glück!« Ein rotblonder Mann schwang die langen Beine aus dem tiefliegenden Wagen und kam mit strahlendem Lächeln und ausgebreiteten Armen auf Bettina zu.

»Hey, Markus. Was machst du denn schon wieder hier? Hast du deinen Job in der Schweiz verloren?«

»Scherzkeks! Ich bin so gut im Geschäft wie nie zuvor! Sieh mich an!« Er stellte sich in Positur.

»Gut und teuer, man sieht's.« Bettina gab sich keine Mühe, allzu interessiert zu wirken. Sie kannte Markus Borken seit Jahren, fand ihn allerdings immer weniger sympathisch, je häufiger sie ihn sah. Und in den letzten Monaten besuchte er seine Mutter verdächtig oft. Das lag sicher nicht an seiner plötzlich erwachten Sohnesliebe!

Markus arbeitete seit drei Jahren als Banker in Zürich, worauf Sabine sehr stolz war. Sie hatte Markus allein großgezogen und alles getan, um ihm eine gute Ausbildung zu ermöglichen. Jetzt sah sie mit strahlenden Augen zu ihm hin, der in seinem anthrazitfarbenen Businessanzug wirklich eine gute Figur machte.

»Neues Auto?«, erkundigte sich Bettina höflich.

»Ja. Wenn du willst, machen wir heute Abend eine Spritztour. Wir könnten nach Lindau in die Spielbank, da ist wenigstens was los.«

»Mal sehen, ob ich es zeitlich schaffe.« Bettina hob kurz die Hand und startete. »Ich muss los.«

Sabine wischte sich die Hände an ihrer grünen Schürze ab, bevor sie ihren Sohn kurz umarmte. »Du musst dich ranhalten, wenn du endlich bei ihr zum Ziel kommen willst«, meinte sie. »Gestern hatte Bettina Besuch. Der Typ sah gar nicht mal schlecht aus.«

Markus runzelte die Stirn. Er war seit dem Tag, an dem Bettina die Maisonettewohnung bezogen hatte, in sie verliebt, doch sie hatte all seine Versuche, ihr näherzukommen, stets im Keim erstickt.

»Ich hab sie grade eingeladen.«

»Und?« Fragend sah seine Mutter ihn an.

»Sie hat mich wieder mal hingehalten«, erwiderte Markus, und eine kleine Ader an seiner linken Schläfe verriet, wie wütend er war. »Verdammt, worauf bildet sie sich eigentlich was ein?«

»Sie ist hübsch.«

»Das sind viele. Aber sie hat was …« Er zuckte mit den Schultern. »Lange lass ich mir diese Hinhaltetaktik nicht mehr gefallen. Es gibt auch noch andere Frauen.« Er klimperte mit seinem Schlüsselbund. »Ich muss wieder los. Wir sehen uns am Abend. Heb mir ein paar Kartons auf. Du weißt schon … am liebsten die mit Rosen. Kannst ruhig paar Blumen drin lassen.«

»Was willst du nur immer mit den alten Blumenkartons? Und warum soll ich dir keinen gescheiten Strauß binden?«

»Weil ich es so will.«

Kopfschüttelnd sah ihm Sabine nach, als er lässig in den Wagen sprang. Sie liebte ihren Einzigen abgöttisch, doch in der letzten Zeit sorgte sie sich um ihn. Er war krankhaft ehrgeizig, und die Geschäfte, die er angeblich zwischen der Schweiz und Deutschland abwickelte, waren sicher nicht ganz legal. Sowenig Sabine auch vom Bankwesen verstand, sie begriff schon, dass Markus diese Deals, wie er es nannte, bestimmt nicht alle persönlich betreuen musste. Zudem war er offenbar im Moment nicht besonders erfolgreich, einige Male hatte sie ihm mit ihrem Ersparten aus der Klemme helfen müssen.

Sie schaute dem teuren Sportwagen nach, der hinter der Straßenecke verschwand. Markus sagte nie, wohin er fuhr, und sie wagte auch nicht zu fragen. Einmal hatte sie es getan und war barsch abgefertigt worden. Das wollte sie nicht noch mal erleben.

»Guten Morgen!« Ein Lieferwagen mit dem Logo

eines bekannten Weingutes hielt vor ihr. Ein schlanker Mann mit Bart stieg aus und ging auf die Haustür zu.

Obwohl es nichts mehr an den Töpfen vor dem Laden zu ordnen gab, blieb Sabine draußen stehen und wartete. Zwei Minuten später kam der Bärtige zurück. Falls er enttäuscht war, dass er Bettina nicht angetroffen hatte, sah man es ihm nicht an. Er nickte Sabine kurz zu, stieg in den Wagen und fuhr los.

Aus zusammengekniffenen Augen sah Sabine dem Auto nach.

4

Obwohl es noch früh war, spazierten schon viele Touristen über die Insel Mainau. Die meisten bewunderten jetzt, im Juni, die herrlich duftenden Rosensträucher. Ungefähr dreißigtausend Rosenstöcke waren jedes Jahr im Sommer eine besondere Attraktion auf der berühmten Blumeninsel. Es gab einige sehr alte und seltene Sorten, die von den Gärtnern sorgfältig gepflegt wurden.

Doch auch die phantasievoll gestalteten »Strauchtiere« wurden bestaunt, die je nach Jahreszeit kunstvoll bepflanzt wurden. Im Moment waren ein paar bunte Enten, die mit Lobelien, Fleißigen Lieschen, kleinwüchsigen gelben Begonien und Pantoffelblumen gesteckt worden waren, der besondere Hingucker. Kaum ein Besucher ging an diesen Kunstwerken vorüber, ohne ein Foto zu machen.

Richard sah sich suchend um, doch er konnte Bettina nirgends entdecken. Er ging mit dem Hund an der

Leine erst bis zum Palmenhaus, wo sich die berühmte Orchideenschau befand, aber hier durfte er mit dem Tier nicht hinein. Dann suchte er bei den riesigen Rhododendron- und Azaleenbüschen, die auch jetzt noch zum Teil ihre bunten Blütenkleider trugen. Aber auch hier war Bettina nicht. Aber hier arbeiteten zwei Auszubildende und ein älterer, grauhaariger Gärtner, der den beiden gerade etwas erklärte. Als er damit fertig war, fragte ihn Richard nach Bettina.

»Die hab ich vor einer Viertelstunde drüben beim italienischen Rosengarten gesehen, dort hilft sie heute aus.«

»Danke.« Damit er schneller vorankam, hob Richard den Hund auf den Arm und lief zum sogenannten italienischen Rosengarten. Der war eine streng geometrische Anlage mit Pergolen, Skulpturen und diversen Brunnen. Unzählige Rosensträucher blühten in verschwenderischer Fülle, die Blüten verströmten einen betörenden Duft.

Auf einmal begann der Hund auf seinem Arm zu zappeln, und Richard setzte ihn ab. Noch ehe er ganz begriff, was geschah, hatte der Hund den Kopf aus dem zu großen Halsband gewunden, und das schwarze Fellbündel war losgestürmt.

»Bleibst du wohl hier!« Mit langen Sätzen, die Leine samt Halsband in der Hand, rannte Richard dem Hund hinterher, der bellend in einen kleineren Weg abbog.

Und im nächsten Moment stand er vor Bettina, die dahockte und das aufgeregt kläffende Tierchen im Arm hielt.

»Na, so was!« Lachend sah sie zu Richard hoch. »Habt ihr mich gesucht?«

»Ja.« Er kniete sich ebenfalls hin, seine rechte Hand legte sich auf Bettinas Hand, die das schwarze Fellbündel festhielt. »Glaubst du denn, du könntest so einfach wieder aus unserem Leben verschwinden?« Der Druck seiner Hand wurde fester. Wie selbstverständlich duzte er Bettina.

»Der Hund darf nicht frei herumlaufen.« Langsam stand sie auf. Ihr Herzschlag beschleunigte sich, als sie Richard ansah. Sein Haar war zerzaust, die dunklen Augen strahlten sie an. Er sah umwerfend gut aus!

»Ich weiß. Das Halsband ist zu groß. Der kleine Racker hat einfach den Kopf aus der Schlinge gezogen.« Richard hielt die Leine hoch, an der das Halsband baumelte.

»Die sollten wir gleich wieder festmachen.« Erneut berührten sich ihre Finger, als sie sich gleichzeitig um den Hund kümmerten. Der hielt unerwartet still, so, als wüsste er genau, dass er diesen magischen Moment nicht stören durfte.

Wie von allein verschränkten sich Bettinas und Richards Finger, ihre Blicke ließen sich nicht los. Ihre Augen sind veilchenblau, schoss es Richard durch den Kopf. Veilchenblau mit goldenen Sprenkeln darin. Und ihr Mund … ungeschminkt und doch so verlockend …

»Kann ich mal durch, bitte?« Eine brüchige Frauenstimme zerriss den Zauber, eine ältere Dame mit Rollator versuchte, auf dem engen Weg an ihnen vorbeizukommen.

»Natürlich, bitte sehr.« Bettina setzte den Hund auf die Erde und trat einen Schritt zur Seite.

Fasziniert bemerkte Richard, dass sich ein paar hellrote Rosenblätter in ihrem Haar verfangen hatten. Die blonden Locken hatte Bettina an diesem heißen Morgen im Nacken zu einem Zopf zusammengefasst. Sie trug ihre grüne Arbeitskleidung, doch auch darin fand Richard sie ungemein attraktiv.

»Du, ich muss los, ich habe in zehn Minuten einen Termin im Chefbüro.«

Richard runzelte die Stirn. »Und was sollst du da?«

Bettina lachte leise. »Lässt du dich immer von Äußerlichkeiten täuschen?« Sie löste ihre Finger aus seinen und steckte die Hände in die Taschen der grünen Arbeitshose. »Ich bin Landschaftsgärtnerin und muss Gräfin Bernadotte einige neue Konzepte vorstellen, die meine Kollegen und ich erarbeitet haben. Heute Morgen habe ich nur kurz beim Ausschneiden der verblühten Rosen geholfen, weil drei Kollegen krank geworden sind.«

»Wow! Das ist ja beeindruckend.«

»Das ist mein Job. Und du? Wieso hast du um diese Zeit frei? Musst du nicht im Weinberg arbeiten? Da gibt's doch immer was zu tun.«

»Stimmt. Aber nicht für mich. Ich hab Urlaub. Außerdem bin ich noch lange kein so guter Winzer wie mein Großvater.«

»Schade. Daran solltest du aber arbeiten. Der Wein gestern war perfekt.«

»Ja, es ist mein Lieblingswein. Ich freue mich, dass er dir so gut geschmeckt hat. Viele Frauen bevorzugen ja die süßeren Weine, aber ich mag lieber die trockenen.«

»Ich auch.« Sie sah ihn mit leicht schräg gelegtem Kopf an. »Es ist wohl nicht einfach, guten Wein zu machen, oder?«

»Wahrhaftig nicht. Da müssen so viele Komponenten zusammenpassen … Und es kommt nicht allein auf den Jahrgang an, einen guten Winzer erkennst du auch daran, dass er bestimmte Reben zu mischen versteht. Oder so exakt selektiert, dass höchste Qualität erreicht wird.«

»Du verstehst ja doch was vom Weinmachen.«

»Na klar. Schließlich lebe ich seit frühester Kindheit

auf einem Weingut.« Er strich sich kurz über den Bart. »Das prägt natürlich. Obwohl …«

»Ja?«

»Ach, nichts Wichtiges. Ich dachte nur gerade daran, dass ich an das Können meines Großvaters wohl nie heranreichen werde.«

»Sei doch nicht so bescheiden. Die Erfahrung kommt bestimmt mit den Jahren.«

Er nickte nur. Bettina hatte offensichtlich nicht allzu viel Ahnung von der Weinherstellung, sonst hätte sie gewusst, dass außer der Theorie auch sehr viel Fingerspitzengefühl, eine ganz besondere Gaumenfeinheit – und auch ein kleines bisschen Glück dazugehörten.

»Dein Großvater unterstützt dich doch sicher, bis du alles perfekt beherrschst«, meinte sie.

»Natürlich. Er leitet seit dem Tod meiner Eltern den Betrieb, zusammen mit unserem Kellermeister. Ich …« Er hab die Brauen. »Ich mache was anderes.«

»Schade.«

Er zuckte zurück. Vielleicht war es ganz gut, dass sie den Winzerberuf so sehr schätzte. Was konnte ihm Besseres passieren? So konnten sie sich völlig vorurteilsfrei näher kennenlernen.

»Was machst du denn?«, wollte sie nun wissen.

»Ich … ich bin mal für eine Weile ins Ausland gegangen. Erst dachte ich, auf einem fremden Weingut könnte ich mehr lernen, aber das war nur bedingt der Fall. Dann hab ich ein paar Jobs angenommen.« Er zuckte mit den Schultern. »Wahrscheinlich suche ich meine wahre Berufung immer noch.«

»Ich bin sicher, dass du Winzer bleiben wirst.« Sie lächelte, und fasziniert sah Richard, dass kleine goldene Sprenkel in ihren Augen tanzten. »Mal sehen. Ich kann dir ja mal erzählen, was ich schon alles gemacht habe. Aber dazu brauchen wir ein bisschen Ruhe. Was hältst du von einem Essen heute Abend?«

Bettina zögerte mit der Antwort. Kurz bückte sie sich und strich über den Kopf des Hundes. »Mal sehen.« Sie nahm den Korb hoch und wandte sich ab.

»Warte!« Richard hielt sie am Arm fest. »Glaubst du, ich lasse dich so einfach gehen?« Rasch umfasste er ihre Schultern und zog sie an sich. Wie ein flüchtiger Hauch war die Berührung seiner Lippen auf ihrem Mund. »Bis zum Abend. Ich stehe an der Brücke.«

5

Quälend langsam verging der Tag. Die Besprechung mit Gräfin Bernadotte und einigen anderen Mitgliedern der Geschäftsleitung verlief positiv, alle Vorschläge, die Bettina zur Neugestaltung einiger Bereiche gemacht hatte, wurden akzeptiert.

»Das war ganz hervorragende Arbeit, Bettina«, lobte sie ihr oberster Chef, als sie sich am Nachmittag verabschiedeten. »Du solltest dich um meine Nachfolge bemühen. In knapp zwei Jahren gehe ich definitiv in Rente.« Er hielt sich den schmerzenden Rücken. »Mein Rheuma macht mir immer mehr zu schaffen. Ich bereue jetzt schon, dass ich im vergangenen Jahr nicht doch in den Vorruhestand gegangen bin.«

»Wir sind froh, Sie noch hier zu haben.«

»Danke für die Blumen.«

»Das war ehrlich gemeint.«

»Ich weiß.« Er zog sich das Jackett aus, das er bei der Besprechung getragen hatte. »Morgen und übermorgen hab ich übrigens Urlaub. Meine Enkelin heiratet.«

»Gratuliere.«

Er zuckte mit den Schultern. »Einen Österreicher. Er hat irgendwas mit dem Theater zu tun und seit Jahren einen Job bei den Festspielen in Bregenz.«

»Die Festspiele sind berühmt, ich war vor etlichen Jahren mal bei einer Aufführung. Das war ein Erlebnis.«

»Ja, das stimmt schon. Die Seebühne ist schon was Besonderes. Dennoch wäre mir lieber gewesen, die Heike wäre bei uns in Konstanz geblieben.«

»Bregenz ist ja nun wirklich nicht aus der Welt.«

»Weiß ich ja. Aber sie ist nun mal meine einzige Enkelin. Und noch so jung, gerade mal einundzwanzig ...« Er straffte die Schultern. »Trotzdem freue ich mich auf die Hochzeit drüben in der Wallfahrtskirche von Birnau.«

»Das ist ein schöner Ort zum Heiraten. Und welchen Blumenschmuck haben Sie ausgesucht?«

»Rosen natürlich. Zartgelbe Rosen und weiße Orchideen. Den Brautstrauß besorgt natürlich der Bräutigam – allerdings bei mir.« Er lachte. »Ich habe extra noch ein paar späte Maiglöckchen zurückhalten können, die mag meine Heike am liebsten. Die arbeite ich in den Brautstrauß ein.«

»Kann ich Ihnen vielleicht helfen?«

»Danke, aber das mach ich gerne allein. Nicht böse sein.«

»Aber nein. Dann ... einen schönen Tag morgen!«

Für eine Weile hatte Bettina vergessen, dass sie gleich verabredet war. Zur Besprechung hatte sie sich umgezogen und die Arbeitshose gegen eine weiße Leinenhose getauscht, zu der sie ein hellrotes T-Shirt trug, das am Ausschnitt und den Ärmeln weiß abgesetzt war.

Kritisch betrachtete Bettina im Spiegel der Umkleideräume ihr Gesicht. Die Haut war zart gebräunt, die Augen ebenso wenig geschminkt wie ihr Mund. Aber das ließ sich ändern! Kurz tuschte sie die Wimpern, legte ein wenig Lipgloss auf und löste den dicken Zopf. Mit wenigen Handgriffen hatte sie die Haare gelockert, die ihr in Wellen über die Schultern fielen.

Sie schaute sich an und zog eine kleine Grimasse. Sie machte sich für einen Mann zurecht, von dem sie im Grunde gar nichts wusste. Und der es doch innerhalb weniger Stunden geschafft hatte, ihr Leben zu verändern. Bettina horchte in sich hinein. Ja, er berührte ihr Herz. Schon allein der Gedanke an ihn, an seine dunklen Augen, beschleunigte ihren Puls.

»Verrückt«, murmelte sie vor sich hin und drehte sich um. »Einfach verrückt. Liebe auf den ersten Blick gibt's doch nur in Romanen.« Sie verließ den Umkleideraum und machte sich auf den Weg zur Brücke.

Ob Richard schon wartete? Auf einmal konnte sie die Mainau nicht schnell genug verlassen.

Als sie ihn am Ende der Brücke stehen sah, ging sie noch ein bisschen schneller.

Bettina, du benimmst dich wie ein Teenager, schalt sie sich, doch ihre Füße ließen sich von den vernünftigen Gedanken nicht beirren, sie liefen Richard entgegen, der die Arme ausstreckte und sie fest an sich zog.

»Endlich!« Er küsste sie auf beide Wangen. »Ich stehe hier schon seit einer Stunde.«

»Aber ich muss doch bis fünf arbeiten, das hatte ich dir gesagt.«

»Ich habe gern auf dich gewartet.« Er legte ihr den

Arm um die Schultern. »Außerdem hatte ich ja Gesellschaft.« Er wies auf den Hund, der zwei Schritte abseits im Gras lag und auf einem Stückchen Hundekuchen kaute.

»Du behältst ihn?«

Richard nickte. »Ja. Er kann auf dem Weingut bleiben, wenn ich unterwegs bin.«

»Was hast du denn im Moment für Pläne?« Sie sah zu ihm auf. Sein Bart war frisch gestutzt, bemerkte sie, und die Haare waren auch kürzer als gestern – eine positive Veränderung!

Als sie über den Parkplatz gingen, setzte Richard eine Sonnenbrille auf, die sein Gesicht zu einem großen Teil verdeckte.

»Hast du Hunger?«, erkundigte er sich, ohne auf ihre Frage zu antworten. »Wir könnten irgendwo im Hinterland was essen. Oder legst du Wert auf den Touristentrubel am Seeufer?«

Bettina schüttelte den Kopf.

»Dann komm, ich kenne eine wunderschön gelegene Bauernwirtschaft mit bester regionaler Küche.« Er nahm ihre Hand und zog sie mit sich hinüber zum Parkplatz.

Bettina fragte sich, welchen Wagen er wohl fuhr. Etwas Sportliches, das würde zu ihm passen. Sie wartete darauf, dass er den Autoschlüssel herausholte. Fernbedienungen für Autotürschlösser waren ihrer Meinung nach exakt für die Zielgruppe Mann entworfen worden – man konnte schon auf eine gewisse Entfernung hin mit dem Lieblingsspielzeug kokettieren.

Als sie den grauen Kombi, auf dessen Türen das Logo des Weinguts prangte, erreicht hatten, wusste sie nicht, ob sie angenehm überrascht oder enttäuscht sein sollte. So einen unscheinbaren Wagen hatte sie nicht erwartet.

Noch ehe er ihr die Tür öffnete, nahm Richard Bettina in die Arme. »Ich muss dich jetzt endlich küssen«, flüsterte er.

Für einen winzigen Moment zuckte sie zurück. Das ging ihr alles viel zu schnell. Ihre Gefühle fuhren Achterbahn, und sie wusste nicht, ob sie Richard zurückstoßen oder sich in seine Umarmung schmiegen sollte.

Zu spät! Für alle vernünftigen Überlegungen war es zu spät, als er sie in die Arme nahm. Bettina schloss die Augen, sie spürte Richards Lippen zart auf ihrem Mund. Zunächst war es ein sanfter, noch scheuer Kuss, doch schon nach zwei, drei Sekunden wurde er leidenschaftlicher. Richards Hände umklammerten ihre Schultern, er presste sie fest an sich, so dass sie seinen Herzschlag spüren konnte.

Wie von selbst hob sie die Arme und schlang sie ihm um den Nacken. Nichts wollte sie mehr, als dass dieser Kuss noch lange nicht endete! Seine Lippen auf ihren, seine Zunge, die sich jetzt langsam in ihren Mund drängte und ihn sacht erkundete … es fühlte sich einfach gut an!

Protestierendes Bellen riss sie aus ihrer Versunkenheit. Der Hund sprang an Richards Beinen hoch und brachte sich lautstark in Erinnerung.

»Störenfried«, sagte Richard, dann strich er Bettina zart über die Wangen. »Lass uns fahren.«

Sie nickte nur und ließ sich in die Polster des alten Kombis sinken. Als Richard sich neben sie setzte und den Wagen startete, erregte sie seine Nähe so sehr, dass sie erst mal tief durchatmen musste. So etwas Verrücktes, schoss es ihr durch den Kopf. Das ist mir ja noch nie passiert!

Aber es war zuvor auch noch nicht vorgekommen,

dass sie sich so vorurteilsfrei auf einen im Grunde Fremden eingelassen hatte. Richard schaltete das Radio ein, und ohne dass er erst suchen musste, erklang klassische Musik. Beethoven, erkannte Bettina, und es war beinahe unheimlich, denn genau die 7. Sinfonie mochte sie ganz besonders.

Sie sah verstohlen zu Richard hin, der mit einem kleinen Lächeln auf den Lippen den Wagen über schmale Landstraßen lenkte. Seine Lippen … sie spürte sie schon wieder auf ihrem Mund, und ein kleiner Schauder überlief sie. Merkte er, was sie fühlte? Er schaute zur Seite, und in seinen Augenwinkeln erschienen zwei kleine Fältchen, als er sie lächelnd anschaute.

»Magst du Beethoven?« Er streckte die Hand aus und legte sie auf ihre, die auf ihrem linken Oberschenkel ruhte.

»Sehr sogar.«

»Ich auch. Obwohl … jetzt wäre Mozart vielleicht passender. Oder Schubert mit seinen Liebesliedern.«

»Nun übertreib mal nicht.«

Er drosselte das Tempo. »Tu ich nicht.«

Bettina schwieg. Es war lange her, dass sie sich auf einen so intensiven Flirt eingelassen hatte. Verlernte man so was? Sie gestand sich ein, dass sie nach der Enttäuschung mit Thorsten misstrauisch geworden war. Anderthalb Jahre lang waren sie verlobt gewesen, sie hatte ihm vertraut – bis sie erfahren musste, dass er noch eine Freundin in Lindau und in München hatte. Seither hatte sie sich nur zweimal kurz verliebt, doch immer schnell erkannt, dass eine feste Beziehung aussichtslos war. Irgendetwas hatte gefehlt.

Und jetzt?

Jetzt war sie Richard begegnet!

Sie sah in sein Gesicht, das immer noch zu einem Teil von dem dunklen Bart bedeckt wurde, der eigentlich gar nicht zu ihm passte.

Es schien, als hätte er ihren Blick gespürt, denn er wandte kurz den Kopf und lächelte sie an. »Geht's dir gut?«

Sie nickte nur und atmete auf, als vor ihnen ein alter Fachwerkbau auftauchte, der eine Weinstube beherbergte. Richard fuhr auf den kleinen Parkplatz und half Bettina dann beim Aussteigen.

»Hier gibt's den besten Kirschkuchen weit und breit. Aber auch was Herzhaftes, zum Beispiel geräucherte Forellen und ganz hervorragend zubereitete Bodenseefelchen. Der Senior hat drüben in Unteruhldingen eine Fischerei und beliefert seinen Sohn täglich mit frischer Ware.«

Im Gasthofgarten, der von drei alten Kastanien beschattet wurde, waren nur wenige Tische besetzt.

»Du kennst dich gut aus.«

Richard nickte. »Ich bin ja schließlich hier in der Gegend aufgewachsen. Und du? Bist du auch am Bodensee daheim?«

Bettina schüttelte den Kopf. »Ich bin in Würzburg geboren, doch meine Eltern sind an den Bodensee gezogen, als ich fünf war.«

»Und warum seid ihr hierhergezogen?«

»Mein Vater war Landschaftsarchitekt. Er hat bis zu seinem Tod auch auf der Mainau gearbeitet.«

»Und woran ist er gestorben?«

Über Bettinas Gesicht huschte ein Schatten. Sie hatte ihren Vater sehr geliebt, mehr noch als die immer etwas strenge Mutter. »An Krebs. So wie auch meine Mutter vor sechs Jahren. Mein Vater hat noch miterlebt, dass ich meine Ausbildung erfolgreich beendet habe, dann …« Sie zuckte mit den Schultern. »Aber ich komme gut klar.«

Richard streckte die Hand aus. »Ich freue mich, dass wir uns getroffen haben.« Er sah kurz auf den Hund, der angeleint neben ihm hockte. »Wir sollten ihm endlich einen Namen geben. Einen schönen. Den hat er verdient, meinst du nicht auch?«

»Stimmt. Und was schlägst du vor?«

»Keine Ahnung. Sag du.« Er umschloss ihre Finger etwas fester, und Bettina spürte, dass allein diese Berührung ihr wie heiße Lava durch die Adern schoss.

Sie räusperte sich. »Danny … nein, lieber Sammy. So hieß mal ein Kaninchen …« Sie lachte leise auf. »Kindisch, nicht wahr? Aber ich habe das Tierchen sehr geliebt.«

»Ja dann …« Er winkte dem Kellner. »Was magst du trinken – Sekt, um Sammy zu taufen?«

»Lieber ein Glas Weißwein.«

»Da bin ich dabei.« Er bestellte bei der Bedienung zwei Viertel Weißwein. Der Kellner hatte sich gerade abgewandt, als vom Nebentisch eine junge Frau aufsprang und auf Richard zukam.

»Ich glaub es nicht!«, rief sie, und ihre Stimme klang schrill vor Erregung. »Das ist Rick – Rick Meinhard!« Sie strahlte Bettinas Gegenüber an, der vergeblich versuchte, seine Sonnenbrille wieder aufzusetzen. Hektische rote Flecken standen auf den schmalen Wangen der jungen Frau, und sie streckte beide Arme nach Richard aus. »Meine Güte, das ist ja irre, dass ich dich hier treffe, Rick. Krieg ich ein Autogramm?«

6

Wie ein glutroter Feuerball stand die Sonne zwischen den Bergen, warf einen glühenden Strahl auf das glatte Wasser des Sees, tauchte es in ein sattes Rotgold. Die Berge im Hintergrund wirkten wie Scherenschnitte, die sich schwarz vom Himmel abhoben.

Der Mann, der an der Reling der Fähre stand, die von Friedrichshafen hinüber ins schweizerische Romanshorn fuhr, hatte für das Naturschauspiel keinen Blick. Angespannt starrte er aufs Wasser, seine Finger umkrampften das Eisengestänge so fest, dass die Knöchel weiß hervortraten. Sein Herzschlag hatte sich beschleunigt, kaum dass die Fähre abgelegt und er die Passage bezahlt hatte.

Der junge Mann, der ihm den Fahrschein ausgestellt hatte, war an dem, was sich im Wageninnern befand, nicht interessiert, das war den Zollbeamten vorbehalten, die an diesem Abend an der Schweizer Grenze Dienst hatten und stichprobenartig einige Fahrzeuge kontrollierten.

Markus Borken presste die Lippen fest aufeinander, er versuchte, ruhig zu bleiben und nicht immerzu ins Wageninnere zu schauen. Dort lagen auf dem Rücksitz eine dunkelblaue Wildlederjacke und seine Anzugjacke. Darunter, mit Absicht nur halb verborgen, ein Blumenkarton mit einem Dutzend hellroter Rosen.

Die Fahrt war rasch zu Ende, und noch bevor die Fähre anlegte, stieg Markus wieder in sein Cabrio. Mit feuchten Fingern umklammerte er das Lenkrad. Er war versucht, sich wieder umzudrehen und auf den Blumenkarton zu starren, doch mit eiserner Gewalt hielt er sich zurück.

Als er die beiden Zollbeamten bemerkte, die auf die Fähre zukamen, stockte ihm der Atem. Graue Schleier tanzten vor seinen Augen, und er musste sich zwingen, den Motor zu starten und das Cabrio anrollen zu lassen, als er an der Reihe war, von der Fähre zu fahren.

Die beiden Männer konzentrierten sich auf eine dunkle Limousine, beachteten Markus nicht. Aufatmend ließ er den Wagen über die Rampe rollen und beschleunigte, als er an Land war.

»Verdammt, das muss aufhören!«, murmelte er vor sich hin.

Vor anderthalb Jahren hatte sich Markus Borken auf dubiose Spekulationsgeschäfte eingelassen, die sich leider als Fehlinvestitionen entpuppt hatten. Seither saßen ihm die Gläubiger im Nacken. Viermal schon hatte er seine Mutter um Geld bitten müssen, doch ihre drängenden Fragen, was er denn angestellt hätte, dass er so in Geldnot war, nervten total. Außerdem wusste er, dass ihre Reserven fast aufgebraucht waren. Also musste er eine neue Möglichkeit auftun, um an Geld zu kommen.

Zum Glück gab es noch viele Menschen mit Schwarzgeld. Geld, das sie in der Schweiz anlegen wollten. Bei ihm!

Auf einem Parkplatz nahe St. Gallen hielt er an, nahm zwei in dunkle Folie verpackte Päckchen, die unter den Rosen versteckt lagen, aus dem Blumenkarton und warf diesen samt der Rosen in einen Müllcontainer. Die Dämmerung warf lange Schatten, niemand bemerkte ihn auf dem dunklen Teil des Parkplatzes. Markus vermied es, hinüber zur Raststätte zu gehen und einen Kaffee zu trinken. Er wollte möglichst nicht gesehen werden.

Je mehr er sich Zürich näherte, desto besser wurde seine Stimmung. Von Angst keine Spur mehr. Markus beschloss, zur Feier des Tages seine Lieblingsbar in Zürich aufzusuchen. Ein bisschen Spaß hatte er sich nach den letzten nervenaufreibenden Stunden verdient!

7

Auf den Wangen der jungen Frau brannten vor Aufregung rote Flecken. Sie beugte sich zu Richard herunter und flüsterte: »So ein irrer Zufall! Rick Meinhard! Du bist mein absoluter Lieblingsschauspieler! Meine Freundinnen und ich stehen total auf dich.«

»Tut mir leid.« Richard verzog das Gesicht zu einer kleinen Grimasse. »Ich bin nicht Rick Meinhard. Das muss eine Verwechslung sein.«

»Aber nein! Ich bin mir ganz sicher.« Sie grinste. »Du willst unerkannt bleiben, ja? Verstehe ich doch! Aber ein Autogramm muss ich haben.«

»Sorry, aber es ist wirklich ein Irrtum. Ich sehe diesem Rick vielleicht ähnlich, aber ich bin es nicht.«

»Mein Freund ist Winzer hier in der Gegend«, warf Bettina ein.

»Ehrlich?« Die junge Frau schüttelte ungläubig den Kopf. »Das ist ja voll irre. So eine Ähnlichkeit …«

»Ja, es ist nicht das erste Mal, dass man mich verwechselt.« Richard setzte die Sonnenbrille wieder auf und war froh, diese für ihn unangenehme Situation gemeistert zu haben. Er konnte ja wohl kaum Bettina gestehen, dass er Schauspieler und Rick Meinhard sein Künstlername war. »Tut mir leid. Trotzdem wünsche ich Ihnen noch einen schönen Tag.« Hoffentlich begriff die Frau endlich, dass sie störte!

Nur zögernd ging seine Verehrerin zurück an ihren Tisch. Sie tuschelte mit ihren Freundinnen, und alle schauten immer wieder zu Richard und Bettina herüber.

»Sie glauben es nicht«, stellte Bettina fest.

»Dann kann ich ihnen auch nicht helfen.« Er griff über den Tisch hinweg nach ihrer Hand. »Danke, dass du ›mein Freund‹ gesagt hast.«

»Ist mir so rausgerutscht.«

»Hoffentlich siehst du es wirklich so.« Er drückte ihre Hand ein wenig fester. »Ich wünsche es mir sehr.«

Bettina senkte den Kopf. Sieh mich nicht so an, hätte sie am liebsten gesagt. Das macht mich ganz nervös.

»Du bist süß. Und ich bin mächtig froh, dich getroffen zu haben.«

»›Getroffen‹ ist wohl nicht ganz der richtige Ausdruck.« Bettina lachte auf. »Ich habe dich klatschnass auf der Straße aufgelesen.«

»Nachdem ich eine Heldentat vollbracht habe.«

»Ja, da hast du natürlich recht.« Sie beugte sich zu Sammy und kraulte ihn kurz. »Das kann man nicht genug würdigen.«

»Nimm dir alle Zeit der Welt dafür.«

»Hat dir schon mal jemand gesagt, dass du maßlos übertreibst?«

»Nein. Alle Frauen, die ich bisher gekannt habe, waren von meinem bescheidenen Charme begeistert.«

Bettina lachte. »Ich sag's ja – du übertreibst maßlos.«

»Aber nicht, wenn ich behaupte, riesigen Hunger zu haben.«

Sie aßen die wirklich köstlichen Bodenseefelchen,

hinterher eine Beerengrütze und tranken noch einen Espresso.

»Puh, jetzt bin ich aber pappsatt.« Bettina lehnte sich entspannt auf ihrem Stuhl zurück. »Das Lokal ist wirklich ein Geheimtipp. Das Essen war klasse.«

»Wir waren früher oft mit der ganzen Familie hier. Jetzt komme ich noch hin und wieder mit meinem Großvater her, wenn wir Wein liefern.«

»Dann ist dieser hervorragende Grauburgunder von euch?« Bettina hob ihr Glas.

»Ja.«

»Kompliment.«

»Ich weiß, der ist ausgezeichnet.« Richard lachte. »Und an dem hab ich sogar intensiv mitgearbeitet.«

»Dann bist du ja doch ein sehr guter Winzer.«

Er zuckte mit den Schultern. »Vielleicht könnte ich tatsächlich einer werden. Wenn du an mich glaubst ...« Wieder sah er ihr so tief in die Augen, dass Bettinas Herz einen Sprung machte.

»Ich war übrigens in Geisenheim auf der Weinakademie. Und habe sogar erfolgreich abgeschlossen.«

»Das kann man ja auch erwarten, wenn jemand etwas lernt.« Bettinas Gesicht wurde ernst. »Ich find's traurig, wenn man kein Ziel hat, wenn man in den Tag hineinlebt und mal dieses, mal jenes ausprobiert.«

»Dann gefällt es dir also, dass ich fertiger Winzer bin.« Er breitete die Arme aus. »Bin ich froh!«

»Du bist albern.« Sie schüttelte den Kopf. »Mir gefällt nicht, was du bist, sondern das, was du tust – und getan hast. Zum Beispiel hast du Sammy gerettet. Nicht jeder wäre bei dem miesen Wetter in den See gesprungen, um einen ertrinkenden Hund zu retten.«

»Kann ich den Pluspunkt noch ausbauen?«

»Und wie?« Ein bisschen kokett legte sie den Kopf schräg.

»Lass dich überraschen.« Er winkte der Bedienung, um zu zahlen. »Beim nächsten Mal koche ich für dich.«

»Du kannst kochen?«

»Gut sogar. Das hab ich mir bei unserer Haushälterin, der Gertrud, abgeschaut. Ich habe mich schon als Kind gern bei ihr in der Küche aufgehalten. Und sie hat mir so manches beigebracht. Aber von diesem Hobby weiß kaum jemand.«

Bettina lachte leise. »Dann haben wir ein Geheimnis.«

»Ich möchte noch viel mehr mit dir teilen als dieses Geheimnis.« Sein Blick verlor sich in ihren dunklen Augen.

Bettina erwiderte nichts. Sie griff zum Weinglas und trank es aus. Die Offenheit, mit der Richard von seinen Gefühlen sprach, irritierte sie. Allerdings gestand sie sich auch ein, dass ihr seine Art sehr gefiel. Sein Charme war ungezwungen, sein Humor ähnelte dem ihren. Aber seine physische Präsens war so aufregend, so verwirrend, dass ihr die Worte fehlten.

Richard sah sie weiterhin an, lächelte und sagte: »Lass uns fahren.« Er hatte nur anderthalb Gläser Wein zum Essen getrunken, danach nur noch Wasser.

Als sie aufstanden, begann Sammy, aufgeregt zu bellen. Der Hund war froh, sich endlich wieder bewegen zu können. Er zerrte an der Leine und ließ sich kaum beruhigen. Bevor sie in den Wagen stiegen, führte Richard Sammy noch zu einer Wiese, wo er sich erleichterte.

»So, jetzt rein mit dir.« Er hob den Hund hoch und band ihn mit der Leine im Kofferraum des Kombis fest.

Bevor er Bettina die Tür öffnete, zog er sie an sich. Sein Kuss war warm und zärtlich, langsam öffnete er ihre Lippen.

Für drei, vier Minuten hatte Bettina das Gefühl, dass die Verbindung zwischen ihrem Gehirn und ihrem Mund kurzfristig unterbrochen war. Jedenfalls machten sich ihre Lippen selbständig, sie erwiderten den Kuss mit aller Intensität.

Als der Kuss endete, ließ Richard sie noch nicht los, sacht fuhr er ihr mit dem Daumen die Schläfe hinauf und strich mit der Hand über ihr Haar. »Es ist wunderbar, dass wir uns getroffen haben«, flüsterte er, bevor er sie kurz auf die Nasenspitze küsste.

»Hm ...« Zu mehr war Bettina nicht in der Lage. Alles in ihr war in Aufruhr. Verflixt, es war eine kleine Ewigkeit her, dass sie so geküsst worden war. Und Zärtlichkeiten tauschte sie nur noch mit Nachbars Kater Max aus, der sich gern in ihre Wohnung schlich und auf der Couch ein Nickerchen machte.

Auch Richard schwieg während der Fahrt zurück nach Meersburg. Nur hin und wieder warf er Bettina einen langen Blick zu, tastete kurz nach ihrer Hand und drückte sie.

Als er vor ihrem Haus parkte, zögerte Bettina, dann fragte sie: »Magst du noch einen Kaffee trinken?« Abgedroschener geht es nicht, dachte sie, aber es fiel ihr einfach nichts anderes ein.

»Gern.« Mit einem Satz sprang er aus dem Wagen. »Darf Sammy mit?«

»Natürlich.« Ihre Finger zitterten vor Nervosität, als sie den Haustürschlüssel ins Schloss steckte.

Falls Richard es bemerkte, kommentierte er ihre Nervosität nicht. Und auch, als er ihre Wohnung betrat, benahm er sich so zurückhaltend, dass es schon wieder irritierend war. Er folgte Bettina in die kleine Küche und schaute zu, wie sie die Kaffeemaschine in Gang setzte.

»Milch und Zucker?«

»Nein, ich trinke ihn schwarz.«

»Ich auch.« Sie holte Kaffeebecher aus dem Regal. »Geh doch schon mal vor ins Wohnzimmer.«

Als sie ihm folgte, stand er vor dem Bücherregal und schaute sich die verschiedenen Titel an. Neben Fachbüchern über Landschaftsgärtnerei und Pflanzenkunde gab es gute Krimis, aber auch Tolstoi, Dostojewski und einige deutsche Klassiker. Ein Gedichtband von Ludwig Rellstab fiel ihm besonders auf.

»Leise flehen meine Lieder durch die Nacht zu dir«, zitierte er.

»Das war das Lieblingsstück meiner Eltern«, erwiderte Bettina leise. »Meine Mutter hat das Lied, das Franz Schubert zum Text gemacht hat, oft gesungen.« Sie nahm Richard den Gedichtband aus der Hand. »Sie mochte diese melancholischen Stücke.«

»Und du?«

»Ich bin, glaube ich, fröhlicher als sie. Optimistischer auf jeden Fall.« Sie stellte das Buch zurück ins Regal. »Meine Mutter war irgendwie immer ein bisschen traurig. Warum, weiß ich auch nicht.«

»Vielleicht war sie nicht glücklich.«

»Vielleicht.« Sie hielt still, als er sie wieder küsste. Seine Hände tasteten nach ihren Brüsten, strichen sanft über die Rundungen. Sein Atem ging schneller, verriet seine Erregung. Es dauerte ein bisschen, bis er sich wieder so weit in der Gewalt hatte, dass er mit beherrschter Stimme sagen konnte: »Ich sollte jetzt wohl lieber gehen.«

Es kostete Bettina ziemliche Überwindung, zustimmend zu nicken.

»Also dann bis morgen.« Ein letzter zärtlicher Kuss

auf ihre Nase. »Ich glaube, ich habe mich in deine Nase verliebt«, flüsterte Richard. »Sie ist ziemlich kess.«

»Meine Nase. Aha!«

»Alles andere muss ich noch kennenlernen. Morgen forsche ich weiter.« Er zwinkerte ihr zu. »Sammy und ich holen dich wieder ab.«

8

Über dem unendlichen Blau des Bodensees türmten sich weiße Wolkenberge. Leichter Wind kräuselte die Wellen, auf denen an diesem Sonntag unzählige Segelbote dahinglitten.

»Wir hätten vielleicht auch rausfahren sollen«, meinte Richard. »Solch ein Segelwetter muss man eigentlich ausnutzen.«

»Noch kannst du umkehren.« Bettina steckte sich eine Locke unter die rote Kappe. »Mir ist's egal, was wir unternehmen.«

»Mir im Grunde auch. Hauptsache, du bist bei mir.« Er warf ihr einen zärtlichen Blick zu. Vier Tage kannten sie sich erst, und doch waren sie sich unendlich vertraut. Jeden Abend hatten sie sich getroffen, hatten zusammen gegessen, waren ins Kino gegangen und hatten einen langen Spaziergang an der Uferpromenade von Meersburg gemacht. Doch noch nie war Richard über Nacht bei Bettina geblieben.

Sie saßen in Richards Porsche und fuhren um den See herum in Richtung Schweiz. Eine Weile hatte Richard gezögert, ob er Bettina mit dem Sportwagen abholen sollte, schließlich passte der nicht zu einem Winzer. Aber er hatte sich eine Erklärung zurechtgelegt.

Als er mit dem Wagen vorgefahren war, hatte sie nur »Passt gut zu dir« gesagt und sich die Kappe aus der Wohnung geholt. »Der ist aber nicht neu, oder?«

»Nein, das ist ein älteres Modell. Ein 911-er. Der hat schon meinem Vater gehört.« Sie hatte wirklich keine Ahnung von Autos, sonst hätte sie den Oldtimer mehr gewürdigt. Gut so!

»Ich war mindestens zehn Jahre nicht mehr auf dem Pfänder.« Er tastete nach Bettinas Hand, die auf ihrem linken Oberschenkel lag, und drückte sie zärtlich. »Und du?«

»Bei mir ist's auch eine Ewigkeit her. Heute ist ideales Wetter, wir werden sicher einen tollen Blick von da oben haben.« Sie zögerte, lächelte ihn an und strich ihm über den kurzgestutzten Bart. »Und du solltest aufpassen, dass man dich nicht wieder verwechselt.«

Richard zuckte mit den Schultern. »Du kannst mir ja wieder helfen. Falls uns irgendwer anspricht, werde ich dich einfach küssen, das wird die weiblichen Fans von diesem Schauspieler so schockieren, dass man uns in Ruhe lässt.«

»Das wird seinem Image schaden.« Bettina lachte.

»Nicht unser Problem. Hauptsache, ich darf dich küssen.«

»Hm.«

»Sofort?« Er setzte den Blinker und fuhr rechts ran.

»Du bist ja verrückt.«

Er lachte. »Nach dir.«

Es war ein langer, zärtlicher Kuss ohne Leidenschaft, und doch verriet er viel von Richards Gefühlen.

Bettina schmiegte sich an ihn, atmete den inzwischen

schon vertrauten Duft nach dem herbem Rasierwasser ein, das Richard bevorzugte, in das sich heute aber der Geruch nach Wein und Eichenholz mischte. »Du warst in eurem Weinkeller.«

»Stimmt. Woher weißt du das?«

»Ich riech's an deinem Hemd.«

»Oje! Ich hätte wohl nicht so lange mit Johann über die Gestaltung der neuen Etiketten diskutieren sollen. Er wollte etwas Traditionelles, genau wie mein Großvater, ich aber denke, dass man gerade für unseren hervorragenden Weißburgunder, der das Ökosiegel kriegen soll, ein moderneres Logo wählen muss.« Er strich kurz über Bettinas Hand. »Alles hat länger gedauert als gedacht, da es Johann auf einmal schlecht wurde. Ich musste ihn in seine Wohnung bringen.« Er zuckte kurz mit den Schultern. »Am gescheitesten wäre gewesen, er hätte seinen Hausarzt angerufen, aber das wollte er nicht.«

»Ist ja auch an einem Sonntag nicht so einfach«, warf Bettina ein.

»Ach was, Johann und unser alter Doktor kennen sich seit einer Ewigkeit. Ich bin sicher, der Arzt wäre zu uns rausgekommen. Aber Johann, der alte Sturkopf, hat ja nicht mit sich reden lassen.«

»Willst du lieber zurück aufs Gut?«

»Nein, auf keinen Fall. Um Johann kümmert sich schon unsere Haushälterin. Und die Gertrud weiß sich durchzusetzen. Bei ihr wagt auch der Johann keinen Widerspruch.« Er grinste. »Die beiden lieben sich seit einer Ewigkeit, doch keiner gesteht das offen ein. Schade eigentlich.«

»Sie werden wissen, was sie tun. Lass uns weiterfahren. Auf dem Berg herrscht bestimmt viel Trubel.«

Mit der Pfänderbahn fuhren sie hoch zum Bregenzer Hausberg, der sich gut tausend Meter an der österreichischen Seeseite erhob. An den Berghängen wuchsen Eichen, Kiefern und Eiben, sogar bis hoch zur Bergspitze reichte der Baumbestand, was dem milden Seeklima zuzuschreiben war.

»Ich hab's ja gesagt – heute sind wir hier nicht allein.« Richard setzte sich die Sonnenbrille wieder auf. Sie schlenderten von der Seilbahnstation hinüber zur Aussichtsterrasse, doch hier drängten sich die Touristen, die alle das Panorama genießen wollten.

»Komm, wir gehen erst mal eine Runde spazieren«, schlug Bettina vor und zog Richard mit sich. Sie gingen hinüber zu einem der vielen Wanderwege, die ihnen fast immer den Blick auf den See eröffneten. Wie eine tiefblaue Ebene wirkte das Wasser von hier oben, die Halbinsel Lindau schob sich wie ein grünweißer Fleck in den See hinein.

Richard hatte den Arm um Bettina gelegt, schweigend gingen sie den gut ausgebauten Weg entlang. An einer Wegbiegung, die einen besonders guten Blick ermöglichte, blieben sie wieder stehen und schauten hinüber in südliche Richtung.

»Das könnte der Schesaplana sein«, vermutete Bettina, kniff die Augen zusammen und sah hinüber zu dem knapp dreitausend Meter hohen Berggipfel, der zu den Schweizer Alpen gehörte.

»Das ist er mit Sicherheit. Heute haben wir wirklich perfekte Fernsicht. Wenn du willst, können wir nachzählen, ob man von hier aus wirklich zweihundertvierzig Berggipfel erkennen kann, wie es in den Touristeninformationen steht.«

»Lieber nicht. Da weiß ich was Schöneres.« Bettina

stellte sich auf die Zehenspitzen und zog Richards Kopf zu sich. Mit dem Daumen strich sie ihm über den Bart, die Lippen, die sich sogleich verlangend öffneten.

Nur kurz blinzelte Richard in die Runde, doch sie waren fast allein an diesem Fleckchen, und so konnte er Bettina hingebungsvoll küssen. Sie war einfach bezaubernd! Klug, humorvoll, natürlich und bodenständig. Zudem selbstbewusst und erfolgreich in ihrem Beruf. Inzwischen hatte sie ihm erzählt, dass sie maßgeblich an der Gestaltung der Gartenanlagen auf der Mainau beteiligt war.

Ja, sie war ganz anders als die jungen Frauen, mit denen er es oft beruflich zu tun hatte. Eitelkeit war ihr fremd, und doch war sie in ihrer natürlichen Schönheit so viel reizvoller als seine perfekt gestylten Kolleginnen.

Für einen kurzen Moment fiel ein Schatten auf sein Gesicht, doch das merkte Bettina nicht.

»Was hältst du davon, wenn wir rüber zur Adlerwarte gehen? Ich glaube, am frühen Nachmittag ist eine Vorführung.«

»Gute Idee. Da war ich das letzte Mal als Kind.«

Hand in Hand wanderten sie hinüber zur Adlerwarte. Doch hier herrschte so viel Betrieb, dass sie es vorzogen, auf die Vorführung zu verzichten. Im Vorbeigehen schauten sie sich einige der seltenen Greifvögel an, aber als eine junge Frau ihre Kamera zückte und Richard fotografierte, gingen sie rasch weiter.

»Passiert dir das oft?«, wollte Bettina wissen.

Er zuckte mit den Schultern. »In der letzten Zeit immer häufiger, weil dieser Schauspieler wohl gerade in einem erfolgreichen Dreiteiler mitgespielt hat.« Er grinste. »Eigentlich nicht schlecht, für einen Promi gehalten zu werden. Aber wenn ich mit dir zusammen bin, will ich nicht von irgendwelchen Fans gestört werden.«

»Dann müssen wir hier weg.« Bettina lachte leise und wies nach rechts, wo sich eine ganze Gruppe Teenager näherte.

Es wurde ein wunderschöner Tag, den sie mit einem Spaziergang durch Bregenz ausklingen ließen.

Die Dämmerung warf lange Schatten über die Landschaft, die untergehende Sonne tauchte Abschnitte des Sees in ein rotgoldenes Licht, als sie zurück nach Meersburg fuhren. Die meisten der Segler steuerten mit ihren Booten die Heimathäfen an, und auch die Ausflugsschiffe waren zu ihrer letzten Fahrt für diesen Tag gestartet.

»Du kommst noch mit hoch, ja?«

Richard lachte leise. »Auf einen Kaffee?«

»Wenn du damit zufrieden bist …« Mit einem langen Blick sah sie ihn an, zog ihn dann an der Hand die Stufen zu ihrer Maisonettewohnung hoch. Ihre Hand zitterte leicht, als sie den Schlüssel ins Schloss steckte.

Richard folgte ihr in die Wohnung, schloss mit dem Fuß die Tür und zog Bettina an sich. Achtlos fiel der Schlüsselbund zu Boden, gefolgt von der Umhängetasche und Richards Lederjacke.

Nein, es gab keinen Kaffee. Es gab nur noch sie beide, ihr Verlangen, ihre Leidenschaft.

Bettina ging schrittweise rückwärts zu ihrem Schlafzimmer, das unglücklicherweise am Ende des Flurs lag. Eine kleine Ewigkeit dauerte es, bis sie schließlich aufs Bett sanken.

»Du … was machst du nur mit mir …« Richards Stimme war dunkler als sonst, als er sich kurz aufrichtete, das hellblaue Hemd über den Kopf zog und sich dann wieder über Bettina beugte, um sie ausgiebig zu küssen.

Vorsichtig tastete er dann mit der Hand unter ihre Bluse, schob die Finger unter den Spitzen-BH und begann, die kleinen festen Brüste zu liebkosen.

Bettina hielt die Augen geschlossen, sie genoss die sanften Zärtlichkeiten, dabei spürte sie genau, wie erregt Richard war. Und auch sie wollte mehr. Mehr von diesem Mann, der ihr Leben in wenigen Tagen total auf den Kopf gestellt hatte.

Wie umwerfend gut er küssen konnte! Zärtlich streichelte er jeden Zentimeter ihres Körpers, so dass sie zu verbrennen glaubte.

Mit einem Ruck schob sie ihn fort, zog sich die Bluse aus und sah Richard nur an. In ihren Augen las er, dass sie genau das wollte, was er sich ersehnte: mehr.

Mehr.

Mehr.

Eine ganze Nacht lang.

9

Herzhaft biss Richard in die frische Semmel, die ihm auch trocken hervorragend schmeckte. Zeit zum Frühstücken hatten Bettina und er nicht mehr gehabt. Irgendwann in dieser wunderbaren Nacht waren sie eingeschlafen, und als er ziemlich früh aufwachte, hatte er an alles andere gedacht, nur nicht an ein ausgiebiges Frühstück.

Eine Weile hatte er Bettina nur angeschaut. Süß sah sie aus mit den vom Schlaf – oder von der Leidenschaft der vergangenen Nacht? – geröteten Wangen, den zerzausten Locken und dem leicht geöffneten Mund, der unbedingt geküsst werden musste.

Dabei war es nicht geblieben, sie hatten sich kurz, aber heftig geliebt, dann war Bettina aufgestanden. »Ich muss los, bin schon viel zu spät dran.«

»Bleib doch.« Er hatte die Hand nach ihr ausgestreckt, doch Bettina ließ sich nicht ins Bett zurücklocken. Also war auch er aufgestanden und hatte sich angezogen.

»Bis gleich. Ich habe jetzt schon Sehnsucht.« Vor dem Haus verabschiedeten sie sich.

»Ich auch.« Sie lachte und zupfte an seinem Bart. »Rasier ihn ab. Er kratzt.«

»Alles, was du willst.« Noch ein Kuss … er wollte sie nicht gehen lassen, aber Bettina schob ihn von sich.

»Ich muss los.«

»Ich liebe dich.«

Sie hatte schon fast hinter dem Steuer gesessen, aber nach diesen drei magischen Worten hatte sie sich umgedreht, mit großen, fast ungläubig geweiteten Augen.

Richard hatte nur genickt und ihr einen Luftkuss zugehaucht.

Ja, es stimmte. Er hatte sich verliebt. So heftig wie nie zuvor.

Noch ein Biss in die Semmel, dann tauchte das Weingut vor ihm auf. Die Schindeln auf dem Dach des langgestreckten Haupthauses glänzten in der Sonne, die Weinberge, die sich dahinter erstreckten, wurden ebenfalls von der Morgensonne in helles Licht getaucht. Der Tau auf den Reben glitzerte, so, als wären die grünen Blätter mit Millionen Diamanten besetzt. Es war ein Anblick, der Richards Herz höherschlagen ließ. In Momenten wie diesem wusste er, dass er nie aufhören würde, dieses Fleckchen Erde zu lieben.

Bevor er die Einfahrt hochfahren konnte, kam ihm mit rotierendem Blaulicht ein Notarztwagen entgegen. Der Klang der Sirene zerriss die morgendliche Stille und scheuchte ein gutes Dutzend Spatzen auf, die protestierend aus dem nahen Weinberg aufflogen.

Richard zuckte zusammen. In Bruchteilen von Sekunden schossen ihm Bilder durch den Kopf: Der Großvater verletzt. Der alte Mann hatte einen Schlaganfall erlitten. Gertrud war etwas passiert …

Im ersten Impuls wollte er den Notarztwagen anhalten, aber der raste schon an ihm vorbei. Richards Hände zitterten, als er das Lenkrad umklammerte und zum Gutshof weiterfuhr.

Dort stand, die Hände tief in den Taschen der dunklen Leinenhose vergraben, sein Großvater und sah dem Notarztwagen nach.

»Was ist los?«

»Der Johann …« Ottmar Meiningens Stimme klang brüchig. »Ein Infarkt, sagt der Doktor. Gerade, als wir rüber in den Weinkeller gehen wollten, ist Johann zusammengebrochen.« Er schüttelte den Kopf. »Einfach so … Ich verstehe das nicht.«

»Und? Konnte der Arzt schon was sagen?«

Ottmar schüttelte wieder den Kopf. »Nein. Sie haben ihn notversorgt, glaub ich, und dann sind sie losgefahren.« Für einen Moment sah er Richard an, die ansonsten so wachen Augen wirkten trüb. »Gertrud ist mit.«

»Das ist gut.« Richard legte den Arm um seinen Großvater. »Komm mit ins Haus.«

»Auf den Schreck hin brauch ich einen Schnaps.«

In der geräumigen Küche stand das Frühstücksgeschirr noch auf dem Tisch. Richard goss sich und dem

Großvater eine Tasse Kaffee ein. Dazu tranken sie einen kleinen Obstler. Von draußen erklang leises Bellen.

»Der Hund ist noch nicht gefüttert.«

»Komm rein, mein Kleiner.« Richard öffnete die Küchentür, und sofort stob der schwarze Hund herein und versuchte, an ihm hochzuspringen.

Ottmar zuckte nur mit den Schultern. Teilnahmslos sah er zu, wie Richard etwas Trockenfutter aus dem Schrank nahm und es in einen Napf schüttete.

»Und jetzt?« Der alte Mann rieb sich das Kinn. »Was machen wir denn jetzt ohne den Johann?«

»Er ist vielleicht schon bald wieder auf dem Damm. Lass uns abwarten.«

Doch diese Hoffnung erfüllte sich nicht, wie sie schon wenige Stunden später erfuhren.

»Er ist über den Berg«, berichtete Gertrud, als sie am späten Vormittag aus dem Krankenhaus kam. »Aber er muss ein paar Wochen in der Klinik bleiben und danach zur Kur.« Sie wischte sich über die Augen. »Für eine Weile sah es gar nicht gut aus, es war ein heftiger Hinterwandinfarkt.« Sie biss sich auf die Lippe, um die Tränen, die ihr wieder in die Augen steigen wollten, zurückzuhalten.

»Der Johann ist zäh, der packt das schon.«

»Ich geh raus und red mit den Leuten.« Schwerfällig erhob sich Ottmar. »Die Arbeit muss weitergehen. Johann wollte diese Woche noch mal gegen Mehltau spritzen lassen.«

Richard nickte. Er wusste nur zu gut, wie gefährlich diese Pilzerkrankung war. Mindestens viermal mussten die Reben behandelt werden, um dieser Erkrankung vorzubeugen, die in früheren Zeiten die Reben an ganzen Weinbergen vernichtet hatte.

»Ich kann euch helfen«, bot er an.

»Gut. Komm mit.«

Richard ließ sich einweisen und arbeitete bis zum Nachmittag mit. Zwischendurch rief er bei Bettina an und erzählte, was passiert war. »Ich kann nicht versprechen, pünktlich zu sein«, erklärte er.

»Das versteh ich doch.« Sie umklammerte das Handy fester. Seine Stimme allein verursachte ihr ein Prickeln auf der Haut. »Wenn es heute nicht klappt ...«

»O doch! Wir sehen uns auf jeden Fall.« Er lachte leise, dieses warme, sinnliche Lachen, das Bettina jetzt schon liebte. »Glaubst du, ich könnte es vierundzwanzig Stunden ohne dich aushalten?«

»Kannst du nicht?«

»Auf keinen Fall. Du vielleicht?«

Bettina zögerte. »Na ja ...«

»Du! Wenn du mir nicht sofort gestehst, dass du vor Sehnsucht nach mir vergehst, lass ich alles stehen und liegen und komm zu dir auf die Mainau!« Wieder ein kleines Lachen, das mehr von dem Glück verriet, das ihn erfüllte, als Worte es vermocht hätten.

»Nur nicht! Das Gerede will ich mir gar nicht vorstellen.«

»Feigling.«

»Ich weiß.« Sie nahm das Handy vom linken ans rechte Ohr. Das verliebte Geplänkel machte ihr Spaß. Kurz schaute sie sich um. Sie war allein im Schmetterlingshaus, die Kollegen waren anderweitig beschäftigt. Und die Touristen, die sich an den Wasserfällen und tropischen Pflanzen erfreuten, kümmerten sich nicht um sie. Mit der linken Hand schob sie eine Schale mit Orangenscheiben, auf der sich zwei Schmetterlinge niedergelassen hatten, ein wenig zur Seite.

»Kann ich am Abend zu dir kommen? Ich will vorher kurz zu Johann in die Klinik.«

»Ja, ist gut.« Bettina lächelte. »Ich muss jetzt Schluss machen, gerade kommt eine Kollegin herüber, sie macht eine Führung durch die Anlage.«

»Gut, bis dann. Bettina, ich …« Er brach ab. Ich liebe dich, hatte er sagen wollen, doch die bedeutungsvollen drei Worte wollte er nicht am Telefon aussprechen.

Langsam ließ Bettina das Handy sinken. Sie sah hinüber zu zwei Kollegen, die gerade hereinkamen. Sie trugen einen Karton mit Puppen und Raupen, dem täglichen Futter für die Schmetterlinge. Es war ein immenser Aufwand, das große Schmetterlingshaus zu betreiben. Fast tausend Quadratmeter war das Gebäude groß, und je nach Saison flogen siebenhundert bis tausend Schmetterlinge frei zwischen den Besuchern durch die Tropenlandschaft.

Bettina war froh, als sie die schwüle Umgebung wieder verlassen konnte und zurück an die frische Luft kam. Der momentane Krankenstand machte es notwendig, dass sie auch dort einspringen musste, wo sie normalerweise nicht arbeitete.

Sie ging an einem weitläufig angelegten Rosenbeet vorbei, auf dem ihre Lieblingsrosen blühten. Es waren gelbgoldene Blüten, die sich zum Rand hin in ein helles Rot veränderten. Tief sog Bettina den intensiven Duft ein.

Vom See her erklang das laute Tuten eines Ausflugsdampfers, der in der nächsten halben Stunde neue Touristen auf die Mainau bringen würde.

10

»Wir kommen in Teufels Küche, Markus, wenn es nicht endlich gelingt, frisches Geld aufzutreiben.« Der Anrufer fluchte verhalten. »Warum hab ich mich nur von dir überreden lassen, bei diesen riskanten Termingeschäften mitzumachen?«

»Weil du Geld brauchst, genau wie ich.« Markus strich sich nervös über die Haare. Er versuchte, seine Stimme ruhig klingen zu lassen, sein Freund John in London durfte nicht merken, dass er keine Ahnung hatte, wie er den benötigten Betrag auftreiben sollte. »Lass mich nur machen, ich krieg das schon hin. Noch heute Abend, wenn hier alles ruhig ist, werde ich ein paar Umschichtungen vornehmen.«

»Hoffentlich fliegst du nicht auf. Wenn das nicht klappt ... ich darf mir gar nicht ausmalen, was dann passiert.«

Ich mir auch nicht, dachte Markus. Im schlimmsten Fall sehen wir uns im Knast, John.

»Markus, was willst du unternehmen?« Der Anrufer in London drängte weiter. »Wenn eine Revision kommt, sind wir dran.«

»Wenn und Aber hab ich aus meinem Sprachschatz gestrichen. Mach dir mal nicht in die Hosen, das läuft schon. Und jetzt lass uns aufhören, ich muss noch ein paar Dinge regeln, solange ich allein bin.« Noch ehe John in London etwas erwidern konnte, hatte Markus das Gespräch beendet.

Schon seit einigen Monaten machte Markus riskante Geschäfte mit dem Geld der Anleger. Er hatte seine Dispositionsbefugnis weit überschritten und nicht nach den

Anlagerichtlinien seiner Bank gearbeitet. Zunächst war er erfolgreich gewesen, hatte auf sein Privatkonto einige Hunderttausend einzahlen können. Doch diese Gewinne waren schon bald so geschrumpft wie der Schnee auf dem Säntis im Hochsommer.

Zunächst hatte er das nicht tragisch gefunden, hatte es wochenlang geschafft, ein Loch zu stopfen, indem er ein neues aufriss. Dann hatte er seine Mutter um Hilfe gebeten, doch bei ihr war kaum noch ein nennenswerter Betrag zu holen.

Durch einen Zufall war er mit ein paar Leuten bekannt geworden, die ihr Schwarzgeld in der Schweiz anlegen wollten, aber das Risiko scheuten, an der Grenze erwischt zu werden. Markus bot sich für den Transfer an. Dreimal schon war es gutgegangen. Unter den großen, mit dekorativen Schleifen versehenen Blumenkartons waren die Geldbeträge versteckt gewesen, und bisher hatte man ihn nicht kontrolliert.

Auf dem Bildschirm erschienen lange Zahlenreihen, und Markus konzentrierte sich darauf, sie zu studieren und dann noch einmal diverse Umschichtungen vorzunehmen, die höchst kriminell waren. Schweiß perlte ihm auf der Stirn. Wenn jetzt jemand hereinkam ... Doch er hatte Glück, seine Manipulationen blieben unbemerkt.

11

»Hallo, Sabine. Hast du den Laden nebenan neu vermietet?« Bettina schloss ihren Murkel ab. Sie zeigte nach links, wo gerade ein paar Männer Kisten und Kartons aus einem Lieferwagen ins Haus trugen. Neben Sabines Blumengeschäft befand sich ein kleiner Laden, der seit einem halben Jahr leer gestanden hatte. Bisher war dort ein Secondhandladen für Kinderkleidung gewesen, doch das Geschäft war nicht so richtig gelaufen.

»Ja, endlich hat sich ein neuer Mieter gefunden!« Sabine goss die Blumentöpfe, die sie vor dem Schaufenster ausgestellt hatte. Nur kurz sah sie auf.

»Und wer zieht ein?«

»Eine Herrenboutique wird eingerichtet.« Sie stellte die Gießkanne zur Seite und kam zu Bettina. »Der Besitzer ist Österreicher. Sehr charmant, sehr solvent. Zumindest hat er auf mich diesen Eindruck gemacht.« Leichte Röte stieg ihr bei den letzten Worten in die Wangen. »Er will schon in wenigen Tagen eröffnen. Hoffentlich klappt es, und das Geschäft etabliert sich.«

»Ich wünsche es dir. Und natürlich dem neuen Nachbarn. Wird er auch hier wohnen?«

»Nein, soviel ich weiß, lebt er drüben in Lochau.«

»Nicht schlecht, die Location. Am österreichischen Ufer gibt es ein paar exzellente Lokale. Und das Schloss von Lochau hat natürlich auch seinen Reiz.« Bettina kramte in ihrer großen Tasche und zog eine Broschüre heraus. »Hier, der neue Rosenkatalog. Interessiert dich doch, oder?«

»Natürlich. Danke, dass du dran gedacht hast.« Sie zögerte, dann fuhr sie fort: »Bist ja im Moment viel unterwegs.« Ein forschender Blick streifte Bettina.

»Ja, schon.« Bettina war nicht zu näheren Erklärungen bereit. Noch war das, was sie mit Richard verband, zu frisch, um es mit Fremden zu bereden. »Du, ich muss auch gleich wieder los. Wir sehen uns.«

»Schönen Abend.«

»Danke. Dir auch.« Bettina hob winkend die Hand, dann lief sie hoch in ihre Wohnung. Sie wollte Richard heute zum ersten Mal bei sich zu Hause abholen. Den Tag über war er mit Ottmar und den Arbeitern im Weinberg gewesen.

»Es wird sicher spät werden. Was hältst du davon, wenn du zu mir kommst? Mein Großvater ist schon sehr gespannt drauf, dich kennenzulernen«, hatte er gesagt.

Bettina war immer noch ein bisschen skeptisch, als sie sich frisch machte und umzog. Zur hellblauen Hose wählte sie eine weißblau karierte Bluse, die am Hals und an der Knopfleiste mit kleinen Rüschen besetzt war. Der leicht verspielte Look stand ihr ausgezeichnet. Gegen die Kühle, die am Abend oft vom Wasser heraufzog, nahm sie noch eine weiße Strickjacke mit.

Auf den Straßen, die rund um den See führten, herrschte um diese Zeit reger Verkehr. Bettina hatte nur flüchtige Blicke für die liebliche Landschaft übrig, sie konzentrierte sich aufs Fahren. Dabei summte sie leise vor sich hin. Eben erst hatte ihr Richard eine SMS geschrieben:

Freue mich drauf, Dich endlich wieder in die Arme nehmen zu können. Kuss

Bettina fuhr an Immenstaad und Friedrichshafen vorbei und passierte Kressbronn, den Ort, der für die Hängebrücke bekannt war, die Kressbronn und Langenargen miteinander verband. Die 1867 errichtete Kabelhängebrücke sollte, so hieß es, Vorbild für die Golden Gate Bridge in San Francisco gewesen sein. Doch der eindrucksvollen Brücke schenkte Bettina keine Beachtung, sie lenkte ihren Murkel direkt nach Nonnenhorn. Der idyllische Weinort lag direkt am See, dahinter erstreckten sich Weinberge und Obstplantagen.

Bettina musste nicht lange suchen, ein Hinweisschild markierte den Weg zum Weingut der Meiningens.

Eine breite Auffahrt führte zum Haupthaus, das im Schein der Abendsonne in frischem weißem Anstrich glänzte. Vor dem Gebäude war ein Rondell angelegt, in dem Rosen in allen Farben blühten. Das Beet wurde von einem etwa zwei Meter breiten Rasenstück gesäumt.

Kaum dass Bettina hielt, kam ein schwarzes Fellknäuel laut bellend auf sie zugerannt.

»Sammy! Na, das ist ja eine Begrüßung!« Sie kraulte den Hund und schaute sich dabei kurz um. »Freust du dich so, mich zu sehen?«

»Nicht nur dieser kleine Ausreißer freut sich.« Richard kam mit langen Schritten aus einem Nebengebäude und zog Bettina an sich. »Troll dich, Sammy, du störst«, sagte er, bevor er Bettina küsste. »Ich hab dich so vermisst.«

»Wir haben uns doch erst gestern gesehen.« Bettina legte den Kopf in den Nacken, damit sie ihm ins Gesicht blicken konnte. Noch immer hielt Richard sie umarmt, was Sammy missfiel, denn er begann, protestierend zu bellen.

»Dazwischen lagen eine einsame Nacht und ein langer Tag.«

»Romantiker.«

»Stimmt. Den hast du aus mir gemacht.« Noch ein rascher Kuss. »Komm mit rüber zum Weinkeller. Da hockt Großvater bestimmt und grübelt darüber nach, was jetzt werden soll.«

»Was ist denn passiert?«

»Ich habe dir doch erzählt, dass es dem Johann im Weinkeller schlecht geworden ist. Er hat einen Herzinfarkt erlitten und fällt für eine geraume Zeit aus.«

»Das tut mir leid.« Bettina konnte sich nur eine vage Vorstellung davon machen, was es bedeutete, wenn ein so wichtiger Mann in einer Weinkellerei fehlte. »Habt ihr keinen Ersatz?«

Richard schüttelte den Kopf. »Ich bin nicht annähernd so gut wie er, aber ich tu mein Möglichstes, bis …« Er brach ab, als sein Großvater aus dem Gewölbekeller kam.

Ottmar trug zur Arbeitshose ein kariertes Hemd, dessen Ärmel er hochgekrempelt hatte. In der rechten Hand hielt er zwei Flaschen, in der Linken einen Korb, den er jetzt kurz zu einem Gruß anhob.

»Kommt rüber!«, rief er und ging auf einen alten Tisch im Schatten einer Ulme links vom Haus zu, um den vier wackelige Stühle standen.

»Sein Lieblingsplatz.« Richard verzog leicht den Mund. »Dabei stehen auf der Terrasse bequeme Möbel. Aber Großvater mag den Platz unter der Ulme. Da hat er alles im Blick.«

Als sie zum Tisch kamen, hatte Ottmar bereits eingeschenkt. »Willkommen.« Er reichte Bettina eins der Gläser, in denen dunkelrot der Wein funkelte.

»Danke.«

»Setzt euch.« Er taxierte Bettina nur kurz. Was er sah, gefiel ihm ausnehmend gut. Er konnte seinen Enkel verstehen, der sich Hals über Kopf verliebt hatte.

»Hast du Hunger?« Er zwinkerte Bettina zu. »Ich darf doch Du sagen, ja?«

»Aber gerne.« Sie lächelte. Ottmar Meiningen gefiel ihr. Er hatte wache Augen, die von einer Vielzahl feiner Falten umgeben waren. Sie waren fast genauso dunkelbraun wie Richards Augen. Seine Haut war vom Wetter gegerbt, man sah dem alten Mann an, dass er sich viel im

Freien aufhielt. Das graue Haar war kurz geschnitten, aber noch voll.

»Brot und Käse dazu?«

»Das wäre prima. Offen gestanden habe ich nicht zu Mittag gegessen.«

»Endlich mal eine Frau, die Appetit hat!« Ottmar zog einen Laib Brot aus dem Korb und eine Dose mit Käse. Aus einer zweiten Dose holte er duftenden Schinken. »Teller hab ich nicht dabei«, entschuldigte er sich und schob Bettina die Frischhaltedosen hin.

»Macht nichts.« Sie griff sich ein Stück Käse und nahm die Scheibe Brot, die Ottmar abgeschnitten hatte, in die andere Hand. »Köstlich«, lobte sie.

»Das bäckt die Gertrud selber.«

»Man schmeckt's.« Bettina kostete auch den Schinken, dabei unterhielt sie sich zwanglos mit Richard und seinem Großvater, der keinen Hehl daraus machte, wie gut ihm die neue Freundin seines Enkels gefiel.

»Das ist mal ein patentes Mädel«, sagte er, als Bettina für ein paar Minuten ins Haus gegangen war. »Ganz anders als die aufgetakelten Hühner, die du bisher angeschleppt hast. Sie ist auch ungeschminkt tausendmal schöner. Meinst du nicht auch?«

»Bin ganz deiner Meinung, Großvater.« Ein zärtliches Lächeln glitt über Richards Gesicht. »Ich muss gestehen, dass ich noch nie so verliebt war.«

»Halt sie fest, Junge. Das kann ich dir nur raten. Und spiel ihr nicht irgendwas vor. Sei ehrlich. Ein Mädel wie die Bettina, die kann mit falschen Schwüren und vagen Versprechungen nicht umgehen.«

Richard nickte nur. Er stand auf, als Bettina zurückkam. »Soll ich dir den Hof zeigen? Oder willst du lieber noch ein bisschen hier sitzen bleiben?«

»Ich trinke noch aus. So einen guten Wein darf man einfach nicht stehen lassen.« Sie lächelte Ottmar zu, der sich sichtlich über das Lob freute.

»Zeig ihr doch den alten Weinberg«, schlug er vor. »Von da oben«, er wies zu einem Hang links vom Gutshaus, »hat man einen herrlichen Blick über den See.« Er stand auf. »So, ihr beiden, jetzt lass ich euch allein. Ich will noch mal im Krankenhaus anrufen und fragen, ob's was Neues gibt.«

12

Es war still auf der Intensivstation. Das einzige Geräusch war das leises Zischen und Piepsen der Instrumente, die die Lebensfunktionen des Patienten aufzeichneten.

Gertrud sah starr auf das blasse Gesicht des Mannes, den sie seit vielen Jahren liebte. Wie vertraut ihr die Züge waren! Sie kannte jede Falte, jede Linie. Sacht strich sie über Johanns Haar, das an den Schläfen bereits grau war.

»Was machst du nur für Sachen«, flüsterte sie und mühte sich, die Tränen zurückzuhalten, die ihr schon wieder in die Augen steigen wollten.

Der Kranke regte sich nicht.

Stunde um Stunde saß Gertrud an seinem Bett, trank nur hin und wieder eine Tasse Kaffee, die ihr eine Schwester brachte. Erst als es dämmerig wurde, stand sie auf.

»Bis morgen, Johann.« Sie beugte sich über ihn und

küsste ihn vorsichtig auf die Stirn. »Ach, du ... wir haben so viel Zeit verschenkt. Zeit, die unwiederbringlich dahin ist. Wenn du wieder gesund bist, will ich, dass wir zusammenziehen. Da kann Ottmar sagen, was er will.«

»Ja, du hast recht. Zeit ... schade ...«

Seine Stimme war kaum zu verstehen, doch der Druck seiner Finger, die sich um ihren Arm legten, war kräftig wie eh und je.

»Du bist ja wach!«

»Grade wach geworden. War ich lange weg?« Er sah sich blinzelnd um. »Wo bin ich denn?«

»Auf der Intensivstation. Du hattest einen ziemlich schweren Infarkt.«

Er nickte. »Ja, da waren plötzlich diese irren Schmerzen ... So was hab ich noch nie gehabt.«

Eine Schwester kam herein und kontrollierte die Anzeigen auf den Instrumenten.

»Hallo, Herr Kayser, da sind Sie ja wieder. Und wie fühlen Sie sich?«

»Bäume ausreißen kann ich im Moment nicht.«

»Na, Sie haben ja noch Ihren Humor. Das ist wunderbar. Und es sieht auch alles ganz gut aus.« Die Schwester nickte ihm zu. »In drei, vier Wochen geht's Ihnen wieder top.«

»Scherzbold.«

»Sie sagen es. Aber ich bin sicher, Sie packen das.«

Johann erwiderte nichts. Von einer Minute zur anderen war er wieder eingeschlafen.

13

Ich würde euch ja gerne helfen, aber vom Weinbau verstehe ich leider gar nichts.« Bettina lehnte sich in dem alten Ruderboot, das Ottmar gehörte, zurück und sah hinaus auf den See. Der alte Kahn, mit dem Ottmar zum Fischen hinausfuhr, dümpelte nur ein paar Meter vom Ufer entfernt auf dem Wasser.

»Aber du kannst Traktor fahren, oder?«

»Klar doch!«

Richard zögerte. »Könntest du morgen helfen? Wir müssen noch mal gegen Pilzbefall spritzen, und wenn du einen der Traktoren fahren könntest, wäre das schon eine große Hilfe.«

»Mach ich.« Sie wies auf die Angelrute, die sich leicht bog. »Bei dir hat einer angebissen!«

»Au ja!« Aufgeregt hob Richard die Angel an und holte vorsichtig die Schnur ein. »Ein Felchen! Aber ein Winzling«, stellte er enttäuscht fest. »Das wird wohl nix mit dem selbstgeangelten Abendessen.«

»Schmeiß den Kleinen wieder rein. Der muss noch ein Jahr wachsen.« Bettina ließ die Hand durchs Wasser gleiten. »Ich mach uns Salat und Schnitzel. Oder lieber Pizza?«

»Für ein gutes Wiener Schnitzel könnte ich sterben.«

»Das muss nicht sein. Es genügt, wenn du mir hinterher beim Abwasch hilfst.«

»Einverstanden.«

Es war Freitag, rund um den See hatte der Wochenendverkehr eingesetzt. Das Wetter war herrlich, und wer immer es konnte, fuhr an den Bodensee und genoss die freie Zeit.

»Und du bist nicht traurig, dass wir arbeiten müssen?«

»Ach was. Ich helfe doch gern.« Bettina griff nach den Rudern. »Aber jetzt sollten wir zurückfahren. Ich muss mich noch umziehen.«

»Aber doch nicht für einen Ausflug ins Hinterland! Du siehst super aus. Und ich wollte dir ja auch nur den alten Gasthof gleich neben dem Aachentopf zeigen.« Er zog sie an sich. »Du gefällst mir immer, Spätzchen.« Er gab ihr einen kleinen verspielten Kuss auf die Nase.

»Wenn du meinst ...« Bettina trug hellblaue Jeans, dazu ein weißblau gestreiftes Polohemd. Ein weißer Gürtel betonte ihre schlanke Taille. Das Haar war zu einem Pferdeschwanz zusammengebunden, nur ein paar widerspenstige kleine Locken umspielten die Ohren.

»Du siehst zum Anbeißen aus. Ich könnte dich glatt hier und jetzt vernaschen.«

Das Boot glitt sanft ans sandige Ufer, und ehe Bettina sich wehren konnte, hob Richard sie hoch und trug sie an Land. »Wollen wir nicht einfach hierbleiben? Ich hätte nichts dagegen, mit dir allein zu sein. Wir könnten es uns im alten Bootshaus gemütlich machen.«

»Und die große Quelle, die du mir zeigen wolltest?« Bettina machte sich zappelnd frei. »Es ist ja wirklich eine Bildungslücke von mir, dass ich dort noch nie war.«

»Na gut. Dein Wunsch ist mir Befehl. Obwohl ...« Er grinste jungenhaft. »Du weißt hoffentlich, was dir entgeht.«

Leichte Röte stieg in Bettinas Wangen. »Du bist unmöglich, Richard.«

»Nein, nur verliebt!« Er nahm ihre Hand und zog sie mit sich über die Wiese, die sich vom Seeufer hoch zur schmalen Straße zog, hinter der sich eine Obstwiese erstreckte. Dahinter schlossen sich die ersten Reihen exakt gesetzter Weinreben an. »Wir müssen etwa eineinhalb Stunden fahren. Es geht in Richtung Schwarzwald.«

»Wir können auch ins Kino gehen. Ich hab dir doch gesagt, dass gerade ein Film mit diesem Rick Meinhard gezeigt wird, der dir so ähnlich sieht. Und ich habe, offen gestanden, noch nie einen Film mit ihm gesehen.«

»Um Himmels willen, nur das nicht!« Es gelang Richard nur mühsam, seinen Schock zu verbergen. Das fehlte noch, dass er im Kino erkannt wurde und keine Ausrede mehr erfinden konnte. Es war ein Segen, dass Bettina nicht oft ins Kino ging, offensichtlich auch keine Klatschpresse las und somit nicht genau wusste, wie dieser Rick Meinhard aussah. Die totale Ähnlichkeit hätte er wohl nicht erklären können. Und es war einfach schön zu wissen, dass sie ihn um seiner selbst willen mochte und nicht nur deshalb, weil er ein bekannter Schauspieler war. »Ich stehe nicht drauf, meinem Doppelgänger auf der Leinwand zu begegnen.«

»Warum nicht? Du kannst dir was drauf einbilden, einem solchen Star ähnlich zu sehen.«

»Der ist doch kein Star!«

»Nicht? Hab ich aber gehört. Und wenn man bedenkt, dass du dich sogar hinter einem Bart und einer Sonnenbrille verstecken wolltest, um nicht verwechselt zu werden, dann ist er schon eine Berühmtheit.«

»Ach was, den Bart hab ich auch aus Bequemlichkeit stehen lassen. Magst du ihn nicht?«

Bettina legte den Kopf ein bisschen schief. »Ehrlich gesagt, wär es mir lieber, wenn er ab wäre.«

»Mal sehen, was sich machen lässt.« Richard nahm ihre Hand und zog sie zum Auto. »Aber jetzt komm, ich hab Hunger, und die Fische im Lokal bei der Quelle sind bestimmt größer als mein Fang.«

Es war noch so warm, dass sie mit offenem Verdeck fahren konnten. Die Aachquelle war von beeindruckender Größe, und Bettina sah fasziniert auf den großen Quelltopf, der, wie sie an einer Informationstafel lesen konnte, gut achtzehn Meter tief war.

»Stell dir das vor – in Hochleistungszeiten schüttet die Quelle vierundzwanzigtausend Liter Wasser aus. Das ist gigantisch.«

»Ja. Aber es ist zum größten Teil kein echtes Quellwasser, sondern es stammt aus der Donau. Bei Immendingen und Möhringen versickert das Donauwasser – und tritt hier im unterirdischen Quelltopf wieder aus. Das hat man bereits im 19. Jahrhundert festgestellt. Damals haben die Forscher zwanzig Tonnen Salz ins Wasser geschüttet, außerdem zehn Kilo Natriumfluorescein und tausendzweihundert Kilo Schieferöl. Und schon nach sechzig Stunden trat das Salz zutage, und auch das Wasser begann, richtig zu leuchten.«

»Wow! Was du so alles weißt.« Bettina beugte sich über die kleine Brücke und schaute hinunter in die grün schimmernde Tiefe. Gleich neben der Brücke befand sich ein altes Mühlrad, das leider nicht mehr in Betrieb war.

»Ich hab mich schlau gelesen.« Richard hielt ein schmales Informationsblatt in die Höhe. »Das letzte Mal war ich mit der Schule hier, damals waren wir auch von der Salzmenge beeindruckt, die man damals in die Donau geschüttet hatte. Das wusste ich wirklich noch, die anderen Substanzen musste ich nachlesen.«

»Ich bin trotzdem beeindruckt.« Bettina drehte sich um. »Gibt es hier auch Höhlen?«

»Ja, eine.«

»Spannend.« Sie stützte sich auf dem Holzgeländer

ab. »Verrückt, dass man von diesem außergewöhnlichen Ort so wenig weiß.«

»So sind wir Menschen.« Richard zog sie an sich. »Wir bestaunen die Niagarafälle und den Mount Everest, machen Safaris und Trips in die Arktis. Aber von den Besonderheiten vor unserer Haustür wissen wir nur wenig.«

»Da hast du recht. Ich bin froh, dass du mir die Quelle gezeigt hast.«

»Und was möchtest du noch sehen?«

Bettina zögerte, dann sagte sie: »New York. Ich würde gern mal nach New York fliegen. Warst du schon mal da?«

»Nein.« Richard schüttelte den Kopf. »Noch nicht.« Aber schon bald muss ich dorthin, dachte er. Wir drehen für einige Wochen dort. Aber das konnte, das durfte er Bettina noch nicht sagen.

14

Langsam hoben sich die Frühnebel von den Weinhängen. Auf den noch jungen hellen Blättern glitzerten millionenfach feinste Tautropfen. Die Sonne, die hinter den Bergen aufstieg, die beinahe den östlichen See zu berühren schienen, schickte erste wärmende Strahlen übers Land.

Auf Gut Meiningen herrschte bereits reger Betrieb. Nach einem ausgiebigen Frühstück hatten Ottmar und Richard die Arbeiter in die Weinberge geschickt. Zum Teil sollten Reben aufgebunden werden, an einem anderen Hang würden Bettina und Richard mit den dritten Rebschutzspritzungen für dieses Jahr beginnen. Es mussten, um die Schädlingsbildung einzudämmen, noch mindestens zwei Spritzungen erfolgen.

Bettina war mit Feuereifer bei der Sache. Mit dem kleinen Traktor, der exakt zwischen den Rebstöcken hindurchfahren konnte, kam sie sofort zurecht. Und das Arbeiten mit Richard, der den westlich gelegenen Hang mit dem zweiten Traktor befuhr, machte Spaß. In der Pause aßen sie zusammen mit drei Arbeitern an einem offenen Platz ihre Brote, die Gertrud mit Schinken und Käse belegt hatte. In den Thermoskannen waren Kaffee und Tee, aber es gab auch selbsthergestellten Traubensaft.

»Na, was sagst du? Ist es nicht zu anstrengend?«

»Ach was.« Bettina winkte ab. »Ich bin doch das Arbeiten an der frischen Luft gewöhnt.« Sie schob sich den alten Strohhut, den sie aufgesetzt hatte, in den Nacken. »Ich habe nur Durst.«

»Dagegen lässt sich was tun.« Er goss ihr frischen Saft ein, den Bettina mit etwas Sprudelwasser vermischte und trank.

Dann saßen sie still nebeneinander, sahen hinunter auf den See und das Weindorf Nonnenhorn, das sich dicht am Wasser entlang erstreckte. In dem schmucken Ort, der als Zentrum des Weinbaus am bayerischen Seeufer galt, hatten sich die meisten der Winzer, die zum Anbaugebiet gehörten, angesiedelt. Das Weingut der Meiningens war eins der ältesten und bekanntesten. Ottmar war stolz darauf, dass seine Familie seit mehr als fünf Generationen hier ansässig war und besten Qualitätswein erzeugte.

»So, Leute, es muss weitergehen.« Richard wandte

sich an den ältesten der Arbeiter. »Klaus, du übernimmst mit den beiden anderen das Hochbinden, Bettina und ich spritzen noch hier und am Südhang zu Ende.«

»Geht klar, Richard.« Klaus Tretting, der seit vielen Jahren auf dem Gut arbeitete, nickte nur. Er war, so wie die anderen, früh am Morgen gebeten worden, Bettina Richards wahren Beruf noch nicht zu verraten. Den Männern war's egal, ihnen gefiel, dass die junge Frau zupacken konnte und so natürlich war.

Bis vier Uhr am Nachmittag arbeiteten sie ohne weitere Pause, dann war für diesen Tag Schluss. Die Arbeiter gingen heim, Ottmar, Richard und Bettina ließen sich auf dem Freisitz unter der Ulme nieder.

»Kaffee? Ich hab Waffeln gebacken.« Gertrud brachte ein Tablett mit duftenden Waffeln, Kirschen und Sahne an den Tisch. »Und für dich hab ich Speck und Brot dabei«, sagte sie zu Ottmar.

»Danke. Hoffentlich hast du den Schnaps nicht vergessen.«

»Wie könnte ich! Ich kenne dich schließlich.« Sie wandte sich an Bettina. »Du solltest den Speck auch mal probieren. Den krieg ich von einem Bauern, der noch selbst räuchert.«

»Mach ich.« Sie aß eine Waffel mit größtem Appetit, aber auch den mageren Speck probierte sie. »Hm, wirklich gut!« Sie nahm sich noch eine der hauchdünn geschnittenen Scheiben und steckte sie in den Mund.

»Und jetzt trinkst du einen Schnaps mit mir«, schlug Ottmar vor. »Unser Birnengeist ist einmalig.«

»Ich hole noch Gläser.« Gertrud wollte aufstehen.

»Lass mal, das mach ich schon«, sagte Richard und hielt sie am Arm zurück. Er zwinkerte Bettina zu. »Kannst dir was drauf einbilden, dass mein Großvater seinen Birnengeist rausrückt. Den macht er nur für den Eigengebrauch.«

In dem Moment fuhr mit quietschenden Reifen ein gelbes Cabrio auf den Hof. Drei Spatzen, die sich auf dem Weg um ein Stückchen Brot gezankt hatten, flogen erschrocken auf.

»Vanessa. Scheiße.« Richard blieb stehen. »Was will die denn hier?«

Ottmar verzog den Mund. »Was wohl? Dich.«

»Wer ist Vanessa?«, fragte Bettina. Ihr Puls beschleunigte sich, als sie die bildschöne junge Frau sah, die die Arme ausbreitete und auf Richard zulief. Wie kann sie auf diesen hohen Hacken überhaupt laufen?, schoss es ihr völlig irrational durch den Kopf, während sie mit brennendem Blick das Geschehen beobachtete.

»Darling! Endlich!«

Reflexartig hatte auch Richard die Arme ausgebreitet und schlang sie um den zarten Frauenkörper. Dabei streiften Vanessas lange schwarze Haare sein Gesicht, er atmete den Duft ihres Parfüms ein, das für diesen Sommertag viel zu schwer war.

»Ich bin ja so happy, wieder bei dir zu sein!« Vanessa stellte sich auf die Zehenspitzen und versuchte, Richard zu küssen. »Du hast mir ganz irre doll gefehlt. Ich dir auch, Ricky-Darling?«

Sie plapperte unentwegt, während sie sich weiterhin an ihn klammerte.

»Was soll das, Vanessa?« Brüsk schob Richard sie von sich.

»Au, du tust mir weh.« Sie verzog den zyklamrot geschminkten Mund.

Er ließ die Arme sinken und sah zu Bettina hin, die wie versteinert dasaß und auf das Paar starrte, das noch dicht voreinanderstand. Jetzt machte Richard zwei Schritte in Richtung des alten Freisitzes.

»Bettina, ich muss dir erklären …« Er brach ab, als er Bettinas versteinerte Miene bemerkte. Das schöne Gesicht war blass, die Augen brannten darin, und die Lippen, die so innig zu küssen verstanden, waren zu einer schmalen Linie zusammengepresst.

»Nicht nötig.«

Vanessa drehte sich ebenfalls zu ihr um. Ihr Gesicht, eben noch trotzig und schmerzverzerrt, strahlte. »Danke. Es ist schön, dass Sie mich mit meinem Verlobten allein lassen wollen. Ich hab ihm so viel zu sagen. Unter anderem, dass er bald Vater wird.«

»Vanessa! Du spinnst wohl! Wir sind alles andere als verlobt. Und schwanger bist du sicher auch nicht.« Richard lief Bettina nach, die aufgesprungen war und Anstalten machte, den Hang hinunterzulaufen. Auch Ottmar wollte sie aufhalten, doch sie wehrte die ausgestreckte Hand des alten Mannes ab und hastete den schmalen Weg zum Gutshof entlang, wo ihr Wagen hinter einer Scheune geparkt war.

15

»Wenn Bettina was passiert … ich weiß nicht, was ich dann tue.« Richards Gesicht war weiß vor Zorn.

»Nun hab dich mal nicht so!« Vanessa zuckte lässig mit den Schultern. »Dein Ferienflirt wird sich schon nicht in den Bodensee stürzen, nur weil du liiert bist.«

»Du spinnst! Wer sagt denn, dass wir zwei liiert sind?«

»Na du! Du hast gesagt, dass du noch mit keiner so glücklich warst wie mit mir.« Vanessa schob sich eine Haarsträhne hinters Ohr. »Weißt du nicht mehr ... es war in der Nacht nach der Filmpremiere. Wir waren erst mit allen feiern, dann sind wir zu mir gegangen.« Sie schmiegte sich an ihn. »Es war eine tolle Nacht. So guten Sex hatte ich noch nie. Du bist eben Sonderklasse, Ricky-Darling.«

»Quatsch.«

»Nein, es ist die Wahrheit!« Sie leckte sich langsam über die Lippen. »Du warst so einfallsreich! Erst hast du mir einen Ring aus dem Kaugummi-Automaten gezogen, dann Rosen gekauft ... echt süß!«

»Ich war betrunken. Und die Sache mit dem Kaugummi-Automaten ist so was von abgedroschen! Das kommt in jeder zweiten Schnulze vor. Hatte überhaupt nichts zu bedeuten!«

»Für mich schon!«

Richard schüttelte nur den Kopf.

»Wer war die da?« Vanessa sah zurück zur Straße, wo gerade Bettinas Wagen hinter einer Kurve verschwand. »Ganz nett, dieses Mäuschen, das du dir hier aufgegabelt hast. Aber doch nicht annähernd deine Kragenweite!« Sie zupfte am Ausschnitt ihrer roten Seidenbluse. »Aber was kann man hier in der Provinz auch schon erwarten. Wärst du mit mir auf die Seychellen geflogen ...«

»Hätte ich mich zu Tode gelangweilt.« Richard machte sich nicht die Mühe, höflich zu bleiben. »Wie hast du mich überhaupt hier aufgespürt?«

Vanessa lachte. »Du vergisst wohl, dass wir im Zeitalter des Internets leben. Außerdem stehen in deiner Wohnung nur Weinflaschen von diesem Weingut. Da muss man kein Sherlock Holmes sein, um draufzukommen, dass du hier zu Hause bist.« Sie schaute sich um. »Ist ja ganz nett hier, aber du hättest dich wenigstens zum Lago Maggiore aufmachen können. Da ist wenigstens ein bisschen was los!« Sie hakte sich bei ihm ein, ignorierte seine abwehrende Miene. »Aber wir zwei mischen die Hinterwäldler hier schon auf, meinst du nicht? Ich habe gelesen, dass es in Lindau eine Spielbank gibt. Dahin gehen wir heute Abend, okay?«

»Mit Sicherheit nicht.«

»Nun sei doch nicht so stur, Rick! Ich bin extra aus Berlin gekommen, um mit dir zusammen zu sein.« Sie versuchte, ein paar Tränen zu produzieren.

»Gib dir keine Mühe, Vanessa. Nicht mal das kannst du auf Kommando. Du bist wirklich nur eine drittklassige Schauspielerin.«

»Und du bist ein Ekel! Ein arroganter Widerling!« Sie schlug auf ihn ein, doch Rick wehrte ihre hysterischen Angriffe gelassen ab. Erst als sie nach ihm trat, schob er sie mit einem Ruck zur Seite, so dass sie taumelte und auf die Erde fiel.

»Au!« Bühnenreif verdrehte sie die Augen und griff sich mit beiden Händen an den Bauch. »Du Ekel! Weißt du, was du riskierst?«

»Was denn?« Mit unbeteiligter Miene sah er auf die schöne junge Frau herab. Wie billig doch ihre Vorstellung war! Billig und unglaubwürdig.

»Das Leben unseres Kindes. Deines Kindes.«

Aus dem Augenwinkel heraus sah Vanessa, dass er blass wurde. Und ein kleines, triumphierendes Lächeln huschte über ihr Gesicht.

16

»Mach auf, Bettina. Wir müssen reden!«

»Warum? Es ist doch alles klar.« Bettina lehnte am Türrahmen und versuchte, die Fassung zu bewahren.

»Nichts ist klar. Mach auf, bitte!«

»Geh, Richard. Geh zu deiner Verlobten.«

»Vanessa ist nicht meine Verlobte. Sie ist eine Kollegin. Aber wir sind nicht zusammen.«

»Das hörte sich aber ganz anders an. Außerdem … welche Kollegin? Ist sie Winzerin? So sah sie nun gar nicht aus.« Ein kleines bitteres Lachen folgte diesen Worten. »Halt mich nicht für dumm, Richard. Lüg wenigstens jetzt nicht mehr.«

»Das will ich ja auch nicht. Und deshalb müssen wir reden. Ich muss dir so viel erklären …« Er schlug mit der flachen Hand gegen die Tür. »Bitte, mach auf!«

Bettina fuhr sich mit der Hand übers Gesicht. Sie sah verheult aus, aber das war auch schon egal. Langsam drückte sie die Klinke herunter.

»Liebes …« Mit einem Ruck schob Richard die Tür ganz auf, und ehe Bettina sich wehren konnte, nahm er sie in die Arme. »Du …« Er versuchte, sie zu küssen, doch Bettina drehte den Kopf zur Seite.

»Lass mich!« Sie wollte ihn von sich stoßen, doch er hielt sie fest.

»Hör mir zu«, bat er, und ohne sie loszulassen, ging er ins Wohnzimmer. »Setz dich. Bitte.« In seinen Augen, die so zärtlich schauen konnten, brannte ein Feuer, das Bettina verwirrte. So hatte sie Richard noch nie erlebt. Er wirkte aufgeregt, nervös und angespannt. Aber auch liebevoll besorgt.

Langsam setzte sie sich, verschränkte die Arme vor der Brust und sah ihn nur an.

»Ich heiße wirklich Richard Meiningen«, begann er. »Aber … ich bin auch Rick Meinhard. Diese Fans hatten recht. Ich … ich wollte nur nicht erkannt werden.«

»Du bist … du bist dieser Schauspieler?« Sie wollte aufspringen, doch er drückte sie sofort wieder in den Sessel zurück.

»Ja, stimmt. Aber es hat nichts zu bedeuten. Ich bin der Mann, der sich in dich verliebt hat, Bettina. Und es war wundervoll zu spüren, dass du nur mich und nicht meinen Namen, meine Bekanntheit liebst.«

»Das ist ja krank«, murmelte Bettina. »Du hast mit mir gespielt, hast dich wohl heimlich über dieses dumme Provinzgeschöpf kaputtgelacht, das dich nicht kennt und das du eine Weile an der Nase rumführen kannst.«

»Nein.« Er schüttelte den Kopf. »So war's nicht!«

»Der Fernsehstar macht Ferien auf dem Land und leistet sich einen kleinen Flirt. Toll! Super! Eine geniale Idee!« Sie sprang auf und schlug mit den Fäusten auf ihn ein. »Hast du dich auch gut amüsiert? War ich dir naiv genug?«

»Hör auf, Bettina!« Er hielt ihre Hände fest. »So war es ganz und gar nicht. Ich habe mich in dich verliebt. Ehrlich verliebt.«

Bettina antwortete nicht. Sie hielt den Kopf gesenkt, Tränen brannten ihr in den Augen, und sie wusste nicht, ob sie weinen oder laut schreien sollte. So ein hinterhältiger Lügner! So eine Gemeinheit!

»Du bist wirklich ein guter Schauspieler. Kompliment. Aber jetzt ist Schluss. Hau ab! Geh zu deiner Kollegin. Die kann's ja kaum erwarten, mit dir zusammen zu sein. Ich verzichte dankend!«

»Bettina, nein!« Er wollte sie küssen, doch sie trat ihm mit aller Macht gegen das Schienbein. Mit einem unterdrückten Schrei ließ er sie los.

»Raus! Raus, oder ich rufe die Polizei.« Sie ging zur Tür und hielt sie weit auf.

»Bitte …« Noch einmal versuchte Rick, sie umzustimmen. Vergeblich. Resigniert verließ er die Wohnung.

17

Wie dunkle steinerne Riesen standen die Berge im Hintergrund. Davor tanzten weiße Nebelfrauen einen dichten Schleiertanz. Das Wasser des Bodensees, tiefschwarz und spiegelglatt, wirkte an diesem frühen Morgen höchst bedrohlich.

In der Nacht war das Wetter umgeschlagen. Eine Regenfront war von Osten herangezogen, hüllte an diesem Morgen die Landschaft rund um das Schwäbische Meer in ein tristes graues Kleid.

Das Wetter passte perfekt zu Bettinas Stimmung. Stundenlang hatte sie in der Nacht wach gelegen und sich gegrämt. Nach den ersten Tränenströmen hatte sie sich das Weinen verboten. Richard war es nicht wert, dass sie um ihn heulte wie ein Teenager um die erste Liebe.

Er war ein leichtfertiger Schönling, nichts anderes. Eitel. Gewissenlos. Selbstverliebt. Ein Lügner – zugegeben, ein sehr charmanter –, der sich mit ihr, Bettina, ein paar nette Stunden gegönnt hatte, während in Berlin eine Kollegin auf ihn wartete.

Beim Gedanken an Vanessa kamen ihr nun doch

wieder die Tränen. Was hatte sie, eine unbedeutende Gärtnerin, einer solchen Schönheit entgegenzusetzen? Wie sollte sie mit diesem superschlanken, perfekt durchgestylten Wesen konkurrieren?

Immer und immer wieder sah sie das Aufblitzen in Ricks Augen, als Vanessa aus dem Wagen gestiegen und auf ihn zugelaufen war. Spontan hatte er die Arme ausgebreitet und die unerwartete Besucherin an sich gezogen.

In ihrem Kummer klammerte Bettina aus, dass er alles andere als begeistert ausgesehen hatte. Und auch an seine abwehrenden Worte der Kollegin gegenüber wollte sie sich nicht mehr erinnern.

Sie spürte lediglich eine tiefe Traurigkeit und Enttäuschung in sich.

Das Telefon läutete. Wohl zum hundertsten Mal in den vergangenen Stunden. Und auch auf dem Handy hatte Rick sie immer wieder zu erreichen versucht.

Aber sie reagierte nicht.

»Ich kann nicht«, flüsterte sie und hielt sich die Ohren zu. »Lass mich in Ruhe, Rick.«

Mit mechanischen Bewegungen machte sie sich für den Arbeitstag fertig. Im Hausflur begegnete ihr Sabine Borken, die sie erschrocken ansah.

»Um Himmels willen, was ist denn mit dir passiert?«

»Nichts. Ich … ich muss los.«

Die Ältere hielt sie am Arm zurück. »Wenn es das ist, was ich vermute … dein Verehrer steht schon seit einer Stunde vor dem Haus. Ich hab's gesehen, als ich vom Großmarkt kam.«

Bettina zuckte zusammen. Sie hatte ihren Murkel nicht in die Tiefgarage gefahren, sondern auf der Straße geparkt. Und jetzt?

»Komm mit zu mir.« Sabine legte ihr den Arm um die Schultern. »Du legst dich aufs Sofa, trinkst eine Tasse heiße Milch mit Honig und nimmst dazu zwei Schlaftabletten. Ich rufe auf der Mainau an und melde dich krank.«

»Nein. Das geht nicht.«

»Und ob das geht. Schau dich mal im Spiegel an – wie der Tod auf Urlaub siehst du aus!« Ehe Bettina protestieren konnte, nahm Sabine sie am Arm und führte sie in ihre Wohnung. Schnell war ein provisorisches Lager hergerichtet, und auch die heiße Milch stand innerhalb weniger Minuten vor Bettina.

»Trinken. Und die hier schlucken.« Sabines Stimme duldete keinen Widerspruch.

Und so schluckte Bettina die zwei Tabletten und trank Milch mit Honig. Fünf Minuten später war sie eingeschlafen.

Behutsam deckte Sabine sie zu, dann ging sie zum Fenster und schaute hinaus. Der junge Mann, um den Bettina geweint hatte, stand immer noch auf der gegenüberliegenden Straßenseite. Er hatte sich an seinen Sportwagen gelehnt und ließ den Hauseingang nicht aus den Augen.

»Na warte!« Sabine zog sacht die Wohnungstür hinter sich zu und ging dann zu ihm. »Sie können sich gern noch ein paar Stunden die Beine in den Bauch stehen – Bettina werden Sie weder sprechen noch treffen.«

»Aber ich muss sie sehen! Es ist wichtig!«

»Keine Chance.« Sabine drehte sich um.

»Bitte! Ich ... ich liebe Bettina. Und es ist etwas passiert, das ... Verflucht, da gibt es ein riesengroßes Missverständnis zwischen uns. Ich muss Bettina ganz dringend etwas erklären. Gestern war sie viel zu aufgeregt, aber heute muss sie mich anhören!« Seine dunklen Augen sahen sie flehend an, und für einen kurzen Moment war Sabine bereit nachzugeben. Doch dann schüttelte sie den Kopf.

»Nein. Nicht heute. Es geht ihr nicht gut. Sie schläft.«

»Aber ...«

»Sag mal, Junge, hast du ein Hörproblem? Ich sagte nein!« Abrupt drehte sich Sabine um und ging in ihre Blumenboutique. Das melodische Klingeln der Türglocke klang in Ricks Augen wie Hohn.

Sabine stützte beide Hände auf der Theke ab und schaute hinaus. Es dauerte noch gut zehn Minuten, bis der Sportwagen schließlich davonfuhr. Erleichtert atmete sie auf. Im Augenblick sah es so aus, als hätte sie zwei Fliegen mit einer Klappe geschlagen: Bettina wurde nicht mehr belästigt – und ihr Markus hatte eventuell bei der jungen Frau eine neue Chance bekommen.

Aus der oberen Wohnung hörte sie das Klingeln des Telefons. Wieder und wieder.

Gib dir keine Mühe, dachte Sabine. Bettina hört dich nicht.

Vorsichtig nahm sie die Handtasche der Schläferin und zog das Handy heraus. Siebzehn Anrufe. Ohne zu zögern, löschte sie die Eingänge.

18

Die Pension war klein und bot nicht annähernd den Komfort, den Vanessa bevorzugte. Doch der Zimmerpreis war nicht allzu hoch – so wie ihr Kontostand.

»Mistkerl«, murmelte sie vor sich hin, während sie sich im Schein der trüben Badezimmerlampe zurechtmachte. »So leicht mach ich es dir nicht. Du schiebst mich nicht ab wie ein lästiges Groupie.« Sie zog eine kleine Grimasse. »Ich will dich haben – und ich kriege dich!«

Sie dachte an ihre Auseinandersetzung mit Rick zurück. Nachdem sie ihm erklärt hatte, sie sei von ihm schwanger, war er für ein paar Minuten geschockt gewesen. Aber noch ehe sie ihren Triumph wirklich auskosten konnte, hatte er lässig gemeint: »Schwanger? Wie schön. Dann hast du ja sicher auch deinen Mutterpass dabei.«

Verdammt, daran hatte sie nicht gedacht! Heutzutage war es nicht mehr so leicht, einen Mann mit einem Kind zu erpressen.

»Später. Das kommt alles später.«

»So ein Unsinn! Du lügst wirklich plump, Vanessa. Ich hätte dir mehr Intelligenz – und mehr Phantasie zugetraut.« Mit einem geringschätzigen Lächeln war er an ihr vorbei in Richtung Wohnhaus gegangen. »Du findest den Weg vom Gut zurück zur Straße, ja?«

»Du verdammter Scheißkerl! Was bildest du dir ein? Bleib gefälligst stehen, und sieh dir das hier an.«

Während sie sich mit einem Kajalstift die dunklen Augen umrandete, dachte sie an das kleine Ultraschallbild, das sie Rick vor die Nase gehalten hatte. »Dein Kind! Sieh es dir genau an!«

Alles Mögliche hatte sie sich ausgemalt, als sie einer Freundin das Bild abgeschwatzt hatte: Rick, der sich vor Freude nicht lassen konnte. Rick, der vehement die Vaterschaft abstritt. Rick, der sie entsetzt ansah …

Nichts von alldem war passiert. Rick hatte das kleine

Bildchen nur angesehen und gelacht. »Schmierentheater, Vanessa«, hatte er gesagt. »Das ist sogar noch unter deinem Niveau.«

»Aber es ist dein Baby! Ich bin schwanger!« Sie hatte es geschafft, diesmal wirklich zu weinen. Die blanke Wut über sein Verhalten hatte ihr die Tränen in die Augen getrieben.

»Mag sein. Das wird ein Vaterschaftstest klären. Bis dahin verschon mich mit diesen albernen Behauptungen. Und lass mich in Ruhe.«

Mit diesen Worten hatte er sie einfach stehen lassen.

Seitdem grübelte sie darüber nach, wie sie sich an Rick rächen könnte. Leider wollte ihr nichts einfallen. Als sie auf der Suche nach einer Unterkunft ein Plakat der Spielbank von Lindau entdeckte, beschloss sie, dort ein wenig Ablenkung zu suchen. Männer, die ihr ein paar Chips schenkten, würden sich sicher finden lassen!

Ein Glück, dass sie im letzten Moment das kleine schwarze Seidenkleid in den Koffer gelegt hatte, das sie nach dem letzten Dreh preiswert erstanden hatte. Durch Rick war sie an die Rolle gekommen. Es war nicht das erste Mal gewesen, dass er ihr einen Job vermittelt hatte.

Auch das würde vorbei sein, wenn er sie wirklich nicht mehr wollte.

»Verdammter Mist! Rick, ich hasse dich!«

Als sie spürte, dass ihre Augen wieder feucht wurden, biss sie sich entschlossen auf die Lippe. Jetzt nicht sentimental werden! Den Abend genießen – so oder so! Mit Rick oder ohne ihn!

Die Spielbank war hell erleuchtet. Im Foyer herrschte reger Betrieb. Einige der Besucher strebten hastig zu den Spielautomaten, etliche suchten die Restaurants auf, die zum Bereich der Spielbank gehörten.

Vanessa schaute sich kurz um. Die beiden Männer im fortgeschrittenen Alter dort drüben – sie waren interessant! Der Grauhaarige, schlank und gepflegt wirkend, war etwa sechzig, sein Begleiter einige Jahre jünger. Auch er war gut gekleidet, ins schwarze Haar mischten sich etliche graue Strähnen, was ihm gut stand. Auch er sah sich interessiert um, bevor er mit seinem Begleiter zur Rezeption ging.

Kurz entschlossen folgte ihnen Vanessa und zog ihren Ausweis aus der schwarzen Umhängetasche. »Wo gibt's die Jetons?«, erkundigte sie sich.

Die beiden Herren sahen sich an. Beim Anblick der schönen jungen Frau blitzte es in den Augen des Grauhaarigen auf.

»Sie sind fremd hier?«, erkundigte er sich.

»Ja.« Vanessa zuckte leicht mit den Schultern, die nur von den schmalen Spaghettiträgern ihres Kleides bedeckt waren. »Leider haben mich meine beiden Freundinnen versetzt.« Wieder ein kleines Schulterzucken. »Aber ich wollte mir den Spaß nicht verderben lassen.«

»Sehr klug von Ihnen. Dürfen wir uns vielleicht als Ersatz anbieten?«

»Gern. Und als Ersatz möchte ich Ihre charmante Begleitung nun wirklich nicht bezeichnen.«

»Wir fühlen uns geehrt. Nicht wahr, Clemens?«

»Sehr sogar. Darf ich Ihnen ein paar Jetons holen?« Ohne ihre Antwort abzuwarten, ging der Grauhaarige hinüber zur Kasse.

Vanessa grinste in sich hinein. Das lief ja optimal!

Und es blieb ein erfolgreicher Abend! Sie gewann gleich dreimal hintereinander beim Roulette, was die beiden Herren unbedingt an der Bar mit Champagner feiern wollten.

»Wir sollten teilen«, meinte Vanessa, als sie sich zuprosteten.

»Ach was. Genießen Sie Ihr Glück allein.« Clemens trank ihr zu. »Auf einen schönen Abend.« Er legte ihr die Hand aufs Knie. »Ich hoffe doch sehr, dass er noch lange nicht zu Ende ist.«

»Das liegt nicht allein an mir.« Vanessa blinzelte ihm unter halbgeschlossenen Lidern zu. Sie hatte sofort gemerkt, dass Clemens auf sie abfuhr, während sein Begleiter sich mehr fürs Roulette interessierte.

Kaum hatte er sein Glas geleert, meinte er: »Ich lasse euch eine Weile allein. Gehe noch mal an die Tische. Beim Black Jack war ich heute auch noch nicht.«

»Dann viel Erfolg.« Clemens nickte ihm zu. »Vanessa und ich amüsieren uns auch ohne dich.« Er ließ keinen Blick von seiner neuen Bekanntschaft. Clemens Wegenhart, von Beruf Lebemann und Erbe einer Speditionsfirma, hatte Vanessa gleich durchschaut. Hübsch, arm, neugierig und lebenshungrig – so hatte er sie eingestuft.

Eine Einschätzung, die sich im Laufe des Abends bestätigte. Sie tranken drei Gläser Champagner, dann gab Clemens der jungen Schauspielerin noch ein wenig Geld, auf dass sie ihr Glück an den Automaten versuchen konnte.

»Das klappt nicht so gut«, erklärte Vanessa, nachdem sie die zweihundert Euro verloren hatte.

»Macht nichts. Ich weiß was, was dich aufmuntern wird.« Sie waren gleich beim ersten Glas zum vertraulichen Du übergegangen.

»Und das wäre?«

Der Mann lachte kehlig. »Lass dich überraschen.« Er legte den Arm um Vanessas Schultern und zog sie an sich. »Du bist die reizvollste Frau, die ich in den letzten Jahren kennengelernt habe«, raunte er ihr zu. »Was hältst du davon, wenn wir zwei uns separieren?«

Vanessa zögerte nur einen kurzen Moment, dann nickte sie zustimmend. In ihrer kleinen Tasche steckte der Roulette-Gewinn von fast zweitausend Euro, dazu hatte sie Champagner getrunken und einen tollen Mann getroffen. Es lohnte gewiss, die Bekanntschaft zu vertiefen.

»Ich hab ein bisschen Hunger«, gestand sie. »Können wir irgendwo einen Happen essen?«

Clemens nickte. »Was hältst du davon, wenn wir bei mir einen Imbiss nehmen? Meine Haushälterin ist eine exzellente Köchin und hat gewiss ein paar Sachen im Kühlschrank.«

Er hatte eine Haushälterin! Nicht schlecht!

»Und wo wohnst du?«

»Nicht weit von hier, in Wasserburg. Mit dem Taxi sind wir schnell da.« Abwartend sah er sie an.

Wie erwartet nickte Vanessa. »Einverstanden.« Sie hakte sich bei ihm ein. »Du solltest dich noch von deinem Freund verabschieden.«

»Ach was.« Clemens winkte ab. »Der amüsiert sich die halbe Nacht hindurch am Spieltisch.«

»Hoffentlich gewinnt er.«

»Vielleicht.« Er drückte ihren Arm. »Ich jedenfalls hab gewonnen«, sagte er und schaute ihr tief in die dunklen Augen.

Vor der Spielbank standen Taxis, und auf einen kurzen Wink von einem der Pagen fuhr ein Wagen vor.

Clemens hielt Vanessa die Tür auf und glitt neben sie. Kaum dass der Wagen angefahren war, legte er ihr erneut die Hand aufs Knie, strich sacht über die Haut, die unter dem dünnen Seidenstrumpf sofort zu prickeln begann. Der Champagner hatte Vanessas Hemmschwelle reduziert, sie sonnte sich in der Bewunderung ihres Begleiters.

Ich brauche dich nicht, Rick Meinhard, dachte sie, ich kann mich auch ohne dich hervorragend amüsieren!

»Wir sind gleich da. Ich kann's kaum erwarten, mit dir allein zu sein.« Clemens' Griff auf ihrem Oberschenkel wurde fester, sein Atem dicht an ihrem Ohr ging heftig.

Vanessa beugte sich vor und küsste ihn. »Ebenfalls«, hauchte sie.

Mit einem sanften Ruck hielt das Auto vor einem Bungalow mit Walmdach. Das Grundstück war von einer hohen Mauer umgeben, so dass vom Haus nur die Fenster im ersten Stock und das Dach zu sehen waren. Auf der Mauer brannten in kurzen Abständen runde Lampen, die warmes Licht verströmten.

Ohne aufs Wechselgeld zu warten, steckte Clemens dem Fahrer einen Schein zu und stand auf. »Komm.« Er zog Vanessa hastig zum schmiedeeisernen Tor, das in die Mauer eingelassen war.

Vanessa hatte kaum Zeit, sich umzusehen, denn mit langen Schritten strebte Clemens zur Haustür und schloss auf. Im nächsten Moment ging in der großen Halle das Licht an.

»Willkommen in meinem Reich.« Clemens nahm Vanessas Hände und zog sie an die Lippen. »Ich bin sehr froh, dass du hier bist. Komm, drüben ist die Küche. Mal sehen, was der Eisschrank so hergibt.«

Sie fanden rasch ein paar delikate Snacks. Doch schon nach drei Happen meinte Clemens: »Nimm den Teller doch mit in den Wohnraum, da ist es gemütlicher. Noch Champagner?«

»Da sag ich nicht nein.«

»Geh schon mal voraus.« Er wies auf die breite Tür mit den ziselierten Milchglasscheiben. »Ich öffne schnell noch die Flasche.« Er wies hinter sich, sah aus dem Augenwinkel, dass Vanessa ihren Teller und die kleine Abendtasche nahm und hinüber zum Wohnraum schlenderte. Rasch holte er die hohen Sektflöten aus dem Schrank, zudem ein kleines dunkles Fläschchen, das er in der Hosentasche verschwinden ließ.

Mit lächelnder Miene kam er zu Vanessa, die inmitten des großen Raumes stand und aus dem Fenster schaute. Am Ende des Gartens schimmerte dunkel der Bodensee. Sie hätte wohl nicht bemerkt, wie nah das Grundstück am Seeufer stand, wenn nicht einzelne Positionslampen der Schiffe und die Laternen der Uferpromenade darauf aufmerksam gemacht hätten.

»Super Aussicht«, meinte sie.

»Ja, es ist ganz schön hier.« Clemens goss die Gläser voll. »Aber du bist schöner. Auf dein Spezielles.«

Sie tranken sich zu, dann zog Clemens Vanessa auf die breite helle Ledercouch. Lässig war eine hellbraune Fuchsdecke über die Lehne gebreitet. Mit einer schnellen Handbewegung zog Clemens das weiche Fell herunter. »Leg dich drauf, das ist bequem«, murmelte er, bevor er Vanessa zu küssen begann.

Zunächst waren seine Zärtlichkeiten sanft und zurückhaltend, doch schnell nahm seine Leidenschaft zu. Zwischendurch goss er nochmals Champagner nach.

Vanessa fühlte eine dumpfe Müdigkeit in sich aufsteigen. Wie durch eine Nebelwand nahm sie ihre Umgebung wahr, spürte die Männerhände, die ihr geschickt die Kleidung auszogen, ihre Brüste erst streichelten, dann tiefer glitten, während Clemens sie hart küsste.

Sie wollte ihn abwehren, doch sie war wie gelähmt.

Sie konnte sich auch nicht wehren, als er sie mit ihrem hauchdünnen BH langsam, aber stetig würgte, bis sie das Bewusstsein verlor.

19

»Ich habe auf der Mainau angerufen und dich krankgemeldet.« Sabine Borken strich sanft über Bettinas zerzaustes Haar. »Was ja nicht mal gelogen war. Du siehst wirklich schrecklich aus.«

»Egal.« Bettina biss sich auf die Lippe, um die Tränen, die wieder in ihr aufsteigen wollten, zu unterdrücken. »Aber danke, dass du angerufen hast. Ich gehe jetzt wieder hoch in meine Wohnung.« Sie wollte aufstehen, sank aber gleich wieder auf die Schlafcouch zurück. Alles um sie herum drehte sich.

»Lass das mal lieber sein, dein Kreislauf spielt offensichtlich verrückt. Ruh dich noch ein bisschen aus.«

»Nein, nein, es geht schon wieder. Danke für alles, Sabine.« Vorsichtig stand Bettina auf. Sie war noch wacklig auf den Beinen, doch sie schaffte es hoch in ihre Wohnung.

Die Vorhänge waren noch immer zugezogen, schlossen die Welt da draußen aus. Gut so!

In der Küche trank Bettina ein Glas Wasser, ging zurück ins gemütliche Wohnzimmer und setzte sich in ihren Lieblingssessel vor der breiten Fensterfront, die den Blick auf den See freigab. Erst nach Minuten realisierte sie, dass sie gar nicht hinausschauen konnte. Mit müden Bewegungen zog sie nun doch die Vorhänge zur Seite.

Die Sonne stand schon tief, tauchte den westlichen Teil des Sees in ein rotgoldenes Licht.

Es war ein Blick, den Bettina normalerweise genoss, wenn sie im Sommer heimkam. Doch heute konnte das Farbenspiel ihr Herz nicht erreichen. Sie trank den letzten Schluck Wasser und griff zum Handy.

Keine Nachricht von Rick!

Irritiert runzelte sie die Stirn. Er hatte doch etliche Male angerufen! Das hatte sie nicht geträumt!

»Dann habe ich sie wohl schon gelöscht«, murmelte sie und legte das Handy zurück auf den Tisch. Leise Enttäuschung machte sich in ihr breit. Gern hätte sie die Nachrichten noch einmal gelesen. Ricks Entschuldigungen. Seine Beteuerungen, dass ihn nichts mehr mit dieser schwarzhaarigen Frau verband. Lügen … die sie so gern geglaubt hätte!

Es läutete.

Kurz nur. Und doch sprang Bettina auf und lief zur Tür. Wieder verschwamm alles vor ihren Augen, aber sie schaffte es, auf den Türöffner zu drücken.

Und da stand er auch schon vor ihr.

»Rick …«

»Ja.« Mehr sagte er nicht. Mehr konnte er nicht sagen, denn er musste Bettina im letzten Moment auffangen. Ohne zu zögern, hob er sie auf die Arme und trug sie zurück zu ihrem Sessel.

Sanft setzte er sie ab, blieb aber dicht neben ihr hocken. »Mein dummer Schatz«, sagte er und streichelte ihr Haar, ihre zuckenden Schultern. »Vertrau mir doch. Bitte.«

Sie wollte den Kopf schütteln, aber sie hielt ganz still. Genoss die Wärme seiner Finger auf den Schultern, im Nacken, im Haar, als er sacht begann, mit ihren zerzausten Locken zu spielen.

»Das mit Vanessa ... es hat nichts zu bedeuten. Sie ist eine Kollegin, mit der ich geflirtet habe, das gebe ich zu.« Er verzog leicht den Mund, was Bettina allerdings nicht sehen konnte. »Sie ist ja auch ganz ansehnlich. Aber uns hat nicht wirklich etwas verbunden. Das, was mit uns beiden ist ... das ist etwas ganz anderes.«

»Stimmt. Ich bin nicht schwanger von dir.« Endlich gelang es ihr, sich aus dem Kokon seiner sanften Stimme, aus der zärtlichen Berührung seiner Hände zu befreien. Mit einer brüsken Bewegung schob sie ihn von sich.

»Das ist Vanessa auch nicht. Sie hat ganz plump gelogen.« Er stand auf, rieb nervös die Hände gegeneinander.

»Sie behauptet es aber!«

»Vanessa neigt halt zu dramatischen Auftritten. Sie spielt eine Rolle. Mehr schlecht als recht, so wie in ihrem Job. Und jetzt denkt sie, mich damit ködern zu können.« Wieder kniete er sich vor Bettina, nahm ihren Kopf zwischen die Hände und zwang sie, ihn anzusehen. »Und selbst wenn sie wirklich ein Kind von mir bekäme ... es änderte nichts. Ich liebe sie nicht. Ich liebe dich, Bettina. Dich allein.«

Und dann war sein Mund auch schon auf ihren Lippen, die weiterhin fest zusammengepresst blieben. Er störte sich nicht daran. Küsste ihre Mundwinkel, ihre Wangen, ihre geschlossenen Augen, aus denen schon wieder Tränen liefen.

»Wein doch nicht. Bitte, nicht weinen.« Er drückte ihren Kopf ein wenig nach hinten. »Sieh mich an. Bitte, Bettina, sieh mich an.«

Nur langsam öffnete sie die Augen.

Ganz dicht war sein Gesicht vor ihr. Sie sah seine dunklen Augen, sah die feinen Fältchen, die nicht vom Alter, sondern vom Lachen kamen. Sie sah das feine Vibrieren seiner Nasenflügel, das Zucken der Mundwinkel. Sie sah aber auch die dunklen Schatten unter den Augen, die von Angst, Verzweiflung, von einer durchwachten Nacht erzählten.

Mit einem kleinen Schrei, der mehr ein Schluchzen war, hob sie die Arme und umklammerte seinen Nacken. Schmiegte sich an ihn. Erwiderte endlich seinen Kuss.

Die Sonne versank, verlieh den aufziehenden Wolken ein hellrotes und zartviolettes dünnes Kleid, das sich innerhalb kurzer Zeit in einen dicken grauen Umhang verwandelte.

Bettina und Rick merkten nichts vom aufziehenden Unwetter. Sie hatten sich endlich wieder.

20

Dumpf trommelte der Regen gegen die Fensterscheiben. Blitze zuckten über den nachtschwarzen Himmel, gefolgt von heftigen Donnerschlägen, die in Vanessas Kopf nachhallten.

Sie versuchte, sich aufzurichten, aber es gelang ihr nicht. Ihr Mund war trocken, sie musste schwer schlucken. Der Schmerz in ihrem Kopf trieb ihr die Tränen in die Augen.

Mit einer hastigen Bewegung wollte sie sie wegwischen – es ging nicht. Sie konnte die Arme nicht bewegen.

»Hey! Was soll das denn?« Endlich gehorchte ihr die Stimme wieder. Sie blickte sich um. Das Zimmer war in dunklen schwarzen und violetten Farben gehalten. Die seidene Bettwäsche war ebenfalls schwarz. Einzige Lichtquelle war ein fünfarmiger Kerzenleuchter, der neben dem Bett stand.

In den Schein der dicken schwarzen Kerzen trat jetzt ein Mann – Clemens. Er war nackt, hatte zwei Gläser in den Händen und hielt eins davon an Vanessas Lippen.

»Trink!«, befahl er.

»Nein!« Sie warf den Kopf zur Seite, einiges vom Champagner floss auf die Seidendecke. »Was soll der Scheiß, Clemens? Mach mich gefälligst los!«

»Trink erst!« Als sie nicht gleich gehorchte, stellte er sein Glas ab und zwang sie mit Gewalt zum Trinken.

Vanessa verschluckte sich, hustete zweimal, doch dann fühlte sie sich besser. Die dunklen Farben des Zimmers verwandelten sich in helle grelle Blitze, die sie so blendeten, dass sie die Augen wieder schließen musste.

»Braves Mädchen. So mag ich dich.« Clemens legte sich auf sie, sie spürte seine Hände, dann auf einmal einen Schmerz, der sie zusammenzucken ließ. Als sie aufschrie, hielt ihr Clemens den Mund zu. Noch etliche Male schlug er sie, dann drang er in sie, trieb sie mit harten Stößen zum Orgasmus.

Noch während sie aufschrie, schlug er erneut zu.

Es wurde Nacht um Vanessa.

Als sie wieder erwachte, war sie allein. Zugedeckt und nicht mehr gefesselt lag sie im Bett. Sie spürte einen dumpfen Schmerz im ganzen Körper, und als sie sich aufrichtete und die Decke zurückschlug, stöhnte sie entsetzt auf.

Rote blutige Striemen auf ihren Beinen, ihrem Bauch, quer über dem Busen.

»Nein!« Sie sprang aus dem Bett, öffnete die Tür, die in einen schmalen Flur führte. »Clemens, du perverser Scheißkerl! Komm gefälligst her! Das büßt du mir!«

Keine Antwort.

Alles war still im Haus. Von Clemens keine Spur. So laut Vanessa auch rief, es kam keine Reaktion. Sie tobte, schrie, weinte … nichts.

Mühsam zog sie sich an und überlegte dabei, ob sie die Polizei alarmieren sollte. Ganz offensichtlich hatte ihr Clemens K.-O.-Tropfen in den Champagner getan und sich dann an ihr vergangen, als sie willenlos gewesen war.

Schon hielt sie das Handy in der Hand, um den Notruf zu wählen. Und zuckte im nächsten Moment zusammen. Nein, das konnte sie nicht tun! Wenn sie die Polizei alarmierte, wenn sie Clemens anzeigte, dann musste sie eingestehen, was passiert war. Und vielleicht bekam die Presse dann Wind von der Angelegenheit.

Eine schreckliche Vorstellung.

Schlimmer als die Schmerzen und die Demütigung, die ihr zugefügt worden waren.

Vanessa fürchtete nichts mehr als schlechte Presse. Und so steckte sie das Handy wieder ein und hastete durchs ganze Haus, um einen Ausgang zu finden. Doch alle Türen, die in Clemens' Privaträume führen könnten, waren verschlossen. So wie die Haustür und die Kellertür.

Nur eine schmale, vergitterte Tür war unverschlossen und führte seitlich aus dem Haus, das im fahlen Morgenlicht wie ausgestorben dalag.

21

Rick wartete bereits, als Bettina um halb sechs das Bistro betrat, in dem sie sich verabredet hatten. Vor ihm stand eine halbleere Cappuccino-Tasse. Er wirkte ein wenig müde, doch die Schatten unter seinen Augen verschwanden schlagartig, als Bettina auf ihn zukam und ihm einen Kuss gab.

»Wie war dein Tag?«, erkundigte sie sich, während sie sich setzte.

»Stressig. Ich bin die harte körperliche Arbeit einfach nicht mehr gewöhnt«, gestand er und verzog das Gesicht zu einer kleinen Grimasse. »Es ist schon fast peinlich zu sehen, wie mein Großvater arbeitet und lange nicht so geschafft ist wie ich.«

»In ein paar Tagen ist es ja für dich vorbei.« Bettina versuchte, ihre Stimme neutral klingen zu lassen, doch das Bedauern, das sie empfand, ließ sich nicht verbergen. Rick und sie hatten noch dieses eine Wochenende, dann musste er nach München zu Synchronaufnahmen. Im Spätherbst dann stand die mehrwöchige Produktion eines Fernsehspiels an, eine anspruchsvolle Aufgabe, auf die sich Rick sehr freute. Noch vor zwei Jahren hätte er nicht zu hoffen gewagt, jemals die Rolle des *Egmont* in Goethes gleichnamigem Drama angeboten zu bekommen.

»Ja. Und ... ich weiß gar nicht, ob ich nicht doch lieber im Weinberg arbeiten sollte.« Rick winkte der Kellnerin. »Willst du auch einen Cappuccino?«, fragte er Bettina.

»Nein, lieber einen doppelten Espresso.«

»Kommt sofort.«

Als sie allein waren, griff Rick nach Bettinas Hand

und streichelte sie zärtlich. »Nicht traurig sein«, bat er. »Ich besuche dich so oft wie möglich. Und du kannst ja auch nach München kommen.«

»Ja, so machen wir's.« Sie zwang sich zu einem Lächeln. »Aber noch haben wir zwei Tage.«

»Und drei Nächte.« Er hauchte ihr einen Luftkuss zu. »Was unternehmen wir heute?«

Bettina lehnte sich auf dem Bistrostuhl zurück. »Ehrlich gesagt bin ich ziemlich geschafft. Groß ausgehen will ich nicht.«

Rick atmete erleichtert auf. »Du sprichst mir aus der Seele.«

»Wusste ich's doch.« Sie lachte. »Aber bild dir nicht ein, dass du auf meiner Couch einschlafen darfst.«

»Darf ich nicht?«

»Nein. Jedenfalls nicht sofort.«

»Das klingt verheißungsvoll.« Er zwinkerte ihr zu. »Keine Sorge, so müde bin ich nun doch nicht.«

»Schön zu hören.« Bettina machte das verliebte Geplänkel Spaß. Sie fühlte sich so gut wie schon eine kleine Ewigkeit nicht mehr. Die Stunden, in denen sie befürchtet hatte, nur ein Spielzeug für Rick zu sein, waren vergessen. So, wie sie auch nicht mehr an Vanessa dachte. Rick hatte ihr glaubhaft erklärt, dass sein kurzer Flirt mit der schönen Kollegin Vergangenheit war.

»Sie ist reizvoll, zugegeben, und für kurze Zeit war es auch angenehm, mit ihr zusammen zu sein«, gestand er. »Aber mir war immer bewusst, dass es nicht mehr als ein Flirt unter Kollegen war.«

»Sie sieht das aber anders.«

»Glaub ich nicht wirklich. Sie möchte weiterhin von meiner Popularität profitieren, das ist alles. Es war auch nicht schwierig, ihr zwei, drei kleine Rollen zuzuschanzen. Jetzt muss sie zusehen, dass sie allein zurechtkommt.«

»Und wenn sie nun doch schwanger ist?«

»Das glaube ich nicht. Und wenn doch ... Sollte das Kind von mir sein, werde ich zahlen. Mehr nicht.«

Bettina erwiderte nichts darauf. Für einen kurzen Moment war die heitere Stimmung getrübt. Doch schon griff Rick wieder nach ihrer Hand. »Denk nicht mehr dran«, bat er. »Ich bin sicher, dass alles nur eine Finte von ihr war. Lass uns lieber überlegen, was wir in den nächsten Tagen machen werden. Du hast doch an beiden Tagen des Wochenendes frei, oder?«

Bettina nickte.

»Dann lass uns morgen wegfahren. Das Wetter ist herrlich, wir sollten unseren schönen See genießen.«

»Und wohin willst du?«

»Was hältst du von Schaffhausen? Oder St. Gallen?«

»Gute Idee!« Sie lachte leise. »Goethe lässt dich wohl nicht los, oder?«

»Wie kommst du denn darauf?«

»Na, der große Dichter war einen ganzen Tag lang am Rheinfall. So wie auch Mörike. Das haben wir in der Schule gelernt.« Sie lachte leise. »Ich höre noch Frau Dittrich, meine Lehrerin. Sie war Goethe-Verehrerin und hat uns beigebracht, dass Goethe am Rheinfall war, weil er sich dem ›Naturphänomen in seinem vollen Glanze‹ widmen wollte. So zumindest hat er sich ausgedrückt. Das ist überliefert.«

»Dann sollten wir es ihm nachmachen.«

Zunächst aber genossen sie den Abend – und die Nacht. Davon, dass Rick erschöpft war von der Arbeit im Weinberg, war nichts mehr zu merken, als er Bettina mit seinen Zärtlichkeiten verwöhnte.

Eng umschlungen schliefen sie endlich ein und wurden erst wach, als es draußen auf der Straße laut wurde. Die ersten Touristen eroberten Meersburg, versuchten, einen Parkplatz zu finden, um dann die reizvolle Altstadt erkunden zu können. Die mittelalterlich engen Gassen mit ihren schmucken Fachwerkhäusern entzückten die Besucher ebenso wie das Alte Schloss, in dem einst die Dichterin Annette von Droste-Hülshoff jahrelang gelebt und gearbeitet hatte.

Vom Anlegesteg her erklang das Läuten einer Schiffsglocke, das erste Ausflugsschiff machte sich zur Abfahrt bereit. Die Blumeninsel lockte ebenso wie eine Fahrt hinüber zum schweizerischen oder österreichischen Ufer.

Langsam drehte sich Bettina zu Rick um, der hinter ihr lag, die Hand auf ihrer nackten Schulter. »Guten Morgen. Ausgeschlafen?«

»Noch nicht ganz. Aber ich bin wach genug, um …« Er sprach nicht weiter, sondern küsste sie lange und mit wachsender Leidenschaft. So verging fast eine Stunde, ehe sie endlich aufstanden und auf dem kleinen sonnigen Balkon frühstückten.

Am späten Vormittag kamen sie in Schaffhausen an und gingen gleich zum berühmten Rheinfall – dem größten Wasserfall Europas. Schäumend und mit lautem Getöse stürzten die Wassermassen des noch jungen Rheins in die Tiefe. Gischt spritzte auf und besprühte die Besucher, die auf der Aussichtsplattform standen und fasziniert auf die weißen Schaumkronen hinunterschauten. Dreiundzwanzig Meter stürzte das Wasser in die Tiefe, und hundertfünfzig Meter breit war der Rhein an dieser Stelle, ehe er sich wieder verjüngte und gezähmt seinen Lauf Richtung Norden fortsetzte.

»Sollen wir mit dem Boot noch näher heranfahren?«,

fragte Rick. »So ein bisschen Nervenkitzel wäre nicht übel.«

Aber Bettina winkte ab. »Lieber nicht. Lass uns noch eine Weile hier stehen. Ich finde das Licht und die Farbreflexe auf den Wassermassen einfach toll.«

Und so standen sie noch einige Minuten da und schauten hinunter ins tosende Wasser.

»Jetzt kann man sich vorstellen, wie beeindruckt Goethe damals gewesen ist«, meinte Bettina.

»Ja, aber wäre er an die Niagarafälle gekommen oder gar an die Victoriafälle, hätte er das hier als nicht allzu spektakulär empfunden.«

Bettina drehte sich in seinen Armen um. »Wie kann man so unromantisch sein! Für Goethe war der Rheinfall ein außerordentliches Erlebnis.«

»Ich gebe dir ja recht. Aber jetzt komm, wir wollen doch noch weiterfahren. Sollen wir erst nach St. Gallen, oder willst du sofort hoch zum Säntis?«

»Mir wäre erst mal nach Kultur.« Bettina lachte, als sie Ricks gespielt entsetztes Gesicht sah. »Es kann doch nicht schaden, sich noch mal die Benediktinerabtei anzusehen.«

»Aber nur von außen.«

»Einverstanden. Wobei ... die Stiftskirche ist ein richtiges Kleinod. Und erst die Stiftsbibliothek!« Sie seufzte leise auf. »Vor gut sechs Jahren war ich mal mit einer Freundin dort. Diese Unzahl wertvoller Bücher ist beeindruckend.«

»Ich weiß. Ich war auch schon mal drin. Die Bibliothek soll die größte der Schweiz sein. Und eine der ältesten Klosterbibliotheken der Welt.«

»Wow! Du weißt ja Bescheid. Ich bin beeindruckt«, erwiderte Bettina und lächelte.

»Genau das hab ich erreichen wollen.« Er streckte kurz die Hand aus und strich ihr übers Haar, das im Fahrtwind wehte.

Sie genossen die Fahrt im offenen Sportwagen. Bettina lehnte sich zurück, schloss ab und an die Augen und atmete den Duft der Wiesen und Felder ein. Dann wieder blickte sie hinüber zu Rick, der entspannt hinter dem Steuer saß und zu spüren schien, wenn sie ihn ansah. Jedes Mal wandte er den Kopf und lächelte ihr zärtlich zu.

»Sollen wir rüber zum Seealpsee fahren?«, fragte Rick, als sie an einem Hinweisschild zu dem hochgelegenen See vorüberfuhren. Es hieß, der Wasserspiegel dieses Sees sei besonders dunkel und schaffe eine unheimliche Atmosphäre.

»Es ist schon spät. Fahr weiter.« Sie lehnte sich kurz an ihn. Es tat gut, seine Nähe, die Wärme seiner Haut zu spüren. Ein leises Kribbeln machte sich in Bettina breit, und am liebsten hätte sie Rick gebeten, anzuhalten und sie ausgiebig zu küssen. Doch sie schwieg, sie hatte Hemmungen, ihre geheimsten Wünsche und Sehnsüchte auszusprechen. Dazu, fand sie, kannten sie sich noch nicht gut genug.

Nach einer halben Stunde verließen sie die Autobahn und fuhren über Landstraßen weiter bis St. Gallen. Das Stadtbild wurde von der barocken Kathedrale dominiert, die mit ihren zwei hohen Türmen alles überragte und sich in ihrer ganzen Schönheit den Besuchern darbot.

Doch wie versprochen schlenderten Bettina und Rick nur kurz über den Domplatz, dann schauten sie sich die Altstadt an, die mit ihren engen Gassen und den kunstvoll geschmückten Häusern eine weitere Attraktion war. Überall sah man den Reichtum, den die Bewohner schon vor etlichen hundert Jahren gehabt hatten. Mit Textilien, wertvollen Stoffen und Tuchen hatten die St. Gallener im Mittelalter ihre Vermögen angehäuft.

»Ich hab Hunger«, gestand Rick, als sie an einem Haus vorüberkamen, das mit seinen kunstvollen schmiedeeisernen Verzierungen über der Tür sehr einladend aussah.

»Ehrlich gesagt, ich auch.« Bettina lachte. »Die Mittagszeit ist ja auch schon lange vorbei.«

»Aber hier in einem der berühmten Beizli kriegen wir sicher noch was.« Er schaute zum ersten Stockwerk hoch, in dem das Restaurant untergebracht war. »Ich war noch nie in einem dieser Restaurants, die es in dieser Art nur in St. Gallen gibt.«

»Das hat auch was mit der Geschichte zu tun. Im Mittelalter war es zu voll in den engen Gassen, und schmutzig war's auch. Zudem stank es wohl fürchterlich. Deshalb haben die Menschen es vorgezogen, im ersten Stockwerk zu essen. Und diese Tradition wird hier immer noch gepflegt. Find ich gar nicht schlecht.«

»Dann los, lass uns hier einkehren.«

In dem alten, urgemütlichen Lokal aßen sie ganz hervorragend. Es störte absolut nicht, dass die Wände ein bisschen schief waren. Doch sie waren kunstvoll bemalt, und von der Bedienung, einer sympathischen Mittvierzigerin mit kurzem dunklem Haar, erfuhren sie, dass dieses Haus eines der schönsten Gebäude der ganzen Stadt war.

»Wenn Sie sich dagegen die Stadtlounge ansehen, kommen Sie sich vor wie in einer anderen Welt.«

»Die Stadtlounge? Was ist das?«

Die Kellnerin zuckte mit den molligen Schultern. »Viele nennen es unser rotes Freiluftwohnzimmer. Es ist ein sehr modernes Aufenthalts- und Gastronomiegebiet. Aber mir gefällt's gar nicht.«

»Ich fühle mich hier sehr wohl.« Bettina lächelte. »Und es hat sehr gut geschmeckt. Es waren die besten Rösti, die ich je gegessen habe.«

»Danke. Freut mich, dass es euch geschmeckt hat.« Die Bedienung lächelte dem jungen Paar zu, dem man genau ansah, wie verliebt es war. Dann, als sie sich schon zum Gehen gewandt hatte, drehte sie sich noch mal um. »Sie sind doch ein Schauspieler, oder?«, fragte sie Rick.

»Ja.«

»Freut mich, dass Sie hergefunden haben.« Sie lächelte wieder, dann ging sie.

»Kein Autogramm. Keine weibliche Bewunderung.« Bettina strich kurz über Ricks Arm. »Traurig und enttäuscht?«

»Nein. Erleichtert. Wir können ungestört weiter durch die Gegend bummeln. Komm, trink aus, der Säntis wartet drauf, von uns erobert zu werden.«

Sie fuhren zunächst zur tausenddreihundert Meter hohen Schwägalp hoch. Von hier aus führte die Säntis-Luftseilbahn zum St. Gallener Hausberg, der weithin sichtbar mit seinen zweitausendfünfhundertfünf Metern Höhe die Bodensee-Region beherrschte.

»Wenn wir Glück haben, können wir bei dem guten Wetter heute über sechs Länder hinwegsehen.« Rick legte den Arm um Bettina. »Das ist fast so reizvoll, als hätten wir eine Vollmondfahrt gebucht.«

»Was auch nicht schlecht gewesen wäre.« Sie lachte. »Zumindest romantischer, als mit fast hundert Leuten im Panorama-Restaurant zu sitzen.«

»Die stören uns doch nicht.« Rick zog sie hinter eine Hausecke, wo er sie ausgiebig küsste, ehe sie das Lokal betraten.

Und auch hier wurde Rick von einigen Fans erkannt,

doch die jungen Frauen hielten sich zurück, beschränkten sich auf ein freundliches Nicken oder heimliches Getuschel. Zwei zückten ihre Handys und machten Fotos, was Rick zu ignorieren versuchte.

»Ich hätte den Bart stehen lassen sollen.«

»Nur nicht!« Bettina strich ihm kurz über die glattrasierten Wangen. »So ist es mir viel lieber.«

Sie tranken eine heiße Schokolade, dabei schauten sie hinüber nach Italien, Deutschland, Österreich, Frankreich, nach Liechtenstein und in die Schweiz.

»Das ist einmalig«, sagte Bettina. »Und einfach wunderschön.«

»Stimmt.« Er sah ihr in die Augen statt hinüber zu dem imposanten Bergpanorama. »Wunderschön. Ich muss dich gleich wieder küssen.«

»Aber nicht hier«, wehrte Bettina fast erschrocken ab.

»Und warum nicht?« Rick grinste jungenhaft. »Die beiden am Nebentisch tun's auch gerade.«

Bettina drehte sich kurz um. »Die sind noch nicht mal zwanzig – und garantiert keine Stars.«

»Das bin ich auch nicht. Ein Star ist Robert de Niro. Oder der smarte George Clooney.«

»Von dem ließe ich mich hier oben sofort küssen.«

»Was?« Gekonnt spielte Rick den Empörten. »Das nimmst du zurück. Sofort.«

Bettina schüttelte den Kopf. »Bestimmt nicht.«

»Na warte!« Ehe sie ihn daran hindern konnte, beugte er sich über den Tisch, nahm ihr Gesicht zwischen seine warmen Hände und küsste sie lange und ausdauernd. »Und? Ziehst du George immer noch vor?«

Sie zögerte, dann schüttelte sie den Kopf. »Ich bin sicher, dass er an deine Kuss-Künste nicht annähernd heranreicht.«

»Das wollte ich nur hören! Und jetzt komm, wir wollen wieder runterfahren, ehe es anfängt zu schneien.«

In den letzten zehn Minuten hatte das Wetter sich geändert. Der eben noch blaue Himmel hatte sich zugezogen, dunkle Wolkenberge türmten sich auf, und als sie ins Freie traten, blies ihnen eisiger Nordwind entgegen.

»Puh, das ist kalt!« Bettina zog fröstelnd die Schultern hoch. Sie hatte zwar eine dicke Jacke mitgenommen, doch die schützte nur ungenügend vor den plötzlich eisigen Temperaturen.

Galant zog Rick seine Lederjacke aus und hängte sie ihr um. »Besser?«

»Ja. Aber nimm sie schnell wieder zurück. Du darfst dich nicht erkälten. Außerdem ist da ja schon die Seilbahn.«

Nur kurz zögerte Rick, dann nahm er seine Jacke zurück. »Du hast recht, ich darf wirklich keine Erkältung riskieren.«

Mit einem Schlag holte sie die Wirklichkeit ein. Bettina spürte die Kälte nicht nur auf der Haut, sondern tief im Inneren. Und ihr war auf einmal, als läge eine eisige Schneeschicht um ihr Herz.

Nur noch wenige Stunden, dann ließ Rick sie allein.

22

Nervös schaute Sabine Borken auf die Uhr. Noch eine halbe Stunde, dann konnte sie das Geschäft endlich schließen. Markus hatte sich schon wieder angesagt.

Und sosehr sie sich vor einiger Zeit noch über seine Besuche gefreut hatte, so sehr bedrückte sie jetzt die Vorstellung, dass ihr Sohn wieder Geld verlangen könnte. Oder, was sie als noch schlimmer empfand – vielleicht wollte er erneut diese Blumenkartons zusammengestellt bekommen, von denen Sabine nicht wusste, was er damit vorhatte. Doch dass es nichts Seriöses war, ahnte sie. Außerdem … früher war Markus nur alle paar Wochen zu Besuch gekommen, schließlich hatte er einen stressigen Job drüben in der Schweiz. Doch jetzt stand er innerhalb eines Monats zum dritten Mal vor der Tür.

Was, um Himmels willen, trieb ihn um?

Was machte er bei seinen Kurzbesuchen?

Sie schaffte die ersten Blumenvasen nach hinten in den Kühlraum, goss die Paletten mit den Topfblumen, die noch draußen vor dem Geschäft standen. Dann ging sie in den Hof, wo zwei große Regale voller Blumenkübel standen, die sie ebenfalls versorgte. Dabei horchte sie ins Haus, ob nicht das Klingeln der Türglocke neue Kundschaft anzeigte.

Da! Hastig ging sie in den Verkaufsraum zurück, strich sich dabei eine Haarsträhne aus dem erhitzten Gesicht.

»Guten Tag, womit kann ich Ihnen helfen?«

»Grüß Gott.« Der schlanke grauhaarige Mann verbeugte sich leicht. »Ich bin hoffentlich nicht zu spät. Oder wollten Sie gerade schließen?«

»Nein, nein. Ich habe nur schon mal ein paar Sachen nach hinten geräumt. Was hätten Sie denn gern?«

»Rosen bitte schön.« Der Kunde schaute sich kurz um und wies dann auf eine Vase mit dickknospigen cremefarbenen Rosen, die halb aufgeblüht waren. »Die sind sehr außergewöhnlich. Und sehr attraktiv.« Er sah allerdings nicht zu den Blumen hin, sondern schaute Sabine intensiv in die Augen.

Irritiert strich sich Sabine die kleine vorwitzige Locke aus dem Gesicht. Ihr neuer Nachbar hatte etwas an sich, was sie nervös machte. Gestern schon war er in ihren Laden gekommen, hatte sich noch einmal in aller Förmlichkeit vorgestellt und Blumen ausgesucht, die Sabine in die beiden Kübel vor dem Ladeneingang pflanzen sollte.

»Ich hoffe auf gute Nachbarschaft«, hatte er gesagt und Sabine gleich zur offiziellen Geschäftseröffnung am kommenden Montag eingeladen.

»Das ist ein bemerkenswertes Make-up, das Sie sich aufgetragen haben.« Er wies auf ihre Stirn. »Darf ich?« Und noch ehe sie ihn hindern konnte, wischte er ihr mit einem schneeweißen Taschentuch den Schmutz aus dem Gesicht.

»Danke.« Verlegen nestelte sie an den Bändern ihrer grünen Schürze.

»Gern geschehen.« Er lächelte, wobei sich kleine Falten um seine Augen zeigten. Erst jetzt fiel Sabine auf, dass er extrem buschige Augenbrauen hatte, die so gar nicht zu den feinen, leicht gebräunten Gesichtszügen passten. Die Haare waren voll, dunkelbraun, doch an den Schläfen waren sie ebenso weiß wie die Augenbrauen.

Konstantin Reintaler kleidete sich mit dezenter Eleganz – was offensichtlich seinem Job geschuldet war. Zur nachtblauen Hose trug er ein leichtes cognacfarbenes Kaschmirjackett, ein hellblaues Hemd und eine dunkelblaue Seidenkrawatte.

»Könnte ich alle Rosen haben?«

Sabine zuckte zusammen. »Selbstverständlich. Sie sind schließlich zum Verkaufen da.« Sie hob die Blumen aus der breiten grünen Glasvase und legte sie auf die

Arbeitsplatte. Dabei fragte sie sich, wer wohl mit diesen Rosen beschenkt werden sollte.

»Soll ich sie mit Schleierkraut binden?«

»Nein, nein, bitte nicht.« Er zögerte für einen Moment, dann fragte er: »Oder lieben Sie Schleierkraut?«

Sabine drehte sich halb zu ihm um. »Im Prinzip schon. Aber Rosen lasse ich lieber für sich allein wirken.«

»Dann sind wir ja einer Meinung. Schön.« Sein Lächeln war unwiderstehlich. »Könnten Sie zwei Sträuße machen?«

»Natürlich.« Es waren gut zwei Dutzend Rosen, und geschickt band Sabine sie zu zwei Sträußen, die sie kurz hochhielt. »Soll ich sie etwas kürzen?«

Ehe sie eine Antwort bekam, erklang der kurze melodische Ton ihres Handys. »Entschuldigung«, sagte sie und nestelte in der Hosentasche nach dem Telefon.

»Gehen Sie ruhig ran.«

»Danke.« Sie schaute kurz aufs Display – Markus.

»Hallo, was gibt's? Ich hab grade Kundschaft.« Ihre Stimme klang gepresst, und sie drehte Konstantin Reintaler den Rücken zu.

»Ich komme erst morgen, Mama. Hast du zwei große Kartons für mich? Und Rosen?«

»Nein, im Moment nicht. Aber …«

»Verdammt, dann organisier welche.« Er räusperte sich. »Sorry, ich bin im Stress. Bitte tu das für mich. Es ist wichtig.«

Sabine biss sich auf die Lippe. Der Schmerz übertünchte für eine Sekunde die Qual ihres Herzens. »Gut. Ich tue, was ich kann. Bis dann.« Sie drückte ihn weg. Ihre Hände zitterten leicht, als sie die beiden Sträuße hochhielt. »Ist es so recht?«

»Wunderbar. Danke.« Konstantin Reintaler holte seine Brieftasche hervor. »Ich freue mich, Sie am Montag bei der Eröffnung zu sehen. Sie nehmen sich doch die Zeit?«

»Aber sicher.« Sabine schlug die Blumen in Folie, kassierte ab und brachte ihren Kunden zur Tür.

»Bis dahin.« Er lächelte ihr zu. »Ich bin froh, Sie als Nachbarin zu haben, Sabine Borken. Darauf werden wir anstoßen, wir zwei.«

Sabine nickte nur. Sie sah ihm kurz nach. Doch er ging nicht in sein Geschäft, sondern zu einer schwarzen Limousine, die im Halteverbot stand, öffnete die Tür und legte die beiden Rosensträuße auf den Rücksitz.

Für wen mochten sie sein? Sabine ertappte sich dabei, dass sie die Antwort brennend interessierte.

23

Er sah die schwarzhaarige Frau zunächst nur von hinten. Geschickt balancierte sie auf schwindelerregend hohen Absätzen über den hellen Fußboden, ging zur Kasse und löste eine Eintrittskarte. Einen silberfarbenen hauchdünnen Schal hatte sie lässig um das linke Handgelenk geschlungen. Ihr Rückendekolleté war atemberaubend: samtige Haut, nahtlos gebräunt bis zur Taille. Eine schmale Goldkette, an der ein einzelner Perlentropfen hing, floss über diesen aufregenden Rücken, schien den Weg zu geheimen Orten zu weisen.

Markus Borken schluckte schwer. Er ging schneller, überholte die zierliche Person und sah sie von der Seite an. Das schmale Gesicht, in dem der zyklamrote Mund zu brennen schien, war perfekt geschminkt. Die Augen waren hinter einer großen, leicht getönten Brille verborgen.

»Guten Abend.« Er blieb an ihrer Seite, als sie auf die Tür des Casinos zuging. »Sie sind allein heute?«

Kurz sah Vanessa ihn an. In ihren Augen zuckte es auf. »Ja. Ich bin gerne allein.«

»Schade.« Er ließ sich von dieser Antwort nicht beeindrucken. »Aber zu zweit macht das Spielen mehr Spaß. Meinen Sie nicht?« Er steckte die Hand in die Jackentasche und klimperte mit ein paar Jetons. »Darf ich Sie einladen?«

Vanessa zögerte. Die Erinnerung an den vorletzten Abend war noch frisch. So wie die Prellungen an der Hüfte, der linken Schulter und die Platzwunde an der Stirn, die sie mühsam überschminkt hatte. Das Haar hatte sie auch anders kämmen müssen, um die Wunde zu bedecken.

Scheißkerl, dieser Clemens!

Sie hoffte sehr, ihn heute zu sehen und zur Rede stellen zu können.

Gestern hatte sie sich noch nicht unter Menschen gewagt, hatte vor dem Casino auf Clemens gewartet. Doch er war nicht erschienen. So, wie er auch bis jetzt nicht gekommen war. Schließlich hatte Vanessa beschlossen hineinzugehen. Sie besaß noch das gewonnene Geld, merkwürdigerweise hatte Clemens es ihr gelassen.

Schweigegeld?

Bezahlung für ungewöhnliche Dienste?

Markus merkte genau, dass diese Schönheit keine wirkliche Dame war. So kleidete man sich nicht, wenn man vornehme Eleganz verkörperte und wirklich Klasse hatte. Aber das suchte er nun auch wirklich nicht bei einer Frau. »Ich heiße übrigens Markus.«

»Vanessa.«

»Schön, dich kennenzulernen, Vanessa.« Ungeniert duzte er sie. »Champagner?«

»Gern.«

Sie tranken zwei Gläser, spielten drei Runden Black Jack, wobei Markus stets verlor und Vanessa zweimal gewann. Dann wechselten sie zum Roulette, doch hier hatten sie beide kein Glück.

»Wir sollten für heute Schluss machen.« Markus beugte sich über Vanessa, die vor ihm saß und immer wieder gebannt auf die kleine Elfenbeinkugel starrte, die wieder und wieder ihre Kreise zog, um dann in einem der schmalen Fächer liegenzubleiben. Wieder hatte Vanessa auf die Dreißig gesetzt – und verloren. »Das wird nichts heute. Wir haben beide eine Pechsträhne. Zumindest hier am Spieltisch.« Er küsste sie in den Nacken. »Wir vergeuden nur unsere Zeit, meinst du nicht?«

Langsam drehte sie sich zu ihm um, nahm die Brille ab und sah ihn aus dunklen Augen an. Markus bemerkte die dunklen Schatten um ihr linkes Auge, sagte aber nichts.

Schräg gegenüber, auf der anderen Seite des Roulettetisches, ließen sich eine üppige Blondine und ein beleibter Mann mit Glatze nieder. Beide waren nicht mehr nüchtern, doch sie häuften eine beeindruckende Anzahl von Jetons vor sich auf.

Vanessa schluckte schwer, als sie sah, dass die Blondine gleich beim ersten Spiel gewann. Sie hatte auf Zero gesetzt und schrie begeistert auf, als ihr der Croupier jetzt den Gewinn zuschob.

»Ich bin bestimmt der bessere Liebhaber«, raunte Markus ihr ins Ohr. »Komm jetzt.«

Langsam drehte Vanessa sich um. »Sag mal, was bildest du dir eigentlich ein?«

Er grinste. »Dass ich dir gefalle. So wie du mir. Und ich weiß, dass wir jede Menge Spaß haben können.« Er zog sie hoch und legte ihr den Arm um die Schultern. »Übrigens – ich schlage keine Frauen.«

Sie zuckte zusammen. »Wie kommst du denn darauf, dass …«

Er winkte ab. »Ich habe schließlich Augen im Kopf. Aber das ist allein deine Sache. Mit mir wirst du ganz ungefährlichen Spaß haben, das verspreche ich dir.« Er zog sie näher an sich. »Du bist eine Klassefrau, und ich will dich unbedingt näher kennenlernen. Wohnst du hier in der Gegend?«

Vanessa schüttelte den Kopf. »Nein. Ich bin zu Besuch hier.«

»Ich auch. Meine Mutter wohnt zwar in Meersburg, aber ich ziehe es vor, sie nicht allzu oft zu behelligen. Und wo wohnst du im Moment?«

Vanessa zögerte. Sie schämte sich dafür, in einer schäbigen Pension untergekommen zu sein. »Wo wohnst du denn?«, fragte sie zurück.

Markus zuckte mit den Schultern. »Normalerweise bei meiner Mutter, wenn ich nur für einen Tag von der Schweiz herüberkomme. Aber mit dir …« Er hob ihr Kinn an und sah ihr bedeutungsvoll in die Augen. »Mit dir nehme ich ein Zimmer im Bayerischen Hof. Das Hotel liegt gleich am Hafen und ist super. Einverstanden?«

Vanessa nickte. »Okay. Aber ich sag's dir gleich: Wenn du mir dumm kommst, bin ich weg.«

Markus erwiderte nichts. Keine Sorge, Mäuschen, dachte er, du kommst bestimmt auf deine Kosten in der kommenden Nacht. Und ich auch!

»Ein Glück, dass ich noch nicht allzu viel getrunken habe. Wir könnten mit meinem Wagen fahren.« Er schob dem Croupier zwei Jetons zu. »Oder sollen wir erst hier noch einen Drink nehmen? Die Bar ist ausgezeichnet.«

»Na gut.« Vanessa atmete auf. Der Barbesuch gab ihr Gelegenheit, Markus ein bisschen besser kennenzulernen. Er gab sich charmant, sah gut aus, und instinktiv spürte sie, dass sie beide sich sehr ähnlich waren: Sie nahmen sich, was ihnen gefiel, und Skrupel waren ihnen beiden fremd. Vom Leben wollten sie alles, und zwar nur das Beste.

Vanessa konnte bisher nicht behaupten, ihr Ziel erreicht zu haben. Die Karriere als Schauspielerin verlief alles andere als erfolgreich. Und die unbedeutenden Rollen, die sie bisher bekommen hatte, waren nur durch Ricks Vermittlung zustande gekommen.

Beim Gedanken an Rick Meinhard stieg heißer Zorn in ihr auf. Dieser Mistkerl! Verschwand nach einem kurzen Telefonat aus Berlin und ließ sie vermuten, dass er an den Lago Maggiore gefahren sei, um Urlaub zu machen. Stattdessen verkroch er sich auf dem Weingut seiner Familie.

Und ich hatte mich so auf die Seychellen gefreut, dachte Vanessa. Fest presste sie die Lippen zusammen, um nicht vor Wut aufzuheulen.

»He du, mach mal endlich ein anderes Gesicht!« Markus stieß sie kurz in die Seite. »Was ist dir denn quergekommen?« Er zwinkerte ihr zu. »Kannst es Onkel Markus ruhig sagen.«

»Nicht der Rede wert. Schnee von gestern. Vergiss es.«

»Tu du das lieber.« Markus winkte dem Barkeeper. »Mix uns mal was extra Starkes«, bat er. »Wir müssen entspannen.«

Der Barkeeper nickte nur. Das kannte er – wenn Leute mit diesen ernsten Mienen aus dem Spielsaal kamen, brauchten sie was zur Aufmunterung. Geschickt mixte er zwei hochprozentige Drinks, garnierte die Gläser mit Limettenscheiben und schob sie Vanessa und Markus hin. »Zum Wohl.«

Die beiden tranken sich zu. Der Drink hatte es wirklich in sich, er lockerte die innere Anspannung, unter der sie beide standen. Der zweite Drink ließ sie lachen, nach dem dritten beschlossen sie, zum Hotel zu fahren.

Vanessa kicherte und taumelte leicht, als sie vor dem Hotel aus dem Taxi stiegen. Vorsichtshalber legte Markus fest den Arm um sie und führte sie in die Halle.

»Warte hier«, bat er und drückte sie in einen der tiefen Sessel in der Lounge, ehe er ein Zimmer bestellte.

»Für eine Nacht?« Der ältere Mann an der Rezeption runzelte nur unmerklich die Stirn.

»Ja.«

»Haben Sie Gepäck dabei, der Herr?«

»In meinem Wagen. Aber der steht beim Casino. Ich werde es morgen früh holen. Für die Nacht kommen wir zurecht.« Er gab sich gelassen, dabei ärgerte er sich über das Verhalten des Rezeptionisten. Aber er wollte kein Aufsehen riskieren und schob dem Mann einen Zwanziger zu, der schnell in der Westentasche verschwand.

»Angenehme Nachtruhe.«

»Danke.« Markus zog Vanessa, die wieder albern zu kichern begann, aus dem Sessel und führte sie so unauffällig wie möglich zu den Fahrstühlen.

»Du bist süß«, meinte sie und begann, an den Knöpfen seines Hemdes zu nesteln. »So rücksichtsvoll … Ein richtiger Gentleman.«

»Und du bist ungemein sexy.« Er hauchte einen Kuss in die Luft. »Ich kann's kaum erwarten, mehr von dir zu sehen.«

Es dauerte nur fünf Minuten, dann stand sie nackt vor ihm. Sie hatten sich keine Zeit für ein langes Vorspiel genommen. Kaum war die Hotelzimmertür hinter ihnen zugefallen, hatten sie sich leidenschaftlich geküsst. Vanessas Kleid lag auf dem Boden, der schwarze Slip daneben. Sie trug nur noch die goldene Kette mit der Perle, die sie nun nach vorn zog und zwischen den Brüsten baumeln ließ.

Gebannt schaute Markus diesem aufreizenden Tun zu. Er schluckte schwer und streifte die Schuhe von den Füßen.

»Lass mich das machen«, flüsterte Vanessa, als Markus begann, sich auszuziehen.

Er hielt still, als sie langsam seine Hemdknöpfe öffnete und ihm das Kleidungsstück auszog. Nur sein Atem ging heftiger, als sie sich vorbeugte und seine Brust mit kleinen Küssen bedeckte. Dabei nestelte sie am Gürtel seiner Hose, öffnete ihn, zog den Reißverschluss der schwarzen Hose und sogleich den Slip mit herunter.

»Wow«, meinte sie, als sie ihn musterte. »Du hast mir nicht zu viel versprochen – wir werden bestimmt viel Spaß haben.«

»Worauf du dich verlassen kannst.« Mit Schwung hob Markus sie hoch und warf sie aufs Bett.

24

Der Wintergarten, der den Blick auf den See freigab, war in rotgoldenes Licht getaucht. Die tiefstehende Sonne schenkte der zarten Frau im Rollstuhl einen letzten Gruß für diesen Tag.

Antoinette Reintaler hielt die Augen geschlossen, sie genoss die Wärme auf ihrer Haut. Für eine kurze Weile konnte sie die Schmerzen vergessen, die zu ihrem Leben gehörten wie die Luft zum Atmen. Sie atmete den Duft der Orchideen ein, die auf einer breiten Glasplatte links von ihr standen. Es waren seltene, außergewöhnlich schöne Exemplare.

Als im Haus Schritte erklangen, öffnete Antoinette die Augen. Wie gern hätte sie sich umgedreht, hätte ihrem Mann entgegengesehen! Oder, lieber noch – sie wäre ihm so gern entgegengegangen, hätte ihn mit einem Kuss begrüßt.

Es ging nicht.

Gar nichts ging mehr. Seit vielen Jahren nicht mehr.

»Mein Liebes.« Konstantin trat zu ihr und küsste sie auf die Stirn. »Hier, für dich.« Mit einem liebevollen Lächeln legte er ihr einen Rosenstrauß in den Arm.

»Wie schön! Danke!« Die Stimme der Kranken war kaum zu vernehmen, doch das Leuchten, das für einen Moment in ihren Augen zu sehen war, zeigte ihre Freude und erinnerte Konstantin daran, wie schön und bezaubernd seine Frau einmal gewesen war. »So eine wunderschöne Farbe …«

»Ja, ich war auch gleich sehr angetan von diesen Rosen.« Er zog sich einen der dunklen Rattansessel heran und ließ sich dicht neben Antoinettes Rollstuhl nieder.

Vorsichtig nahm er ihre Hand und hielt die zerbrechlich zarten Finger zwischen seinen warmen Händen. »Wie war dein Tag?«

Antoinette antwortete nicht. Sie sah auf die Rosen, dann wieder hin zum See, dessen Oberfläche wie mit Gold übergossen wirkte. »Gut«, antwortete sie nach einer Weile.

Konstantin wusste, dass sie log. So wie sie wusste, dass seine Fragen nach ihrem Befinden rein rhetorisch waren. Sie beide wussten, dass es Antoinette immer schlechter ging. Dass diese teuflische Krankheit sie lähmte, ihr jeden Tag ein wenig mehr Lebensqualität raubte.

Seit fast zwanzig Jahren litt Antoinette Reintaler an Multipler Sklerose. Zunächst waren die Schübe in großen Abständen gekommen, hatten ihr Leben nur unbedeutend beeinträchtigt. Sie hatte mit Konstantin verreisen können, sie hatten sich diese wunderschöne Jugendstilvilla in Lochau gekauft, und Antoinette, eine gelernte Innenarchitektin, hatte die Räume geschmackvoll eingerichtet.

Auch jetzt noch dachte sie oft daran, wie interessant und aufregend ihre Reisen nach Italien, Frankreich oder England gewesen waren, wo sie immer wieder neue Möbel, Stoffe oder Dekorationsgegenstände für ihr Heim gefunden hatten.

Beinahe zehn Jahre lang hatte ihr die Krankheit Ruhe gelassen. Mit Medikamenten gut eingestellt, hatte sie sich wohl gefühlt. Aber dann, von einem Tag auf den anderen, waren die Beschwerden stärker geworden. Seit vier Jahren saß Antoinette nun im Rollstuhl, seit zwei Jahren war sie vollständig auf Pflege angewiesen, konnte kaum noch etwas selbst erledigen. Nicht einmal mehr die Pflege ihrer Orchideen war ihr vergönnt. Schwester Magdalena, die vierzigjährige Pflegerin, die mit im Haus lebte, hatte dies für sie übernommen. Antoinette blieb nur, sich an den seltenen Blüten zu erfreuen.

So, wie sie sich über die Rosen freute, die ihr Konstantin mitgebracht hatte. Vorsichtig, mit zitternden Fingern, strich sie jetzt über die zarten Knospen. »Du bist so lieb zu mir.« Sie schaute ihn an. »Erzähl mir von dem Laden. Ist alles in Ordnung?«

»Ja.« Er nahm ihr die Blumen ab und stellte sie in eine Vase, die Schwester Magdalena gebracht hatte. »Der zweite Strauß steht in deinem Schlafzimmer«, meinte er lächelnd.

»Verschwender.«

»Ach was. Ich möchte dir eine kleine Freude bereiten, das ist alles. Außerdem konnte ich mich so mit meiner Nachbarin bekannt machen. Sie hat eine Blumenboutique, da habe ich die Rosen entdeckt.«

Antoinette senkte den Kopf. »Erzähl mehr vom Laden«, bat sie. »Und von der Blumenhändlerin. Ist sie sympathisch? Hoffentlich. Gute Nachbarschaft ist wichtig.« Dann hörte sie ihm mit geschlossenen Augen zu, wie er von Sabine Borken erzählte, von den Blumen, die sie in die Kübel vor seinem Geschäft gepflanzt hatte. Er schilderte noch einmal die Einrichtung des Ladens, berichtete vom gerade erst verlegten Teppichboden, der im letzten Moment noch ausgetauscht werden musste, weil die falsche Ware geliefert worden war. Er erzählte von den wundervollen Kaschmirpullovern, die er geordert hatte, von italienischen Oberhemden und französischen Designerkrawatten.

Erst nach einer Weile merkte Konstantin, dass Antoinette eingeschlafen war. Leise stand er auf und ging hinunter in den Garten, der sich bis zum See hin erstreckte.

An den beiden Grundstücksseiten waren ein paar Nadelhölzer, Sträucher und kleinwüchsige Obstrabatten gepflanzt. Blickfang war jedoch ein mittig angelegtes Rosenbeet, das von einer niedrigen Buchsbaumhecke umgeben war.

Auf einer steinernen Rundbank dicht am Ufer ließ sich Konstantin nieder und barg das Gesicht in den Händen. Trauer und Verzweiflung mischten sich mit einem Glücksgefühl, dem er allerdings noch keinen Raum zu geben wagte.

Antoinette tat ihm unendlich leid. Sie war eine so liebenswerte, warmherzige Frau, und er hatte sie einmal ebenso aufrichtig wie leidenschaftlich geliebt. Doch diese Liebe hatte sich inzwischen in Mitleid gewandelt. Seit mehr als zehn Jahren führten sie keine wirkliche Ehe mehr, Antoinettes Leiden ließ es nicht zu. Aber sie verband eine innige Freundschaft, er fühlte sich seiner Frau noch immer so eng verbunden wie am ersten Tag.

Seit einigen Wochen aber gab es eine andere Frau, die sein Denken erfüllte – Sabine Borken. Die energische, lebensbejahende Blumenhändlerin war ihm gleich bei der ersten Begegnung sehr sympathisch gewesen, und gern hätte er sie näher kennengelernt. Er hatte sich diskret nach ihren Lebensumständen erkundigt, wusste allerdings nur, dass sie ledig war und einen erwachsenen Sohn hatte.

Mit einem kleinen Seufzer stand er auf und ging dicht ans Wasser. Von hier aus konnte er hinüber zur Bregenzer Seebühne sehen.

Und wieder stiegen Erinnerungen in ihm auf. Erinnerungen an die ersten, unendlich glücklichen Jahre seiner Ehe mit Antoinette. Sie liebte das Theater und die Oper, und sie waren regelmäßig zu den Festspielen gegangen.

La Bohème war ihrer beider Lieblingsoper. Sie hatten sie hier gesehen, aber auch in Mailand und London. Noch heute spielte Antoinette oft ihre Lieblingsaufnahme mit Erika Köth in der Rolle der todkranken Mimi. Sie liebte den lyrischen Sopran der schon lange verstorbenen Sängerin ganz besonders, die sie vor mehr als dreißig Jahren in Wien in der Rolle der Königin der Nacht gehört hatte.

Noch ein letzter Blick hinüber zur Seebühne, dann ging Konstantin mit langsamen Schritten zurück ins Haus, wo sich die Krankenschwester um die wieder erwachte Antoinette bemühte und sie für die Nacht fertig machte.

Kurz ging Konstantin zu seiner Frau. »Eine ruhige Nacht, mein Liebling«, wünschte er und küsste sie behutsam.

»Danke, dir auch.« Sie lächelte ihn an, und für einen Moment wurden die vom Leiden gezeichneten Züge weich. »Und noch einmal: Danke für die herrlichen Rosen, Konstantin. Sag der Floristin, dass ich mich sehr darüber gefreut habe.«

25

Tief hingen die Frühnebel über dem See. Das Wetter, das die Region um den Bodensee das ganze Wochenende hindurch mit Sonne und Idealtemperaturen verwöhnt hatte, hatte gewechselt. Die ersten Regenwolken zeigten sich am Himmel.

Das Wetter passte exakt zu Bettinas Stimmung. Sie hatte nur kurz hinüber zum Fenster geschaut und rasch wieder die Augen geschlossen. So, als wäre es möglich, die Welt da draußen auszuschließen, die ihr noch viel trüber und trister erschien, als das Wetter war.

Heute musste Rick abreisen. Sein Urlaub war zu Ende. Schon am Nachmittag wurde er in München zu einem ersten Treffen mit dem Produzenten und einigen Teamkollegen erwartet.

»Wach werden, Schlafmütze.« Rick hatte nicht bemerkt, dass Bettina bereits wach war. Zärtlich beugte er sich über sie und küsste sie. Erst ihre Augen, die Schläfen, die Wangen, er knabberte kurz an ihrem Ohrläppchen und küsste sie dann endlich auf den Mund.

»Bin wach …«

»Gut!« Rick zog sie näher zu sich. Seine Finger begannen eine aufregende Wanderung über ihre noch vom Schlaf warme Haut, und Bettina genoss jede Berührung so intensiv, als sei es das letzte Mal, dass Rick sie liebte.

Es dauerte lange, bis sie endlich aufstanden. Bettina ging als Erste ins Bad, während Rick auf den kleinen Balkon trat und hinunter auf die Straße schaute. Gerade kam ein Mann aus dem Seiteneingang des Blumenladens, er trug einen länglichen Karton in der Hand und legte ihn dann auf die Rückbank seines Cabrios. Dann rief er einer Person, die Rick nicht erkennen konnte, etwas zu und brauste im nächsten Moment davon.

»Du kannst jetzt ins Bad. Ich mache Frühstück.« Bettina trat hinter ihn und legte den Kopf an seinen Rücken. Sie genoss jede Minute mit ihm. Gestern waren sie auf dem Weingut gewesen, hatten dort mit Ricks Großvater zu Mittag gegessen, anschließend hatte Rick seine Sachen gepackt.

»Du musst dir Hilfe holen, Großvater«, hatte er beim

Abschied gesagt. »Allein, ohne einen guten Kellermeister, schaffst du es nicht.«

»Ach was, der Johann ist bald wieder auf den Beinen. Mach dir keinen Kopf, Junge. Und hör endlich auf, mich wie einen Tattergreis zu behandeln. Ich pack das schon.« Ottmar Meiningen gab sich optimistischer, als er war. Aber um keinen Preis der Welt hätte er zugegeben, dass er sich Sorgen machte.

Er hatte Bettina kurz an sich gezogen. »Komm mal allein vorbei, Mädel. Ich freue mich immer, dich zu sehen. Vielleicht magst du mal ein Glas Wein mit einem alten Mann trinken.« Er hatte Bettina zugezwinkert. »Bin zwar kein Ersatz für den Richard, aber ich kann dir ja einiges über ihn erzählen.«

»Nur das nicht!«, hatte Rick lachend gemeint.

»Ich fänd's aber interessant, mehr über dich zu erfahren.« Bettina hatte nun Ottmar zugezwinkert. »Ich komme bestimmt vorbei.«

»Und jetzt los mit euch, macht euch einen schönen Abend!«

Das hatten sie dann auch getan. Erst waren sie ein Stück die von Platanen gesäumte Uferpromenade entlanggebummelt, so wie viele Touristen, die den wunderbaren Frühsommerabend genossen. Anschließend waren sie noch einmal zur Burg hochgegangen, die majestätisch über der Stadt thronte.

»Hundertsechsundsiebzig Stufen – das ist ideales Fitnesstraining.« Lachend, Hand in Hand, liefen sie zur Oberstadt hinauf und fielen sich dann atemlos und strahlend in die Arme.

»Aber der Ausblick von hier entschädigt doch, meinst du nicht?« Bettina wies hinüber zur Mainau. »Siehst du den Schlossturm?«

»Ich seh nur dich.« Ungeachtet der Menschen ringsum küsste Rick sie. Die fünf jungen Mädchen, die hinter vorgehaltener Hand kichernd zu ihm und Bettina hinschauten, ignorierte er.

Später, als es bereits dämmerte, waren sie in Bettinas Wohnung gegangen und hatten dort gemeinsam gekocht.

Die fangfrischen Bodenseefelchen hatte Ottmar geangelt und ihnen mitgegeben. Doch so gut die Fische auch waren, so delikat der Salat auch schmeckte, den Bettina zubereitet hatte – viel Appetit hatten beide nicht, und so räumten sie das Geschirr bald wieder ab.

»Ich vermisse dich jetzt schon.«

»Ich komme dich besuchen, sooft ich kann.«

»Vergiss es nicht.«

»Bestimmt nicht. So, wie ich diesen süßen Leberfleck an deinem linken Busen nicht vergessen kann. Und nicht diese Falte auf der Stirn.« Er küsste erst den Leberfleck, dann die nicht vorhandene Falte. »Und ich vergesse das hier nicht ... Und nicht das hier ...«

Er hatte jeden Zentimeter ihrer Haut geküsst, und für einige Stunden hatte Bettina die bevorstehende Trennung verdrängt.

Und jetzt war es Morgen. Ein trüber, regnerischer Morgen.

Für Wochen ihr letzter gemeinsamer Morgen.

»Fahr vorsichtig. Bis bald. Ich ... ich hab dich sehr, sehr lieb, Rick.«

»Ich dich auch. Ich rufe dich an, mein Spätzchen. Jeden Tag.«

Ein letzter langer Kuss, dann verließ er die Wohnung.

Bettina wollte ihn nicht auf die Straße zu seinem Wagen begleiten. Sie ahnte, dass sie gleich weinen würde, und das sollte niemand sehen.

Du stellst dich an wie ein Teenager, sagte sie sich, als sie vom Balkon aus hinunterwinkte. Es ist doch keine Trennung für ewig. Benimm dich wie eine erwachsene Frau von neunundzwanzig Jahren! Rick fährt zur Arbeit, das ist alles. Bald kommt er zurück.

Unten auf der Straße erklang ein melodisches Hupen. Rick saß im Wagen, hupte und winkte ihr aus dem offenen Autofenster ein letztes Mal zu.

26

Sabine Borken stand, den Kopf an die kühle Scheibe der Ladentür gelehnt, in ihrem Geschäft und sah deprimiert ihrem Sohn nach, der sich in seinen Wagen setzte, kurz winkte und dann davonbrauste. Er hatte sich nicht die Mühe gemacht, seiner Mutter die junge Frau, die auf dem Beifahrersitz saß und nur kurz zu Sabine hingeschaut hatte, vorzustellen. Ihm war nur daran gelegen gewesen, den Blumenkarton samt einer großen Schmuckschleife zu bekommen.

»Geld hast du nicht zufällig in der Kasse?«, hatte er wie nebenbei gefragt. »Bin grade ein bisschen knapp.«

»Nur etwas Kleingeld zum Wechseln.«

»Scheiße.« Unwillig hatte Markus mit den Schultern gezuckt. »Na ja, gib mir, was du hast. Ist besser als nichts.«

Ehe Sabine reagieren konnte, war er zur Kasse gegangen und hatte die wenigen Scheine an sich genommen. »Bis dann. Ich melde mich.«

Kein Dank, keine Erklärung. Kein nettes Wort. Nur

dieses lässige, abschätzige Winken, ehe er davongebraust war.

Sabine traten Tränen in die Augen. Sie liebte ihren Sohn, doch in der letzten Zeit war er ihr fremd geworden – und er machte ihr Angst! Wie hart sein Blick gewesen war, als er sich einfach das Wechselgeld aus der Kasse genommen hatte, ohne sie zu fragen! Und wie kurz er sich verabschiedet hatte …

Sie hob den Kopf, als drüben vom Anleger eine Schiffssirene ertönte. Ein wenig verschwommen sah sie die Fähre Richtung Konstanz fahren. Der grüne Saum des gegenüberliegenden Ufers war nicht auszumachen. Lag es an ihren Tränen oder am feinen Hochnebel, der über dem See lag wie ein helles Tischtuch? Auch die Alpen, die sich auf der Schweizer Seite auftürmten, waren nicht zu erkennen.

Sie bemerkte ein paar Lieferwagen, die nebenan vor der Boutique hielten und Kartons ausluden, und wischte sich übers Gesicht. Heute feierte ihr neuer Nachbar Eröffnung! Sie hatte am Samstag die Kübel vor dem Laden noch einmal überprüft und zwei leicht abgewelkte Blumen ausgetauscht, ohne dass Konstantin Reintaler es mitbekommen hatte.

Konstantin … beim Gedanken an den gutaussehenden Österreicher schoss ihr das Blut in die Wangen. Er war ein faszinierender Mann! Und es war schön zu wissen, dass sie sich ab heute jeden Tag sehen würden!

»Dumme Gans«, murmelte Sabine und wandte sich um. »Er hat sicher Wichtigeres zu tun, als sich mit dir abzugeben.«

Dennoch ging sie noch einmal in ihre Wohnung, tauschte die Jeans und den leichten dunkelblauen Baumwollpulli, den sie am Morgen übergezogen hatte, gegen eine hellblaue Leinenhose und eine weiße Bluse, die am Kragen und der Knopfleiste mit einer blauen Seidenkante eingefasst war.

Dann kämmte sie sich durchs Haar, das sie modisch kurz geschnitten trug.

»Du hättest ruhig mal wieder eine neue Tönung auftragen können«, sagte sie sich und verzog das Gesicht, als sie die nun doch schon recht vielen grauen Strähnen bemerkte, die sich zwischen ihre dunkelblonden Haare gemischt hatten. »Eitle Gans«, schimpfte sie im nächsten Moment weiter. »Was soll das? Er ist ein neuer Nachbar, weiter nichts.«

Aber sie wusste, dass sie sich selbst belog. Und so ging sie hinüber in den Arbeitsraum und wählte aus den frischen Blumen, die sie am frühen Morgen auf dem Großmarkt gekauft hatte, besonders schöne Blüten aus.

Im ersten Impuls hatte sie wieder nach den champagnerfarbenen Rosen gegriffen, die auch Konstantin Reintaler so gefallen hatten, aber dann ließ sie diese so schnell fallen, als hätte sie sich die Finger daran verbrannt.

Stattdessen band sie aus Rittersporn, Ranunkeln und Margeriten einen bunten Sommerstrauß. Prüfend hielt sie ihn hoch – und steckte dann doch noch fünf hellgelbe Rosen dazwischen.

Gegen halb elf klingelte das Telefon.

»Hier ist Konstantin Reintaler. Ich wollte Sie nur daran erinnern, dass es gleich Sekt zur Geschäftseröffnung gibt. Ich warte auf Sie.«

»Ja … ja, ich komme natürlich.«

»Schön. Ich freue mich. Kommen Sie doch gleich rüber, noch haben wir ein wenig Zeit füreinander.«

Zeit füreinander … Das klang so vertraut. So, als wäre ihm an einer näheren Bekanntschaft gelegen. Sabines

Puls ging schneller, als sie nach dem vorbereiteten Strauß griff.

Gerade, als sie den Laden abschließen wollte, kam ein Pärchen auf sie zu. Eng umschlungen standen sie da, sichtlich maßlos verliebt.

Fast panisch schaute der junge Mann, er schien höchstens achtzehn zu sein, Sabine an. »Sie wollen doch nicht etwa schließen? Jetzt schon?«

»Doch. Ich muss kurz weg.«

»Aber ich brauche eine Rose.« Beschwörend sah er sie an. »Bitte. Eine rote Rose.«

Sabine lächelte. »Natürlich. Kommen Sie rein.« Sie schloss wieder auf, legte ihren Strauß auf die Theke und wies auf die drei Vasen, in denen Rosen in verschiedenen Rottönen standen. »Welche darf's denn sein?«

Das junge Mädchen biss sich verlegen auf die Lippe. Das blauschwarze Haar reichte ihr fast bis zur Taille, ein dichter Pony verdeckte die Stirn. Doch sie hatte große, dunkle Augen, in denen es aufleuchtete, als ihr Begleiter auf die Baccararosen zeigte.

»Die da, bitte.«

Sabine nickte und suchte die schönste Blüte heraus. »Ist die recht?«

»Danke.« Der junge Mann griff in die Tasche und zog einen Schein heraus. »Stimmt so«, sagte er betont weltmännisch, doch Sabine wehrte ab und gab ihm das Wechselgeld zurück. Dann sah sie den beiden schmunzelnd nach, die eng umschlungen den Laden verließen, wobei das Mädchen die Rose immer wieder an die Lippen hob.

Noch einmal so jung und so verliebt sein, dachte Sabine, amüsiert und auch mit ein bisschen Wehmut. Für die zwei hängt der Himmel noch voller Geigen.

Ehe noch ein Kunde kommen konnte, schloss sie rasch ab und ging die paar Schritte nach nebenan. Konstantin Reintaler stand an einem Tisch dicht neben der Tür und öffnete, als er sie kommen sah.

Ein wenig irritiert schaute Sabine sich um. »Bin ich die Erste?«

»Ja. Das ist schön.« Er nahm sie am Arm. »Ich hatte gehofft, mit Ihnen ungestört das erste Glas Sekt trinken zu können.« Er winkte einem jungen Mann zu, auf dessen Hemd das Logo einer bekannten Catering-Firma stand. »Bitte zwei Gläser, Jacky.«

»Sofort.«

Schon ein paar Sekunden später hielten sie die gefüllten Sektgläser in der Hand, und Konstantin Reintaler prostete Sabine zu.

»Auf gute Nachbarschaft. Ich bin sehr froh, dass ich diese Location gefunden habe.« Dabei sah er Sabine so intensiv an, dass ihr das Blut in die Wangen stieg.

»Ich freue mich auch und wünsche Ihnen viel Erfolg mit Ihrem Geschäft.« Es wunderte sie ein wenig, dass ihr diese Höflichkeit glatt über die Lippen kam. Dieser grauhaarige Mann mit den wachen Augen und dem sympathischen Lachen, das ihn viel jünger erscheinen ließ, verwirrte sie. Es war offensichtlich, dass er auf dezente Weise mit ihr flirtete.

Als die ersten Gäste kamen und Konstantin sie begrüßte, ging Sabine zurück in ihren Laden. Eine halbe Stunde lang bediente sie Kundschaft, dann plötzlich stand Konstantin wieder vor ihr.

»Kommen Sie doch zurück«, bat er. »Gleich wird das Büfett eröffnet.«

»Aber ich kann hier nicht weg.«

Er winkte ab. »Machen Sie einfach ein Schild an die

Tür, dass der Laden wegen privater Angelegenheiten für zwei Stunden geschlossen ist.«

Sabine lachte leise auf. »Na, Sie sind gut! Das ist ein geschäftsschädigender Vorschlag.«

»Mitnichten. Ich habe einige Leute eingeladen, die Sie kennenlernen sollten. Sicher sind zukünftige Kunden dabei.« Er streckte die Hand aus. »Geben Sie sich einen Ruck, Frau Borken.«

»Na gut.« Sabine fand, dass es albern wäre, sich noch länger zu zieren. Außerdem war in den letzten zehn Minuten niemand mehr hereingekommen.

»Schreiben Sie einfach, dass erst am Nachmittag wieder geöffnet ist«, meinte Konstantin Reintaler, als sie nach einem Zettel suchte. »Ich würde gern mit Ihnen ungestört bis zu Ende feiern.«

Sabine sah ihn kurz an. Sein Lächeln ging unter die Haut, und in seinen Augen war ein so warmes Leuchten, dass sie gar nicht anders konnte, als zustimmend zu nicken.

Die Zeit verging wie im Flug. Es waren nicht nur Geschäftspartner von Konstantin Reintaler gekommen, auch einige Freunde und Bekannte, die sich alle angeregt unterhielten. Wie selbstverständlich wurde Sabine in die Gespräche mit einbezogen.

Und dann stellte plötzlich ein älterer Herr mit einem gepflegten weißen Bart die Frage: »Wie geht's eigentlich deiner Frau, Konstantin? Ich hatte gehofft, sie hier zu sehen.«

Sekundenlang trafen sich Sabines und Konstantins Blicke. Sie sah den plötzlichen Schmerz in seinen Augen. Einen Schmerz, den sie selbst auch empfand.

Er räusperte sich und antwortete dann leise: »Es geht nicht mehr. Sie kann nicht mehr mitkommen.«

»Das tut mir sehr leid. Grüß sie bitte von mir, ja?«

»Mach ich, Gerhard. Danke.« Er kam zu Sabine, griff nach ihrem Arm und sagte leise: »Ich habe Ihnen noch nicht erzählt, dass meine Frau schwer krank ist. Sie ist pflegebedürftig und kann das Haus nicht mehr verlassen.«

»Das tut mir leid.«

Er nickte nur. »Die Rosen waren für sie. Sie liebt Blumen, und es ist die einzige Freude, die ich ihr noch machen kann.«

Sabine erwiderte nichts, doch sie legte kurz die Hand auf Konstantins Arm.

Spontan legte er seine Hand auf ihre, zog sie dann an die Lippen und hauchte einen Kuss darauf. »Danke.« Er atmete tief durch. »Wir sollten noch ein Glas trinken.«

27

Es waren immer dieselben Handgriffe, die gleichen Rituale, die den Alltag bestimmten: Das Auto in die Tiefgarage fahren, die Haustür aufschließen, den Briefkasten öffnen, die Reklamezettel zusammenknüllen und gleich entsorgen, dann hochlaufen in die Wohnung, die ihr kalt und leer vorkam, seit Rick fort war.

Die Ansichtskarte aus München fiel ihr gleich auf, das Bild zeigte den bunten Viktualienmarkt. Auf die Rückseite hatte Rick nur kurz geschrieben:

Heute ist endlich mal drehfrei, wir haben einen Bummel über den Viktualienmarkt gemacht und köstlich gegessen.

Hab an Dich und unser letztes gemeinsames Essen gedacht. Ich vermisse Dich – Rick.

»Ich vermisse dich auch«, flüsterte Bettina und steckte die Karte an die Pinnwand im Flur. In den ersten fünf Tagen hatte Rick jeden Abend angerufen. Er hatte von seiner Arbeit erzählt, und dann waren sie zum verliebten Geplänkel übergegangen.

Seit drei Tagen aber hatte er sich nicht mehr gemeldet. Immer wieder war Bettina versucht gewesen, ihn anzurufen, doch sie ließ das Telefon, das sie schon in der Hand gehalten hatte, immer wieder auf die kleine Station zurückfallen.

Nein, sie wollte ihn nicht stören. Sie wollte sich nicht aufdrängen, nicht lästig fallen. Und auf keinen Fall wollte sie den Anschein erwecken, als würde sie ihn kontrollieren!

Er hat viel zu tun. Sicher dauern die Synchronarbeiten abends länger. Es kann auch Komplikationen gegeben haben. Oder er ist krank geworden!

Bei dem Gedanken wurde ihr ganz elend. Und rasch verwarf sie ihn wieder. Sicher hätte Rick sich bei ihr gemeldet und von einer Grippe oder Ähnlichem erzählt. Und wenn es was Ernsteres wäre, hätte er sicher einen Kollegen gebeten, sie zu benachrichtigen. Und wenn nicht sie, dann doch sicher Ottmar.

Der Gedanke ließ sie nicht mehr los. Sie wurde immer unruhiger, griff schließlich doch zum Telefon und wählte die nun schon so vertraute Handynummer. Aber sie bekam keine Verbindung, Rick hatte sein Mobiltelefon ausgeschaltet.

Bettinas Unruhe wuchs.

Schließlich hielt sie es nicht mehr aus, griff nach einer Strickjacke und lief in die Tiefgarage. Bevor sie in ihren

Wagen stieg, sah sie in einigen Metern Entfernung Sabine Borken in Begleitung eines grauhaarigen Mannes. Er hielt ihr die Tür zu einer schwarzen Limousine auf.

Grüßend hob Bettina die Hand, doch Sabine bemerkte sie offensichtlich nicht.

Die Straßen waren zu dieser frühen Abendstunde verstopft, viele Einheimische wollten heim, die Touristen, die in Meersburg oder bei den Pfahlbauten in Unteruhldingen gewesen waren, fuhren zurück zu ihren Unterkünften in der Umgebung. Nur langsam kam Bettina voran und atmete auf, als endlich das Ortsschild von Nonnenhorn auftauchte und gleich darauf auch schon ein von Reben umrahmtes Schild, das zum Weingut der Familie Meiningen wies.

Sie fuhr an Obstwiesen vorbei, die sich die sanften Hänge vom See bis zu den Hügeln hinaufzogen, dann wieder durchschnitt die schmale Straße Weinhänge, auf denen auch jetzt noch ein letzter Abglanz der Sonne lag.

Als Bettina auf den Gutshof fuhr, kam ihr Sammy laut bellend entgegen. Der Hund beruhigte sich erst, als Bettina ausstieg. Er erkannte sie und begrüßte sie mit freudigem Schwanzwedeln.

»Ach, du bist's! Wie schön, dass du auch mal alleine herkommst.« Gertrud kam aus dem Haus und wischte sich die Hände an der Kittelschürze ab. »Kommst grade recht zum Abendbrot. Ich hab Maultaschen gemacht, danach gibt's Bratkartoffeln und kalten Braten.« Sie nahm Bettina beim Arm. »Die Leute müssen gut essen, denn sie schuften hart. Der Johann fehlt an allen Ecken und Enden.« Sie senkte die Stimme. »Ottmar will's zwar nicht eingestehen, aber er kann das alles hier allein nicht mehr schaffen. Johann war nicht nur ein ausgezeichneter Kellermeister, er hat in den letzten beiden Jahren die

Leute zur Arbeit eingeteilt.« Sie sah sich kurz um, und als sie sicher sein konnte, dass Ottmar nicht in der Nähe war, fügte sie hinzu: »Er hat im Grunde den ganzen Betrieb geleitet.«

Noch ehe Bettina antworten konnte, kam Ottmar Meiningen aus dem großen Gewölbekeller, wo in riesigen Tanks der junge Wein heranreifte. Aber auch alte, wertvolle Eichenfässer lagerten hier, in ihnen wurden die Spitzenerzeugnisse zur endgültigen Reife gebracht.

Die Miene des alten Weinbauern war ernst, die Stirn gefurcht. Erst als er Bettina bemerkte, glitt ein Lächeln über das wettergegerbte Gesicht. »Das ist ein Lichtblick!« Er streckte ihr beide Hände entgegen. »Schön, dass du gekommen bist, Mädel. Magst du mit uns essen?«

»Ich hab's ihr schon angeboten«, warf Gertrud ein.

»Danke, ich bleibe gern.« Bettina folgte den beiden in die geräumige Küche, wo der helle Eichentisch schon gedeckt war.

»Ich mach mich eben was sauber, dann trinken wir erst mal ein Glas zusammen.« Ottmar wies nach rechts, zur sogenannten Zirbenstube. Das war sein Lieblingsplatz. Der ganze Raum war mit hellem Holz verkleidet, eine gemütliche Sitzbank zog sich rund um den grünen Kachelofen. Ein rechteckiger Tisch stand unter dem Fenster, vier Lehnstühle versprachen gemütliches Sitzen.

An den Wänden hingen einige Landschaftsbilder – der Bodensee zu verschiedenen Jahreszeiten. Aber es gab auch etliche Familienfotos.

Bettina betrachtete sie mit einem kleinen Lächeln. Zwei Bilder zeigten eine junge Familie, in der Mitte stand ein etwa Zehnjähriger und hielt sich eine Weinrebe vor den Mund – Rick. Daneben hing ein Foto mit Rick in einer Theaterrolle.

»Das ist unser Richard als Ferdinand in *Kabale und Liebe.*« Stolz schwang in Ottmars Stimme mit, als er sich neben Bettina stellte und auf das Bild wies. »Ich weiß noch, wie aufgeregt er vor der Premiere war.«

»Und welchen Ärger er mit diesen Mädchen hatte, die ihm immer aufgelauert haben«, warf Gertrud ein, die gerade mit einer Flasche Wein hereinkam. »Sie haben ihm keine Ruhe gelassen. Eine hat sich sogar in die Garderobe geschlichen und behauptet, er hätte sie da verführt.« Sie lachte. »Richard war aber zu dieser Zeit mit einem Kollegen unterwegs, das ließ sich beweisen.«

»Er hat auch heute noch viele Fans, glaube ich.«

»Ja. Vor allem, seit er so oft im Fernsehen ist.« Ottmar schüttelte leicht den Kopf. »Er wird immer bekannter, ich habe die Hoffnung aufgegeben, dass er doch noch den Betrieb übernimmt.«

»Er ist kein Winzer«, erklärte Gertrud. »Akzeptier es endlich, Ottmar.«

»Tu ich ja.« Er öffnete die Flasche Wein, roch kurz am Korken und nickte dann. »Einer unserer Besten«, verkündete er. »Ich fürchte, so rasch kriegen wir so was Exzellentes nicht mehr hin.«

»Du brauchst Unterstützung, denke ich«, sagte Bettina vorsichtig.

»Ja. Ich habe schon mit Kollegen gesprochen. Einer aus der Ortenau schickt mir einen Mann, der eine Weile bei ihm gearbeitet hat, der sich aber verändern will. Heute Morgen habe ich mit dem Mann gesprochen – er kommt, so schnell es geht, und stellt sich vor.«

»Und warum will er nicht mehr im Badischen arbeiten?«

»Da gibt es einen Hoferben, der übernimmt.« Leichte Wehmut klang in der Stimme des alten Mannes an, doch dann trank er Bettina und Gertrud zu. »Mal sehen, was wird. Irgendwie geht's ja doch immer weiter.«

»Richtig. Und weiter geht's jetzt erst mal mit dem Abendbrot.« Gertrud stand auf. »In ein paar Minuten trag ich das Essen auf.«

Sie hatten das deftige, sehr schmackhafte Essen gerade beendet, als Rick anrief. Es war ein sehr knappes Telefonat, und als Ottmar den Hörer zurücklegte, war sein Gesicht ernst.

»Er muss nach New York fliegen«, sagte er. »Irgendein Casting. Weiß der Kuckuck, warum man heute nicht Vorstellungsgespräch sagen kann.«

»Weil es das nicht ist«, erwiderte Gertrud. Sie warf einen kurzen, mitleidigen Blick zu Bettina, die sich nur mit Mühe beherrschen konnte. Rick rief bei seinem Großvater an, um ihm von dem Trip nach New York zu berichten, doch nicht bei ihr. War ihr Glück vorbei, ehe es richtig begonnen hatte?

Sie aß nur wenig und fuhr bald wieder nach Hause. Die Frage, ob man auf dem Weingut Näheres von Rick wusste, hatte sich erübrigt.

Der laue Frühsommerabend, den die meisten Menschen genossen, indem sie am See entlangschlenderten oder in einem der vielen Lokale einkehrten, kam ihr dunkel und kalt vor. Sie fröstelte, obwohl es noch immer angenehm warm war.

Sabines Geschäft war bereits geschlossen, ebenso die neu eröffnete Boutique nebenan. Bettina hatte den Besitzer nur einmal getroffen und ihm am frühen Morgen, als sie zur Arbeit fuhr, viel Erfolg gewünscht. Er hatte einen sehr sympathischen Eindruck auf sie gemacht

Ohne nach rechts oder links zu schauen, stellte sie den Wagen auf dem reservierten Parkplatz in der Tiefgarage ab, dann ging sie die Treppen hoch zur Maisonettewohnung.

»Na endlich!« Mit einem Satz sprang Rick auf und breitete die Arme aus.

»Rick!« Sie flog förmlich die letzten Stufen hoch.

Der erste Kuss dauerte eine wunderbare kleine Ewigkeit lang.

»Ich musste dich unbedingt noch mal sehen, bevor …« Rick brach ab. »Das erzähle ich dir drinnen.«

Bettina schloss auf, aber kaum war die Tür hinter ihnen zugefallen, nahm Rick sie erneut in die Arme. Es dauerte eine Weile, ehe er dazu kam, ihr die spannenden Neuigkeiten zu berichten.

»Ich habe ein Casting in New York!« Seine Augen strahlten. »Stell dir das mal vor, Bettina – Big Apple!« Er hob die Arme. »Ich könnte vor Freude platzen. Schon allein die Tatsache, dass ich rüberfliegen kann, ist ein Glücksfall. Und sollte ich gar die Rolle in Leonardo DiCaprios neuem Film kriegen, wäre das der Superhammer.« Er atmete schneller. »Es ist zwar keine Riesenrolle, aber trotzdem ein großer Schritt für mich. Wenn ich tatsächlich drüben Fuß fassen könnte …«

Bettina sagte nichts. Sie freute sich mit ihm, gönnte ihm von Herzen den Erfolg. Und doch … es bedeutete auch eine weitere, wahrscheinlich sogar längere Trennung.

»Ich war bei euch auf dem Gut, als du angerufen hast«, erzählte sie nach einer Weile. Sie saßen eng umschlungen auf dem Leinensofa und sahen aus dem Fenster. Von hier waren nur ganz vage die Berge auf der anderen Seeseite zu erkennen, vor allem aber der dunkelviolette Himmel, der sich immer mehr ins tiefe Schwarzblau wandelte. »Dein Großvater hat mich zu Essen eingeladen.«

»Er mag dich sehr.« Wieder küsste er sie überschwenglich. »Kein Wunder, da geht es ihm wie mir.«

»Ich habe dich vermisst.« Bettina lehnte den Kopf an seine Schulter. »Drei Tage lang hast du nicht angerufen.«

»Ich weiß. Es tut mir leid. Aber es ging so hektisch zu. Und dann die Verhandlungen bis zum späten Abend … Ich hab's einfach nicht geschafft.«

Seine Worte taten ihr weh. Er hatte es nicht geschafft … Wenn er mich wirklich liebte, hätte er sich diese Zeit genommen, dachte sie. Dann wäre ihm ein Gespräch mit mir, und wenn es noch so kurz gewesen wäre, bestimmt so wichtig gewesen wie berufliche Verhandlungen.

Aber kein Wort davon kam ihr über die Lippen. Sie genoss Ricks Nähe, seine Zärtlichkeiten, die nach und nach alle trüben Gedanken vertrieben.

In dieser Nacht schliefen sie nur wenig. Als Bettina am frühen Morgen wach wurde, war das Bett neben ihr leer.

Rick war schon gegangen. Nur ein mit Lippenstift auf ein Blatt Papier gemaltes Herz auf dem zweiten Kopfkissen erinnerte daran, dass er da gewesen war.

28

»Haben Sie heute Abend etwas vor, Sabine?« So wie jeden Morgen kam Konstantin Reintaler auch heute herüber und begrüßte Sabine. Vor vierzehn Tagen hatte er seine Herrenboutique eröffnet, und bislang war er sehr zufrieden. Sowohl Touristen als auch Einheimische kauften bei ihm, und er freute sich, dass man die Qualität der angebotenen Ware schätzte.

Sabine arrangierte jeden Montag zwei frische Gestecke für die beiden Verkaufstheken, und auch die Blumenkübel vor dem Geschäft pflegte sie.

»Lassen Sie mich das machen«, hatte sie Konstantin schon nach wenigen Tagen angeboten, als sie mitbekam, wie ungeschickt er an den verwelkten Blüten herumzupfte. »Sie reißen am Ende noch die ganze Pflanze mit heraus.«

»Danke. Das ist sehr nett. Ich werde mich revanchieren.«

»Ach was. Nicht nötig. Das mache ich doch gern.«

»Und ich trinke gern hin und wieder mit Ihnen einen Kaffee, Sabine. Also, keine Widerrede – wir gehen morgen Mittag in der Pause was trinken.« Und lange, viel zu lange hatte er sie dabei angesehen.

Zweimal waren sie seitdem in ein kleines Bistro am Hafen gegangen. Beim ersten Mal hatten sie tatsächlich nur Cappuccino getrunken, beim zweiten Mal hatte Konstantin etwas zu essen bestellt.

»Ich hatte kein Frühstück«, hatte er erklärt. »Es ging am Morgen bei uns ziemlich hektisch zu. Meine Frau fühlte sich nicht gut.«

»Das tut mir leid.«

»Es ist wohl ein neuer Schub. Man kann leider gar nichts mehr machen.«

Nach diesem Essen kam er jeden Morgen, begrüßte Sabine und unterhielt sich ein paar Minuten mit ihr. Und heute fragte er, ob sie am Abend etwas vorhätte!

»Nein.« Sie schüttelte den Kopf.

»Dann machen Sie mir die Freude, und begleiten Sie mich zu einer Vernissage. Ein Freund von mir besitzt eine Galerie in Konstanz, dort stellt im Moment ein junger Düsseldorfer Künstler aus. Mein Freund verspricht sich von ihm sehr viel. Und wenn er ihn für talentiert hält, dann kann man was darauf geben.«

»Ich komme gerne mit.«

»Das freut mich!« Sein Lächeln unterstrich die Worte, und Sabine war froh, so spontan zugesagt zu haben.

»Ich gestehe, dass ich schon seit Monaten nicht mehr in irgendeinem Museum war.« Sabine zuckte mit den Schultern. »Zu viel Arbeit und ...«

»Und?«

»Es macht einfach keinen Spaß, allein durch die Räume zu gehen und sich Bilder oder Skulpturen anzusehen. Ich möchte mich gerne austauschen.«

»Mir geht es genauso! Umso mehr freut es mich, dass Sie mich begleiten werden.«

Er kam am Abend pünktlich eine halbe Stunde nach Ladenschluss. Sabine hatte sich umgezogen, und auch Konstantin hatte den Anzug, den er im Geschäft getragen hatte, gegen eine schwarze Hose und ein dunkelviolettes Hemd getauscht. Ein schwarzes Leinensakko hing ihm lässig über den Schultern.

In den Augen des Mannes blitzte es auf, als er Sabine sah, die zu einer dunkelblauen Hose eine fliederfarbene Bluse und einen gleichfarbigen Blazer gewählt hatte.

Während der Fahrt unterhielten sie sich angeregt, und beinahe bedauerten sie es, so rasch in Konstanz angekommen zu sein.

»In der Wessenberg-Galerie war ich schon einige Male«, erzählte Sabine und wies zu dem bekannten Kulturzentrum gegenüber dem Münster, in dem sich die Kunstsammlung befand. »Vor allem die alten Radierungen und Handzeichnungen sind wunderschön.«

»Genau. Ich war begeistert von Dürers Entwurf eines mehrarmigen Leuchters.«

»Ich auch!«

Wieder einmal stellten sie fest, dass sie sehr vieles gemeinsam hatten. Und auch die Bilder des Düsseldorfer Malers, eines schmalen, blassen jungen Mannes mit dunklen Augen, der noch ein wenig unsicher neben dem Galeristen stand, gefielen ihnen sehr.

Besonders zwei Bilder, in zarten Pudertönen gehaltene Phantasien, sprachen Sabine an. »Die sind wunderschön«, schwärmte sie. »Da kommt die Sensibilität des jungen Künstlers so richtig zum Ausdruck.«

»Genau das habe ich eben auch gedacht.« Konstantin griff spontan nach ihrer Hand und drückte sie. »Es kommt nicht oft vor, dass ein junger Künstler mit Pastellkreide auf Büttenpapier arbeitet. Das ist wirklich eine Rarität.«

Und so gingen sie weiter durch die beiden nächsten Räume, Hand in Hand, schweigend, doch sich unendlich nah fühlend. Als sie wieder an den beiden Objekten, die ihnen so gefallen hatten, vorbeikamen, rief Sabine überrascht: »Schauen Sie nur, die haben schon einen roten Punkt!«

»Stimmt.« Konstantin lächelte und nickte seinem Freund augenzwinkernd zu.

»Das freut mich für den Künstler.«

»Und ich freue mich, dass die beiden Bilder bestimmt einmal bei einem Menschen in der Wohnung hängen werden, der sich sehr über sie freut.« Konstantin zog sie in Richtung Ausgang. »Aber jetzt sollten wir endlich was essen. Kunst genießen macht mich immer hungrig. Und wie sieht's bei Ihnen aus?«

»Ehrlich gestanden geht es mir genauso.«

»Dann nichts wie los! Ich habe mir erlaubt, beim Italiener einen Tisch zu bestellen. Das Lokal hat eine schöne verglaste Terrasse mit Blick auf den See. Einverstanden?«

»Ja.«

Das Essen verlief harmonisch und mit angeregten Gesprächen. Und wieder stellten sie fest, dass sie viele gemeinsame Interessen hatten. Sie mochten guten Rotwein, gingen beide gern wandern, liebten in der Malerei besonders die Impressionisten und in der Musik Mozart mehr als Beethoven. Zur Entspannung hörte Konstantin gern Jazz, Sabine bevorzugte Operettenmelodien und die Schlager aus den Dreißigern und Vierzigern.

»Das ist nichts, was uns trennt«, meinte sie leise lachend.

»Nein.« Konstantin zog ihre Hand an die Lippen. »Das nicht.« Mit einem Mal wurde er ernst. »Danke für diesen Abend, Sabine.«

»Ich danke Ihnen.« Sie sah nicht auf, doch sie entzog ihm auch nicht ihre Hand. Der Druck seiner Hand aber verriet vieles von dem, was er nicht sagen wollte.

Nicht sagen konnte.

29

Sommerregen ging aus einem hellgrauen Himmel nieder, der in den verschiedensten Perlmuttfarben schimmerte, wenn sich hin und wieder ein Sonnenstrahl durch die Wolkendecke stahl. Wie Perlen blieben die Regentropfen auf den noch jungen Rebblättern liegen, die weitläufigen Hänge wirkten, als sei ein Schleier über sie gebreitet worden.

Auf dem Bodensee waren die vielen kleinen weißen Segelboote verschwunden, nur die Ausflugsdampfer und Fähren zogen unbeirrt ihre Bahnen durch das graue Nass.

Der Mann, der seinen schwarzen Kombi vor dem Weingut Meiningen parkte, zog sich den Kragen der Wetterjacke höher, als er mit langen Schritten auf das Wohnhaus zulief. Bevor er klingelte, sah er sich noch einmal um. Soweit er es erkennen konnte, war alles gut in Schuss. Die Weinhänge, die sich hinter dem Haus und an der Westseite entlang hochzogen, waren sauber bearbeitet, der Boden aufgelockert und die jungen Triebe hochgebunden.

Im Internet hatte er sich schon genau nach Gut Meiningen erkundigt und herausgefunden, dass es sich um einen grundsoliden Betrieb handelte.

Ideal für sein Vorhaben!

Er grinste, zog seine Jacke zurecht und läutete.

Gertrud Bröker öffnete und sah ihn fragend an. »Sie wünschen?«

»Hallo, ich bin Dietmar Krawitzky.« Das Lächeln erreichte nicht seine Augen.

»Ach, Sie sind schon da. Wir hatten erst morgen mit Ihnen gerechnet. Kommen Sie doch herein.« Gertrud wies auf eine halbgeöffnete Tür. »Der Chef ist in seinem Büro. Ich melde Sie an.«

»Nicht nötig.« Mit drei langen Schritten war Dietmar Krawitzky an ihr vorbei, klopfte kurz an die Bürotür und stand auch schon vor Ottmar Meiningens Schreibtisch. »Guten Tag. Krawitzky. Wir haben gestern miteinander telefoniert.« Er streckte Ottmar die Hand entgegen.

»Guten Tag, Herr Krawitzky. Nehmen Sie doch bitte

Platz. Und entschuldigen Sie, dass ich sitzen bleibe. Ich habe mir gestern am Abend den Fuß verstaucht.« Ottmar ignorierte die ausgestreckte Hand.

»Tut mir leid.« Lässig setzte Dietmar Krawitzky sich auf den alten Lederstuhl, der Ottmars Schreibtisch gegenüberstand. »Dann ist es ja gut, dass ich da bin.« Interessiert schaute er sich um. Auf einem gedrechselten alten Holzregal standen etliche Flaschen Wein, daneben schlanke Flaschen mit diversen Obstbränden. Urkunden und Auszeichnungen hingen an der gegenüberliegenden Wand.

»Sie haben einen sehr guten Betrieb. Ich habe mich informiert.« Der knapp Vierzigjährige wies auf die Auszeichnungen. »Ich denke, es macht Spaß, bei Ihnen zu arbeiten. Und vielleicht kann ich sogar noch etwas verbessern.«

Ottmar runzelte die Stirn. »Das ist nicht notwendig«, erwiderte er. »Mir liegt lediglich daran, die Qualität zu halten. Ich suche aber nicht nur einen Kellermeister – ich brauche auch jemanden, der die Leute im Weinberg einteilt und anordnet, was jeden Tag getan werden muss.« Er zeigte auf seinen bandagierten Fuß. »Im Moment kann ich nicht mal mehr das.«

»Kein Problem.« Dietmar Krawitzky strich sich über das dunkle Haar, das ihm in ein paar wilden Locken in die Stirn fiel. »Ich arbeite gern selbständig.« Er machte eine kleine Pause, dann fügte er hinzu: »Das war mit ein Grund, warum der Bernthaler und ich nicht gut miteinander konnten.«

»Und ich dachte, Sie müssten gehen, weil der junge Bernthaler einsteigen will.«

»Das auch.« Wieder ein lässiges Schulterzucken. »Ist aber auch egal. Ich kann mir auch ein paar Wochen

Nichtstun leisten. Lieber wäre mir allerdings ein neuer Job.« Er zog einen Umschlag aus der schmalen Umhängetasche. »Hier, meine Unterlagen. Mit allen Zeugnissen und dem Abschluss meines Önologiestudiums.«

Ottmar zögerte. Die nassforsche, selbstsichere Art Dietmar Krawitzkys störte ihn irgendwie. Etwas mehr Zurückhaltung hätte er angebrachter gefunden. Sorgfältig studierte er die Unterlagen und nickte dann zufrieden.

»Das sieht gut aus«, meinte er. »Wenn Sie also auf Zeit hier arbeiten wollen …«

»Gern auch für länger.«

Ottmar schüttelte den Kopf. »Erst mal ist der Job befristet. Wir haben ja einen Kellermeister.«

»Der aber krank ist. Und der vielleicht nie wieder voll arbeitsfähig sein wird.« Dietmar lehnte sich noch etwas mehr auf seinem Stuhl zurück. »Wie Sie sehen, habe ich mich informiert.«

»Gut so. Aber es bleibt dabei – wir machen nur einen befristeten Vertrag. Und wenn Sie das nicht akzeptieren wollen, dann tut's mir leid.«

»Also gut, meinetwegen. Dann lassen Sie uns über Geld reden.«

Wider Erwarten waren seine Forderungen nicht so hoch, wie Ottmar befürchtet hatte, und so wurden sie sich rasch einig. Schon in drei Tagen wollte Dietmar Krawitzky anfangen.

»Ich suche mir im Ort ein Zimmer und hole meine Sachen her. Ein möbliertes Zimmer reicht fürs Erste.« Er stand auf. »Dann – bis in drei Tagen.«

»Bis dann. Ich lasse alle Papiere fertig machen.« Ottmar reichte ihm diesmal die Hand. »Auf gute Zusammenarbeit.«

»Bestimmt.« Dietmar Krawitzky nickte, dann war er auch schon aus dem Büro.

Lange sah der alte Winzer ihm nach. Sympathisch war ihm dieser Mann nicht unbedingt, doch seine Zeugnisse waren ausgezeichnet. Und er wurde auf dem Weingut dringend gebraucht.

»Das ist ja ein flottes Kerlchen.« Gertrud kam herein und lehnte sich an den Schreibtisch. »Der ist ganz schön von sich eingenommen, was?«

Ottmar nickte. »Wenn ich nicht in Not wäre, würde ich ihn nicht einstellen«, gab er zu. »Aber was soll ich machen?«

»Du hast schon richtig entschieden. Allein packst du es nicht. Gut, dass du es eingesehen hast, Ottmar.«

»Warum ist der Richard auch kein guter Winzer geworden ...«

»Nicht schon wieder diese Leier. Das Thema ist doch endgültig durch. Sei froh, dass du Unterstützung hast. Musst diesen Krawitzky ja nicht adoptieren.«

»Da sei Gott vor«, murmelte Ottmar. Noch zweimal blätterte er die Mappe durch, die ihm Dietmar Krawitzky dagelassen hatte. Es gab nichts zu beanstanden. Den Unterlagen nach hatte er einen sehr guten Kellermeister eingestellt.

30

Schlaftrunken tastete Bettina nach dem Telefonhörer. Draußen plätscherte der Regen immer noch aufs Dach, ein monotones Geräusch, das am Abend so einschläfernd auf sie gewirkt hatte, so dass sie frühzeitig schlafen gegangen war. Zudem war der Tag auf der Mainau anstrengend gewesen. Trotz des schlechten Wetters hatten sie draußen einige Beete und Rabatten neu angelegt. Da sie selbst die Pläne erstellt hatte, wollte sie auch bei der Ausführung dabei sein und hatte tatkräftig mitgeholfen.

»Ja … hallo …«, meldete sie sich verschlafen.

»Hallo, mein Spatz! Hab ich dich geweckt?«

»Rick!« Schlagartig war Bettina wach. »Wo bist du?«

»Du glaubst es nicht, aber ich stecke mitten in der Arbeit.«

»Wo? In New York?« Langsam richtete sich Bettina auf und knipste die Nachttischlampe an.

»Genau. Das Casting verlief super, ich habe die Rolle tatsächlich gekriegt. Vorab aber noch einen Gastauftritt in einer Soap, die vom selben Produzenten finanziert wird wie der Spielfilm. Was sagst du dazu?«

»Gratuliere.«

»Ja, es ist einfach super. Und New York ist eine irre Stadt. Hier ist wirklich Tag und Nacht was los. Wir haben in den nächsten beiden Nächten Drehtermine unten am Hudson.« Seine Stimme klang euphorisch. »Das Team ist toll, ich freue mich auf den Spielfilm. Leonardo DiCaprio ist kein bisschen eingebildet. Behandelt uns wie gleichwertige Kollegen.«

»Wer ist denn noch alles dabei aus Deutschland? Kollegen, die du kennst?« Bettina konnte nicht sagen, warum ihr Herzschlag sich auf einmal beschleunigte und eine vage Angst in ihr aufstieg. Sie freute sich für Rick, war stolz auf seinen Erfolg. Und doch … es war etwas in seiner Stimme, was sie verunsicherte.

»Ja, ja, ein paar Deutsche sind dabei, es ist ja ein Film,

der in Deutschland während der Nazizeit spielt. Wir sind alle zusammen gecastet worden.« Er lachte. »Du, ich wollte dir nur schnell sagen, dass ich viel an dich denke. Du hoffentlich auch an mich.«

»Natürlich.« Sie lehnte sich zurück. »Schön, dass du dich gemeldet hast.«

»Mach ich bald wieder. Jetzt müssen wir los. Bis dann, meine Süße. Kuss.« Und schon war die Leitung tot.

Er hat nicht mal auf meine Antwort gewartet, dachte Bettina deprimiert. Sie sah aus dem Fenster, wo der plötzlich einsetzende Sturm die Regentropfen gegen die Scheiben fegte. Sie fröstelte, löschte das Licht und kroch wieder unter die Decke.

Aber sie fand keinen Schlaf mehr.

Erst als die Sonne aufging und die Regenwolken vertrieb, fiel sie in einen unruhigen Schlaf, der aber keine Erholung schenkte.

31

Die Lichter am Times Square spiegelten sich im nassen Asphalt. Die zahlreichen hell flimmernden Leuchtreklamen erhellten das umliegende Häusermeer.

Vor zwei Stunden war ein heftiger Gewitterregen niedergegangen. Jetzt war die Luft frisch und die Temperaturen trotz der späten Stunde angenehm. Aus den Multiplex-Kinos strömten die Besucher, und auch die Restaurants entließen ihre Gäste.

Noch immer voller Menschen waren die Bars entlang des Broadways. Hin und wieder, wenn sich eine Tür öffnete, drang Musik heraus und mischte sich mit dem Straßenlärm, der auch jetzt noch gigantisch war.

Rick und eine ganze Clique kamen aus einem der vielen Theater. Sie hatten sich *Das Phantom der Oper* angesehen und waren begeistert von der guten Inszenierung.

»Ich habe doch gleich gesagt, dass ein Musical mehr Spaß bringt als ein ödes Schauspiel.« Vanessa hängte sich an Ricks Arm.

»Das sagst du. Ich hätte mir lieber *Die Glasmenagerie* von Tennessee Williams angeschaut.« Rick zuckte mit den Schultern. »Aber ihr Kunstbanausen habt mich ja überstimmt.«

»Schlimm?« Kokett lächelte Vanessa zu ihm hoch. Seit vier Tagen kostete sie es aus, an Ricks Seite sein zu können. Zum Casting war sie nicht zugelassen worden, doch sie hatte Himmel und Hölle in Bewegung gesetzt, um mit nach New York fliegen zu können. Schließlich hatte sie Paul Schneiders, Ricks Agent, als seine Privatsekretärin ausgegeben und ihr so die Möglichkeit geboten mitzufliegen.

Vanessa presste für einen Moment die Lippen aufeinander, als sie daran dachte, dass sie mit Paul, diesem feisten alten Bock, ins Bett hatte gehen müssen. Seit Monaten war er scharf auf sie, das wusste sie. Doch bisher hatte sie ihn hingehalten – bis zu dem Abend, an dem sie bei ihm aufgetaucht war und ihn überredet hatte, sie mitzunehmen.

»Warum sollte ich das tun?«, hatte er grinsend gefragt und ihr dabei sanft die Wange gestreichelt.

»Vielleicht deshalb?« Vanessa hatte seine Hand genommen und sie auf ihren Busen gelegt.

Alles andere war innerhalb von zwei Stunden klargemacht worden. Sie hatte noch zweimal Sex mit Paul, dann steckte er ihr das Flugticket zu.

Rick ahnte davon nichts. Er freute sich für Vanessa, die seiner Meinung nach ihre Chance verdient hatte. Dass niemand sich wirklich für die schwarzhaarige Deutsche interessierte, merkte er nicht. Und Vanessa war auch mit einer Minirolle zufrieden. Hauptsache, sie war in New York und mit Rick zusammen!

An diesem Abend waren sie losgezogen – sieben Deutsche, drei Engländer und zwei Amerikaner. Erst hatten sie eine Kleinigkeit gegessen, dann waren sie ins Musical gegangen. Jetzt wollten sie das Nachtleben in vollen Zügen genießen. Morgen war drehfrei, da konnten sie es sich erlauben, die Nacht zum Tag zu machen.

Die Bar, die einer der New Yorker Schauspieler ausgeguckt hatte, war voll besetzt, doch es gab einen weitläufigen Bereich im Untergeschoss. Hier spielte eine Band aus vier älteren Schwarzen, es gab eine schwach beleuchtete Tanzfläche und eine weitere Theke, hinter der zwei attraktive Mädchen arbeiteten.

Nach dem ersten Drink zog Vanessa einen der Amerikaner auf die Tanzfläche. Sie trug ein schwarzes hautenges Kleid, das züchtig hoch geschlossen war. Doch die beiden Seitenschlitze zeigten mehr von ihren schönen Beinen, als schicklich war. Und auch die Tatsache, dass sich der hauchdünne Stoff wie eine zweite Haut um ihren Körper schmiegte, war dazu angetan, Männerblicke anzuziehen.

Rick schaute zunächst amüsiert zu, wie Vanessa den blonden Jimmy, der aus New Jersey stammte, zu verführen versuchte, indem sie sich eng an ihn schmiegte und ihre Knie immer wieder besonders tief zwischen seine Beine schob.

Dann aber, als er sah, wie ausdauernd Jimmy Vanessa küsste, spürte er doch Ärger in sich aufsteigen. Unsinn, sagte er sich, ich liebe Vanessa doch gar nicht, sondern Bettina. Vanessa und ich hatten eine Affäre, das ist alles. Also kein Grund, sich so anzustellen.

Aber – es war gar nicht angenehm, zusehen zu müssen, dass Vanessa nicht nur Jimmy, sondern auch einen der englischen Kollegen anmachte.

Nach einer Stunde stand er von seinem Barhocker auf und zog Vanessa mit sich auf die Tanzfläche. »Was soll das?«, fragte er. »Wem willst du was beweisen?«

Mit einem unschuldigen Lächeln sah sie zu ihm auf. »Was meinst du?«

»Tu nicht so! Ich weiß genau, was du bezweckst. Oder bist du wirklich scharf drauf, einen von den Jungs ins Bett zu kriegen?«

Sie antwortete nicht. Drängte sich an ihn und schlang ihm die Arme um den Nacken. »Du weißt genau, dass ich nur dich will«, flüsterte sie und vergrub die Finger in seinem Haar. »Hab ich dich wenigstens ein bisschen eifersüchtig gemacht?« Sie wartete seine Antwort nicht ab, sondern legte die Hand auf seine Brust, begann, ihn durch das dunkelblaue Hemd hindurch intensiv zu streicheln.

Rick stöhnte unterdrückt auf. Er hatte schon drei Drinks intus und merkte, dass er nicht mehr ganz nüchtern war. Er spürte aber auch genau, wie sein Körper auf Vanessa reagierte.

Und sie merkte es auch!

Ein kleines siegessicheres Lächeln huschte über ihr Gesicht, dann zog sie Ricks Kopf zu sich herunter und küsste ihn.

Automatisch erwiderte Rick den Kuss, er spürte Vanessas vorwitzige Zunge, die sich in seinen Mund schlich und einen kleinen Tanz mit seiner Zunge begann. Nur mühsam konnte er ein Stöhnen unterdrücken.

»Wollen wir nicht gehen?« Vanessa legte kurz den Kopf in den Nacken. In ihren Augen stand brennendes Verlangen. »Komm mit, Rick.«

Er warf einen Schein auf den Tisch und winkte den Kollegen zu. »Bis morgen dann.«

»Geht klar.« Zwei der Kollegen nickten und grinsten anzüglich, als Vanessa ihre Tasche und die Jacke nahm und gemeinsam mit Rick die Bar verließ.

Im Taxi schmiegte sie sich an ihn, ihre Hand glitt tiefer, begann, Rick an seiner empfindlichsten Stelle zu streicheln, so dass er fest die Lippen zusammenpresste, um nicht laut aufzustöhnen.

Die Fahrt zum Hotel verging viel zu langsam.

Die Filmfirma hatte die unbekannten Schauspieler in einem alten Hotel in Brooklyn untergebracht. Der Backsteinbau wirkte von außen nicht gerade einladend, doch die Zimmer waren gemütlich und gut eingerichtet.

Der Portier hinter dem alten Eichentresen sah nur kurz von seinem Buch auf, als Vanessa und Rick eng umschlungen durch die langgestreckte Halle zu den Aufzügen gingen.

Vor Vanessas Zimmertür zögerte Rick einen Moment, aber Vanessa zog ihn schon mit sich. Mit dem Fuß warf sie die Tür hinter sich zu, während sie Rick voller Verlangen umarmte.

Rick zu verführen fiel ihr leicht. Willenlos ließ er sich aufs Bett ziehen. Er wehrte sich auch nicht, als Vanessa ihn auszog, wobei sie ihn immer wieder küsste und seine Leidenschaft anstachelte.

Als er nackt unter ihr lag, begann sie, sich selbst die

letzten Kleidungsstücke auszuziehen. »So magst du es, das weiß ich«, sagte sie lachend, während sie sich die schwarzen Spitzendessous langsam abstreifte.

Rick schluckte schwer, dann streckte er die Arme nach ihr aus und zog sie auf sich.

Vanessas triumphierendes Lächeln sah er nicht, er vergrub sein Gesicht zwischen ihren Brüsten, spürte die vertraute Wärme, den Duft ihres Parfüms, hörte ihre zärtliche Stimme, die ihm leidenschaftliche Liebesworte zuraunte – und vergaß alles um sich herum.

32

Mit langsamen Ruderbewegungen steuerte Ottmar Meiningen das Boot zurück zum alten Bootshaus, an das sich eine Räucherstube anschloss. Das schmale Seegrundstück gehörte seit Generationen der Familie, ein wertvoller Besitz, den Ottmar schon oft an Bodenspekulanten hätte verkaufen können.

Auf dem Boden des Kahns lagen sieben Felchen und ein Zander, den Ottmar vor einer Viertelstunde mit einem kleinen Rotauge als Köder gefangen hatte. Der Zander wog mindestens fünf Kilo, und Ottmar freute sich diebisch, dass ihm dieser kapitale Brocken an die Angel gegangen war.

Seit fünf Uhr war Ottmar auf dem See, er hatte dem Sonnenaufgang zugesehen und die Stille ringsum genossen. Gleich würde wieder ein hektischer Tag beginnen.

Ottmar seufzte auf und griff sich an die Brust. Seit Tagen empfand er einen dumpfen Druck, doch er ignorierte die Beschwerden. Er durfte sich im Moment keine Schwäche erlauben. Der Betrieb brauchte ihn. Noch war Dietmar Krawitzky nicht eingearbeitet, obwohl er sich sehr bemühte, alles genau kennenzulernen.

Gestern Abend erst hatte Ottmar ihn im Weinkeller getroffen, wo er die Fässer gezählt und eine Probe vom noch jungen Riesling genommen hatte.

»Wie sieht's eigentlich mit dem Pinot Noir aus?«, hatte er Ottmar gefragt. »Sie haben doch erwähnt, dass Ihr Weingut mit diesem Wein vor zwei Jahren eine Prämie bekommen hat.«

»Ja, das stimmt. Aber im vergangenen Jahr war's nix mit dem großem Ertrag. Wir hatten Hagelschlag, dann sogar ein paar Schädlinge im Weinberg, die wir zu spät bekämpft haben.«

»Das ist bitter.« Dietmar war in den Kellerbereich gegangen, in dem die Rotweinfässer lagerten, und hatte sich genau umgesehen. »Dagegen müssen wir jetzt rechtzeitig was unternehmen.«

»Ich hab schon alles bestellt.«

»Gut.« Der neue Kellermeister hatte noch zwei Proben gezogen und gekostet. »Der Riesling wird hervorragend«, erklärte er. »Und auch der Sauvignon Blanc könnte gut werden.«

»Der wird gut!« Ottmar hatte sich auch ein Glas genommen und gekostet. »Schade nur, dass wir auch hier nur eine begrenzte Menge haben.«

»Tja, das ist wirklich schade. Aber vielleicht kann ich helfen, das für die Zukunft zu ändern.« Und ehe Ottmar fragen konnte, was er damit meinte, war er hinausgegangen.

Der alte Winzer erinnerte sich noch genau an das Gespräch, das so abrupt geendet hatte. Auch jetzt noch, da er den Kahn mit Mühe an Land schleppte und die Fische heraushob, dachte er wieder daran. Ein ungutes Gefühl beschlich ihn, für das er aber keine Erklärung hatte.

Die Schmerzen in der Brust waren verschwunden, geschickt nahm er die Fische aus und brachte sie dann hinüber zum Gutshaus.

»Meine Güte, du warst ja schon mitten in der Nacht unterwegs.« Gertrud betrachtete interessiert den Fang. »Oh, sogar ein Zander! Den hatten wir lange nicht mehr.«

»Sind ja auch nicht leicht zu erwischen.« Mit einem Seufzer ließ sich Ottmar in einem alten Sessel unter dem Fenster nieder. Es war sein Lieblingsplatz, hier saß er meist und las die Zeitung. Auf dem kleinen runden Beistelltisch lagen seine Pfeife und englischer Tabak. Allerdings rauchte er nur noch selten, nachdem er vor zwei Jahren eine schwere Bronchitis gehabt hatte.

»Hey, zieh gefälligst die stinkenden Sachen aus! Du versaust mir die Polster.«

»Es sind meine Polster«, knurrte Ottmar und blieb trotzig sitzen. Wieder spürte er diesen unangenehmen Druck in der Brust, aber um nichts in der Welt hätte er das vor Gertrud zugegeben. Sie hätte ihn wahrscheinlich zum Doktor geschickt oder lamentiert, dass er sich nicht seinem Alter gemäß verhielt und viel zu viel arbeitete.

Das muss ich mir nicht anhören, dachte Ottmar und streckte die Füße weit von sich. Die Gummistiefel, die er beim Angeln immer trug, hatte er vor der Tür ausgezogen. Gertrud sah, dass einer der dicken grauen Socken ein Loch hatte.

»Ach, du meine Güte!« Sie lachte. »Zieh sie aus, ich schmeiß die alten Socken gleich weg.«

»Die kann man noch stopfen.« Ottmar machte keine

Anstalten, die kaputten Strümpfe auszuziehen. »Du bist immer schnell mit dem Wegwerfen.«

»Sag mal, spinnst du jetzt?« Empört sah Gertrud ihn an. »Die Socken da hab ich schon zweimal gestopft. Aber irgendwann ist Schluss. Du stellst dich an, als stündest du kurz vor dem Ruin.«

»Und du benimmst dich wie eine langjährige Ehefrau.« Ottmar verzog den Mund.

»Na und? Schaden kann's dir nicht, wenn dir mal jemand Paroli bietet. Und es ist vollkommen schnuppe, ob wir verheiratet sind oder nicht.« Sie hatte sich in Rage geredet. »Nee«, sagte sie, nachdem sie tief Atem geholt hatte. »Schnuppe ist es nicht. Ich bin heilfroh, dass ich nicht mit dir verheiratet bin.«

»Ach ja? Jetzt auf einmal?« Ottmar grinste und spielte demonstrativ mit den Zehen, die durch das Loch im Strumpf hervorlugten. »Ich kann mich erinnern, dass du mal ganz anders gedacht hast.«

»Pah! Bild dir auf deine alten Tage nur keine Schwachheiten ein.« Gertrud drehte sich um und ging zur Tür. Doch an der Schwelle sah sie sich noch mal nach Ottmar um. »Geht's dir nicht gut?« Ihr Tonfall war auf einmal besorgt. »Du bist so blass.«

»Ach was. Alles in Ordnung.« Ottmar hielt kurz inne. »Es ist nur …«

»Ja?«

»Dieser Krawitzky … er tut so, als hätte er hier auf dem Gut schon alles im Griff, aber davon kann keine Rede sein. Gestern hab ich mit ihm darüber geredet, auf dem Südhang, da, wo die besonders guten Reben stehen, etliche Fruchtansätze wegzuschneiden. Er meinte aber, das sei nicht notwendig, wollte lieber noch mal Gift gegen die Rebläuse spritzen.«

»Aber das habt ihr doch vor zwei Wochen das erste Mal gemacht! Und man sollte ja wohl ein paar Wochen zwischen dem Giftsprühen vergehen lassen.«

»Richtig. Er hatte es angeblich vergessen.« Ottmar stand auf und reckte sich. »Ich muss ihm auf die Finger schauen, Gertrud, das steht fest. Ein Ersatz für unseren Johann wird er nie sein. Der hätte von sich aus bei den Reben am Südhang etliche Fruchtansätze reduziert, um den Ertrag zu mindern und die Qualität zu steigern. Aber Krawitzky scheint nur auf Massenproduktion aus zu sein.«

»Das, was ihr keltert, bestimmst immer noch du. Aber übernimm dich nicht«, mahnte Gertrud.

»Da passt du doch schon auf.« Er lächelte und legte ihr kurz den Arm um die Schultern. »Wir sind schon ein verrücktes Gespann, was?«

»Na ja …« Gertrud schlug ihm kurz auf den Arm. »Los, zieh dich um. Und ich kümmere mich um die Fische. Mal sehen, ob sie fürs Mittagessen reichen.«

33

»Und? Hast du heute wieder Post bekommen?« Sabine Borken sah kurz von ihrer Arbeit auf. Geschickt arrangierte sie weiße Rosen, zartrosa Ranunkeln und kleinwüchsigen weißen Rittersporn in längliche Schalen. Dazwischen steckte sie Schleierkraut und verschiedenes Grün. Weißes Chiffonband, in das sie ein paar Myrtenzweige steckte, gab dem geschmackvollen Arrangement den letzten Pfiff.

»Sieht toll aus.« Bettina trat näher an die Arbeitsplatte, auf der bereits fünf fertige Gestecke standen. »Das ist sicher für eine große Hochzeit gedacht.«

»Genau. Eine Rechtsanwältin heiratet den Juniorpartner ihres Vaters. Ich soll fünfzehn dieser Gestecke machen. Und noch kleine Gestecke für die Kirchenbänke. Kein schlechter Auftrag.«

»Freut mich für dich.«

»Danke. Und, hast du Post?«

Bettina lachte. »Das weißt du doch sicher schon vom alten Benni.« Der Briefträger, der seit Jahren für ihren Bezirk zuständig war, machte hin und wieder beim Blumenladen Pause, trank mit Sabine einen Kaffee und hielt einen Plausch.

»Stimmt. Er ist scharf auf die Briefmarken, soll ich dir ausrichten.«

»Die kann er gern haben. Aber heute ist keine Karte gekommen.« Bettina zuckte mit den Schultern. »Du, sei nicht böse, Sabine, aber ich bin ziemlich geschafft. Wir hatten Mittsommerfest auf der Mainau. Ich habe mit Kindern Blumenkränze gebunden und gespielt. Das ist anstrengender, als eine ganze Gartenanlage zu entwerfen.« Sie hob einen schon leicht verwelkten Blumenkranz in die Höhe. »Den hier hat mir ein kleiner Verehrer geschenkt.«

»Du hast ja Chancen!«

»Stimmt.« Bettina lachte. »Ich bin ganz schön erschöpft und muss erst mal in die Wanne. Wir reden morgen weiter.«

»Gut. Ich muss hier sicher noch eine Stunde arbeiten.« Sabine griff nach der nächsten Schale, in der sich bereits angefeuchtete Steckmasse befand. »Schönen Abend noch.«

»Danke, dir auch. Und sag Benni, wenn er morgen vorbeikommt, dass ich ihm die Briefmarken aufhebe.«

Sechs Postkarten hatte sie in den letzten Tagen bekommen. Es waren immer nur kurze, flüchtig hingekritzelte Grüße von Rick gewesen. Er hatte nicht mehr angerufen, und Bettinas Freude über die postalischen Grüße sank mit jeder Karte.

Sie hatte den letzten Treppenabschnitt erreicht und hielt plötzlich inne. »Rick!«

»Na endlich!« Rick, der auf der obersten Treppenstufe gesessen hatte, sprang auf und breitete die Arme aus. »Ich bin hier schon fast angewachsen.«

»Ich hatte ja keine Ahnung, dass du kommst!« Bettina flog förmlich die letzten Stufen hoch.

»Endlich«, wiederholte Rick flüsternd, ehe er sie küsste.

»Komm rein.«

»Hm.« Er löste die Lippen kaum von ihrem Mund.

»Komm.« Mit einem Schlag war Bettinas Müdigkeit wie weggeblasen. Rick war da! Sie fühlte seine Arme, die sie fest umklammert hielten. Sie spürte seinen Atem, hörte die verrückten kleinen Liebesworte, die er ihr zuraunte. Worte, die keinen Sinn ergaben, die aber alles ausdrückten, was er, was auch sie empfand.

Mit zitternden Fingern schloss sie die Wohnungstür auf.

»Wie bist du eigentlich ins Haus gekommen? Sabine ahnt nicht, dass du da bist.«

»Ich habe mich durch die Tiefgarage reingemogelt. Ich wollte deiner Vermieterin nicht begegnen. Und, ehrlich gesagt, nicht mit ihr reden.« Er zuckte mit den Schultern. »Das heißt aber leider auch, dass ich dir keine Rosen schenken kann. Nur die hier.« Er holte eine zerzauste kleine Rose aus der Jackentasche. »Persönlich am Flughafen aus einem Beet stibitzt.«

»Danke.« Bettina zog ihre Jacke aus. »Wann bist du denn gelandet?«

»Gegen Mittag in München. Dort hab ich mir einen Leihwagen genommen.« Wieder schlang er die Arme um sie. »Ich hatte solche Sehnsucht nach dir.«

»Und ich hab heute besonders lange gearbeitet.« Bettina lehnte sich in seinen Armen zurück. »Warum hast du nicht angerufen?«

»Ich wollte dich überraschen.«

»Das ist dir gelungen.« Sie strich ihm zärtlich eine Haarsträhne aus dem Gesicht. »Ich freue mich so, dass du endlich wieder da bist.« Ein schneller Kuss, dann sagte sie: »Ich bin völlig verschwitzt, gehe mal schnell unter die Dusche.«

»Ich stecke auch seit Stunden in den Kleidern.« Rick hob sie hoch und trug sie ins Bad. »So eine Dusche kann höchst anregend sein«, meinte er lachend.

»Willst du nicht erst was trinken? Oder was essen?«

»Wie kannst du an so was Profanes denken? Ich will nur dich. Jetzt und hier.«

Das Duschen dauerte eine kleine Ewigkeit. Immer wieder küssten sie sich unter dem warmen Wasserstrahl, und Bettina überließ sich nur zu gern Ricks Zärtlichkeiten, die sie viel zu lange hatte entbehren müssen.

Als der Morgen dämmerte, wurde Bettina wach. Sie lag immer noch in Ricks Armen, sie hörte seinen gleichmäßigen Atem und versuchte, ganz still liegen zu bleiben. Doch Rick hatte im Unterbewusstsein gespürt, dass sie wach war.

»Guten Morgen, mein Spatz.« Er küsste sie auf die Stirn, der Griff seines Arms wurde fester. Sacht drehte er sie um, schaute ihr lächelnd in die Augen. »So fängt der Tag perfekt an.«

»Stimmt.«

Und Rick fand allerdings Möglichkeiten, den Tagesbeginn noch schöner zu gestalten. Sanft begannen seine Hände ihr Liebesspiel auf Bettinas Haut, und als er merkte, wie stark Bettina auf seine Berührungen reagierte, schob er die Bettdecke zur Seite und begann, sie intensiv zu küssen. Keinen Zentimeter schien er auslassen zu wollen, und Bettina verging vor Wonne.

Und es dauerte eine kleine Ewigkeit, bis sie endlich aufstanden.

»Ich muss zur Arbeit.« Bedauern schwang in Bettinas Stimme mit.

»Und ich muss rüber nach Nonnenhorn zum Weingut. Mal schauen, ob Großvater auch ohne Johann zurechtkommt.« Er trank einen Espresso im Stehen. »Am Nachmittag bin ich wieder zurück. Ich warte an der Brücke auf dich.«

Noch ein letzter Kuss, der einfach nicht enden wollte, dann verließen sie gemeinsam die Wohnung.

Auf der Mainau war es noch relativ ruhig, als Bettina ihren Dienst begann. Nach der Morgenbesprechung mit dem gesamten Team ging sie mit zwei jungen Auszubildenden hinüber zu den weitläufig angelegten Beeten, in denen auch jetzt noch, im Juni, spät blühende Azaleen und Rhododendren in bunter Vielfalt zu bestaunen waren. Doch etliche der Blüten waren bereits verwelkt und abgefallen, und die Beete mussten gesäubert werden.

Bettina teilte die jungen Leute ein, dann ging sie hinüber zum Palmenhaus, wo gerade eine Ausstellung vorbereitet wurde. Sie wollte sich informieren, wie weit die Arbeit vorangegangen war und wann sie mit einigen Helfern darangehen konnte, das Ganze mit frischen Blumen und großen Kübelpflanzen ansprechend zu dekorieren.

Die Zeit verging ihr an diesem Tag quälend langsam, obwohl sie rundum beschäftigt war. Pünktlich, was sonst nicht ihre Art war, beendete sie die Arbeit und zog sich in aller Eile um.

»Da hat jemand bestimmt was vor«, neckte sie eine Kollegin. »Viel Spaß wünsche ich dir.«

»Danke.«

Der See lag ruhig und dunkel da. Es war windstill, und die Segler mühten sich ab, ihre Boote trotz der Flaute hinaus aufs Wasser zu manövrieren. Ein paar Ruderer genossen es, dass nur wenig Wellengang war, so wie die Enten, die sich in Ufernähe aufhielten und immer wieder die Köpfe ins Wasser tauchten. Einige watschelten ans Ufer und guckten erwartungsvoll zu den Menschen hoch, die ihnen von der Brücke aus zusahen. Vielleicht kam ja doch ein Stückchen Brot geflogen.

Zwei Schwanenpaare zogen in einiger Entfernung gemächlich ihre Bahnen, sie ließen sich weder von den Enten noch von den Ruderern stören, die sich ihnen näherten.

Doch für all das hatte Bettina keinen Blick. Sie lief auf Rick zu, der schon an der Brücke stand und sie in seinen Armen auffing. Seine eben noch ernste Miene entspannte sich, und als er Bettina endlich freigab, lächelte er ihr verliebt zu.

»Und wie war dein Tag?«

»Danke, ganz gut. Wir haben im Palmenhaus eine Ausstellung vorbereitet. Ein Schweizer Künstler will seine Holzarbeiten ausstellen, was natürlich zwischen all den verschiedenen Palmen und subtropischen Gewächsen sicher sehr interessant werden wird.« Sie hakte sich bei Rick ein. »Und bei dir? War dein Großvater nicht auch überrascht, dich zu sehen?«

»Ich habe ihn gar nicht angetroffen. Er war mit Gertrud in der Klinik. Bei Johann hat es Komplikationen gegeben.« Er senkte den Blick. »Es ging ihm nicht gut.«

»Dann solltest du nach Hause zurückfahren.«

»Nein, nein, es ist schon wieder alles im Lot. Ich habe mit Gertrud telefoniert, Johann ist über den Berg. Sie bleiben aber noch eine Weile bei ihm in der Klinik.« Er legte den Arm fester um Bettina. »Morgen muss ich mal mit Großvater reden. Ich habe diesen neuen Kellermeister kurz getroffen. Er hatte Besuch aus Italien.«

»Und? Was ist daran so merkwürdig?«

»Es passte ihm ganz offensichtlich nicht, dass ich aufgetaucht bin. Jedenfalls hat er diesen Besucher sehr schnell abgefertigt.« Langsam gingen sie hinüber zum Parkplatz. »Ich möchte aber wetten, dass die zwei sich noch mal treffen. Die wollten einfach nicht, dass ich sie beobachte.«

Stirnrunzelnd sah Bettina zu ihm auf. »Wie kommst du denn darauf? Das klingt ja nach einer richtigen Verschwörungstheorie.« Sie schüttelte den Kopf. »Du kennst den neuen Kellermeister doch gar nicht.«

»Stimmt. Aber irgendwas in seinem Verhalten hat mich irritiert. Ich glaube, er war richtiggehend erschrocken, als er mich im Weinkeller traf.« Kurz hielt er inne, dann fuhr er fort: »Die beiden haben sich an den Fässern zu schaffen gemacht. Gekostet und dann irgendwas beredet. Ich weiß nur nicht, was.«

»Du siehst Gespenster. Vielleicht war der Italiener ein potentieller Kunde! Da ist es doch nur natürlich, dass er Wein probiert.«

»Aber nicht den noch nicht reifen aus den Fässern.« Rick schüttelte den Kopf. »Zum Probieren haben wir eine Extralage an ausgesuchten Flaschen. Aber lassen wir das. Vielleicht hast du ja recht, und ich bin wirklich viel zu misstrauisch.« Er hielt ihr die Autotür auf. »Komm, wir vergessen das jetzt und fahren rüber nach Überlingen. Da kenne ich ein wunderschönes Lokal. Der verwunschene Garten gleich am See ist noch immer ein Geheimtipp.«

»Einverstanden. Und ich habe jetzt auch Hunger.«

»Wunderbar! Du bist die erste Frau, die ich kenne, die zugibt, Hunger zu haben.«

»Das liegt wohl daran, dass ich viel an der frischen Luft arbeite – im Gegensatz zu den Frauen, mit denen du zusammenarbeitest.«

Rick antwortete nicht. Bettinas Bemerkung erinnerte ihn an Vanessa, die strengste Diät hielt, um ihre Figur zu halten.

Vanessa ... bei dem Gedanken an die schöne Kollegin stieg ihm das Blut ins Gesicht. Sie hatte ihn nach allen Regeln der Kunst verführt, und er war ihr auf den Leim gegangen wie ein naiver Teenager. Er hatte keine rechte Erinnerung mehr an die Nacht in New York. Doch dass sie es ziemlich wild getrieben hatten, bewiesen das zerwühlte Bett, die zwei Champagnerflaschen, die sie geleert hatten – und vor allem das siegessichere Lächeln, mit dem Vanessa ihn am nächsten Morgen begrüßt hatte.

Wie sehr er diesen Ausrutscher bedauerte! Es war schwierig gewesen, Vanessa das klarzumachen. Aber was immer sie auch bis zu seiner Abreise versucht hatte – er hatte sich nicht noch einmal überrumpeln lassen.

Kurz sah er zu Bettina hin. Entspannt und mit einem

kleinen Lächeln saß sie da, hielt die Augen geschlossen und genoss den leichten Fahrtwind. Zärtlich strich er ihr über die Wange.

Bettinas Lächeln wurde breiter.

34

Langsam, wie in Zeitlupe, legte Sabine den Hörer aus der Hand. Ihre Knie zitterten und die Blumen, die vor ihr auf der Arbeitsplatte lagen, verschwammen vor ihren Augen. Tränen liefen ihr über die Wangen, und sie schluchzte unterdrückt auf.

Es dauerte ein paar endlos erscheinende Sekunden, ehe sie wirklich realisierte, was ihr der Bankbeamte eben gesagt hatte: Ihr Konto war leer! Lediglich auf dem Geschäftskonto war noch Geld. Welch ein Glück!

»Wie konntest du mir das nur antun, Markus«, flüsterte Sabine und ließ sich schwerfällig auf dem alten Eisenstuhl nieder, der seit einer Ewigkeit in der Ecke des Arbeitsraums stand. Zorn mischte sich mit Sorge, Wut mit Enttäuschung. Ärger mit heißer Angst um ihren Einzigen, der offensichtlich so in Geldnöten war, dass er sogar ihre Unterschrift gefälscht und einen fünfstelligen Betrag abgehoben hatte.

Mit zitternden Fingern tastete Sabine nach ihrem Handy und wählte Markus' Nummer. Doch er war nicht zu erreichen, nicht einmal die Mailbox war eingeschaltet.

Sie versuchte es noch einige Male, doch ohne Erfolg.

Schließlich raffte sie sich auf und arbeitete weiter. Die drei Bund Rosen, die sie auf dem Großmarkt gekauft hatte, mussten von überzähligen Blättern und Stacheln befreit werden. Und auch die Nelken und Gerbera mussten, zusammen mit einigen Levkojen und diversen Gräsern und Dekorationsblättern, sortiert und ans Schaufenster gestellt werden.

Mit einem Seufzer richtete sich Sabine auf, nachdem sie die letzten beiden Vasen nach vorn in den Verkaufsraum getragen hatte. Müde strich sie sich eine Haarsträhne aus dem Gesicht.

»Hallo, Sabine. Guten Morgen!« Gut gelaunt betrat Konstantin den Laden. Wie immer war er perfekt gekleidet. In der Hand hielt er ein Tablett, darauf standen eine Schale mit Gebäck und zwei Espressotassen. »Ich dachte, wir könnten gemeinsam ein zweites Frühstück einnehmen. Meine neue Verkäuferin ist da, sie arbeitet hervorragend, das habe ich in der letzten Woche ausgetestet.« Er lächelte und stellte das Tablett ab. »Ich kann's mir also leisten, meine Pause bei dir zu verbringen.«

Sie duzten sich seit einer Woche. Abends, in einem kleinen Weinlokal am See, war es dazu gekommen. Konstantin hatte ihr von seiner Frau erzählt, von ihrer schweren Erkrankung und davon, wie sehr sein eigenes Leben dadurch eingeschränkt war.

»Ich würde so gerne noch mal in den Urlaub fahren. Nach Schweden oder nach Norwegen. Beides sind faszinierende Länder, die ich viel zu wenig kenne.«

»Ich war noch nie dort«, hatte Sabine gesagt.

»Schade. Ich würde dir gern Stockholm zeigen.« Er hatte sie angelächelt und gemeint: »Das Du kommt mir immer wieder in den Sinn, wenn ich an dich denke. Sollen wir es nicht dabei belassen?«

»Gern.«

In der Erinnerung an den Kuss, den Konstantin ihr gegeben hatte, nachdem sie mit Rotwein angestoßen hatten, wurde Sabine jetzt noch verlegen. Es war ein zarter Kuss gewesen, den er ihr auf die Lippen gehaucht hatte. Danach hatte er ihre Hände genommen und sie geküsst – und sie danach lange nicht losgelassen.

Sie mochte Konstantin sehr. Viel zu sehr. Ihm ging es ganz offensichtlich genauso, wenn sie auch beide nicht aussprachen, was sie empfanden. Konstantin war gebunden, und es gab keine Chance für sie beide, zusammenzukommen. Er konnte seine schwerkranke Frau unmöglich im Stich lassen.

»Was ist los mit dir? Du wirkst so abwesend.« Forschend sah er sie an, während er ihr die Keksschale noch einmal hinhielt. »Sorgen?«

Sabine schüttelte den Kopf. Sie konnte, sie wollte Konstantin nicht erzählen, was Markus getan hatte. Das war etwas, was nur sie und ihren Sohn etwas anging.

»Sehen wir uns heute Abend? Auf ein Glas Wein?«

Sabine zögerte.

»Sag ja«, drängte Konstantin. »Du musst dir keine Gedanken wegen Antoinette machen. Du nimmst ihr nichts weg.« Ein kleines wehes Lächeln huschte über sein Gesicht, als er hinzufügte: »Aber mir, mir machst du das Leben schöner.«

»Also gut. Aber ich muss erst noch was erledigen. Kannst du später noch mal vorbeikommen?«

»Gern.« Er stand auf. »Bis dann, wir telefonieren noch mal.«

Nachdem Konstantin den Laden verlassen hatte, versuchte Sabine noch etliche Male, ihren Sohn zu erreichen. Vergeblich!

35

Der Sonntag war eine einzige Symphonie in Blau und Weiß. Der Bodensee, der so spiegelglatt wirkte, als tanzte nicht eine Welle darauf, war von einem dunklen Blau. Am Himmel, der um etliche Schattierungen heller war, zogen weiße Schönwetterwolken dahin.

Bettina und Rick saßen auf dem kleinen Balkon der Maisonettewohnung und genossen ein ausgiebiges Frühstück. Viel Platz war nicht, es passten gerade mal die beiden Stühle und der schmale Tisch auf den Balkon, der in die Dachschräge eingelassen war.

»Es ist schön, hier bei dir zu sein.« Rick streckte die Hand nach Bettina aus und streichelte ihre Wange.

Für einen kleinen glücklichen Moment schloss sie die Augen und schmiegte das Gesicht in diese große warme Hand, die ein bisschen nach frischem Brot und Schinken roch.

»Und, was willst du heute unternehmen?«

»Keine Ahnung. Schlag du was vor.«

Rick lachte. »Wir trinken noch eine Tasse Kaffee, dann gehen wir wieder ins Bett.«

»Das könnte dir so passen!« Bettina lachte. »Das Wochenende einfach vergammeln ... kommt nicht in Frage. Dazu ist das Wetter viel zu schön.«

»Stimmt. Also machen wir einen Ausflug.« Er zögerte. »Was hältst du von der Marienschlucht? Seit sie nach dem Erdrutsch vor etlichen Jahren wieder für Wanderer zugänglich ist, war ich nicht mehr da.«

»Ich auch nicht.« Bettina nahm sich noch ein bisschen frische Ananas. »Eine gute Idee. Hast du Wanderschuhe im Auto?«

»Nein. Aber feste Turnschuhe. Die werden reichen.«

Bettina stand auf. »Dann zieh ich mich schnell an.«

Rick griff nach ihrem Arm. »Sei nicht so ungemütlich!« Er zog sie auf den Schoß und küsste sie lange. Und so dauerte es dann doch noch eine halbe Stunde, bis sie endlich aufbrechen konnten.

Die Marienschlucht, die nach einer Gräfin Maria benannt worden war, die vor mehr als hundert Jahren einem Grafen von Bodman versprochen wurde, war eine enge, zum Teil kaum zwei Meter breite Schlucht, durch die im Sommer ein kleiner Bach plätscherte. Im Frühjahr jedoch, wenn das Rinnsal anschwoll, wurden oft ganze Baumstämme die Klamm hinabgerissen. Bei einem Erdrutsch im Jahre 2005 wurden die Stege und Brücken, die über die Schlucht führten, zerstört. Erst nach aufwendigen Sanierungsmaßnahmen war die Klamm wieder für Wanderer zugänglich.

Bettina und Rick waren an diesem schönen Sommertag nicht die Einzigen, die sich dieses Naturwunder anschauen wollten. Etliche Touristen kamen, zum Teil mit Motorbooten von Bodman, herüber, um die Schlucht am südlichen Überlinger See zu erwandern.

Rick hatte seinen Wagen auf einem Parkplatz in der Nähe des Konstanzer Golfclubs geparkt. Als sie nach gut zwei Stunden dorthin zurückkehrten, blieb Rick auf einmal stehen.

»Das ist doch unser neuer Kellermeister«, sagte er und sah zu Dietmar Krawitzky hinüber, der neben einem grünen Kombi stand und wild gestikulierend mit einem schmalen, dunkelhaarigen Mann sprach. »Was macht der denn hier?«

»Er hat frei, schließlich ist Samstag. Vielleicht will er sich die Gegend anschauen.«

»Das sieht mir eher nach einem Streit aus, nicht nach Sightseeing.« Rick stieg in seinen Wagen, startete den Motor aber noch nicht. »Lass uns mal sehen, was er noch so treibt«, meinte er.

»Du bist ja richtig misstrauisch diesem Mann gegenüber.« Bettina schob ihre Sonnenbrille aufs Haar. »Die beiden streiten, na und?«

Rick antwortete nicht. Angespannt saß er hinterm Steuer und beobachtete den Kellermeister, der nach einer Weile den Kofferraum des Kombis öffnete und dann etliche Kartons Wein in einen zweiten Wagen lud, der direkt hinter dem Kombi stand.

»Das ist unser Wein!«, stieß Rick hervor. »Ich erkenne die Kartons!«

»Bist du sicher?«

»Klar doch! Und ich verwette meine letzte Gage, dass er den Wein nicht verkauft. Na warte, den Kerl schnapp ich mir.«

Bettina hielt ihn zurück. »Nein. Du kannst ihm noch gar nichts beweisen. Mach ein paar Fotos mit dem Handy. Und warte ab, ob er nicht doch noch eine Rechnung schreibt. Im Moment hast du nichts gegen ihn in der Hand.«

»Der Typ verscheuert unseren teuersten Wein! Ich erkenne die Kartons genau! Da kostet jede Flasche mehr als dreißig Euro.«

Er wollte aussteigen, doch Bettina hielt ihn zurück. »Das bringt doch jetzt gar nichts. Warte, was er noch alles unternimmt.«

»Du hast gut reden! In anderthalb Wochen muss ich noch mal in die USA fliegen. Und danach drehe ich in München den *Egmont* und dann noch für ein paar Tage auf Sylt.«

»Davon hast du noch gar nichts erzählt.«

Er winkte kurz ab. »Das Projekt steht schon länger. Nichts Aufregendes, eine kleine Rolle in einem Fernsehfilm.« Er streckte die Hand nach Bettina aus. »Du hast von Anfang an gewusst, dass ich nicht immer hier sein kann. Also sei nicht traurig.«

»Ich weiß.« Bettina lächelte ein bisschen angestrengt. »Ich bin auch nicht traurig. Noch bist du ja da.«

»Genau. Und wir werden erst mal dieses Wochenende ausgiebig genießen!« Er wies aufs Handschuhfach. »Schau mal da rein.«

Bettina öffnete das Fach und holte einen roten Briefumschlag heraus. »Was ist das?«

»Eine Überraschung! Na, mach schon auf!«

Langsam fuhr Rick über die Landstraße in Richtung Radolfzell. Kurz sah er zu Bettina hin, die gerade ein Flugticket aus dem Umschlag zog.

»Das ist ... Rick! Ein Ticket nach New York!«

»Genau.« Er lachte. »Ich dachte, du kommst einfach für ein paar Tage mit.«

»Das ist eine verrückte Idee. Eine herrlich verrückte Idee! Danke, Rick, ich bin ...«

Wie eine riesige Wand stand plötzlich der schwarze Geländewagen vor ihnen. Rick schrie auf, riss das Steuer herum, wollte ausweichen.

Zu spät.

36

In den Regionalnachrichten wurde ausführlich über den schweren Unfall berichtet, den drei Jugendliche zu verantworten hatten. Wie sich herausstellte, standen die drei unter Alkoholeinfluss. Ihnen war nicht viel passiert, außer einigen Prellungen hatten sie den Unfall gut überstanden.

Der Fahrer des Sportwagens hatte eine leichte Gehirnerschütterung und einige Verstauchungen erlitten, seine Beifahrerin jedoch war am Kopf verletzt worden und musste notoperiert werden.

So ähnlich lautete auch die Zeitungsnotiz, die Sabine Borken am Montag las. Sie zuckte zusammen, als sie sich das Foto näher betrachtete. Dieser Sportwagen, der wie eine Ziehharmonika zusammengedrückt war, kam ihr doch bekannt vor! Hatte nicht Bettinas neuer Freund einen solchen Wagen?

Sie versuchte, Bettina anzurufen. Es war zwar noch sehr früh am Morgen, doch Sabine musste Klarheit haben.

Doch Bettina meldete sich nicht. Und auch, als Sabine zur Maisonettewohnung hochging und dort läutete, wurde ihr nicht geöffnet.

Sie konnte es kaum erwarten, dass Konstantin kam, aber auch er ließ an diesem Montag auf sich warten.

Nervös und so unaufmerksam wie selten bediente Sabine die ersten Kunden, dann, kurz vor zehn, läutete ihr Telefon.

»Hier ist Schwester Hannelore von den Bodensee-Kliniken in Radolfzell. Spreche ich mit Frau Sabine Borken?«

»Ja …« Sabine fühlte, wie sich ihre Kehle zusammenschnürte.

»Frau Borken, in den Unterlagen unserer Patientin Bettina Solberg ist angegeben, dass Sie bei einem Unfall informiert werden sollen.«

»Was ist passiert?«

»Frau Solberg hatte vorgestern einen Unfall. Sie sind eine Verwandte?«

»Nein. Ihre Vermieterin. Und Freundin. Bettina hat keine Verwandten.«

»Dann …« Die Anruferin zögerte. »Ich wollte Sie lediglich informieren.«

»Wie geht es Bettina? Ist sie schwer verletzt?«

»Viel kann ich Ihnen am Telefon nicht sagen. Aber es besteht keine Lebensgefahr.« Die Schwester machte eine kleine Pause, dann fügte sie hinzu: »Wenn Sie herkommen möchten, geht das in Ordnung. Frau Solbergs Begleiter liegt auch noch hier bei uns.«

»Gut. Ich komme, so schnell ich kann. Danke, dass Sie mich benachrichtigt haben.«

Sabine lief hinüber zur Herrenboutique, doch die Tür war verschlossen.

37

Das Zimmer war abgedunkelt. Nur durch einen Spalt drang das Sonnenlicht herein. Die schmale, blasse Frau im Pflegebett atmete mühsam, trotz des Sauerstoffs, der ihr durch eine Nasensonde zugeführt wurde. Vor einer halben Stunde hatte der Arzt, der Antoinette Reintaler seit vielen Jahren betreute, ihr eine Infusion mit starken schmerzlindernden Medikamenten gelegt.

»Sie sollten Ihre Frau vielleicht doch noch in die Klinik bringen«, hatte er Konstantin geraten, aber der hatte das abgelehnt.

»Sie will nicht mehr in eine Klinik, das wissen Sie genau, Doktor.« Aus roten, unendlich müden Augen hatte er den Arzt angesehen. »Sie wissen auch, was meine Frau sich wünscht: Hier, in ihrem Zuhause, bleiben zu können. Bis zum Ende.«

»Ich weiß.« Der Arzt hatte noch einmal den Puls seiner Patientin kontrolliert. »Aber halten Sie das auch durch, Herr Reintaler?«

»Natürlich. Ich bin ja nicht allein. Die Schwester ist ja da. Und … ich kann auf Sie zählen, nicht wahr?«

»Selbstverständlich.« Nur zögernd war der Arzt wieder gegangen. Er ahnte, dass Antoinette bald von ihrem Leiden erlöst sein würde. Und er verstand auch, dass die Schwerkranke keine weiteren lebensverlängernden Maßnahmen mehr wollte. Alles, was man in der Klinik hätte machen können, wäre lediglich eine Verlängerung ihres Leidens gewesen.

Unruhig tasteten die Finger jetzt über die Bettdecke. Behutsam nahm Konstantin sie in seine Hände. Zerbrechlich zart wie Schmetterlingsflügel wirkten die Finger. Durch die dünne Haut schimmerten bläulich die Adern. Mit Tränen in den Augen zog Konstantin die Hand an die Lippen.

»Meine Antoinette«, flüsterte er. »Meine Geliebte. Bleib bei mir.«

Beinahe unmerklich verstärkte sich der Druck der zarten Finger, und als Konstantin aufschaute, bemerkte er, dass seine Frau ihn aus trüben Augen ansah.

»Ich kann nicht mehr«, sagte sie leise. »Lass mich gehen, Conny.«

Conny … so hatte sie ihn in den ersten Jahren ihrer Ehe genannt. Eine kleine Ewigkeit schien ihm das her zu sein. Er sah auf, in Antoinettes Augen, in denen unendlich viel Liebe, aber auch Schmerz lagen.

»Ich liebe dich«, flüsterte er und beugte sich über sie.

»Ich … dich auch. Und deshalb will ich, dass du glücklich wirst.« Sie schaute ihn an. »Es gibt doch sicher jemanden, mit dem du noch mal anfangen kannst.« Ein wehes Lächeln begleitete ihre Worte. »Ich weiß es. Und … ich danke dir dafür, dass du bei mir geblieben bist.«

Er schüttelte den Kopf. »Sag das nicht. Ich liebe dich. Du bist meine große, meine ganz große Liebe.«

Antoinette nickte. Sie sah auf einmal wieder ganz jung aus. Ihre Augen, eben noch trübe, strahlten Konstantin an. »Ich weiß. Aber … dein Leben geht weiter. Ich möchte so gern, dass du wieder jemanden findest, mit dem du alt werden kannst. Ich … ich wäre das so gern gewesen …«

»Dann kämpf weiter, Liebes.« Er nahm sie in den Arm. »Wir haben doch schon so viel durchgestanden. Gib nicht auf!«

Er spürte ihr vorsichtiges Kopfschütteln. »Nein. Es ist vorbei. Aber du … Versprich mir, dass du nicht allein bleibst. Ich will es so.« Noch einmal, ein letztes Mal, küsste sie ihn. Es kostete sie schier übermenschliche Anstrengung. Dann, noch in seinen Armen, machte sie zwei, drei letzte Atemzüge.

Konstantin begriff erst gar nicht, dass Antoinette gegangen war. Erst als sie schwer und schlaff in seinen Armen lag, merkte er, dass sie ihn für immer verlassen hatte.

Vorsichtig ließ er sie in die Kissen zurückgleiten, entließ sie aus der schützenden Wärme seiner Arme. Unendlich vorsichtig faltete er ihre Hände und legte eine der champagnerfarbenen Rosen, die Sabine jede Woche frisch für ihn besorgte und die Antoinette so sehr liebte, zwischen die dünnen Finger.

38

»Sie wird einfach nicht wach, Doktor!« Fest umklammerte Rick das kühle Gestell des Intensivbettes. »Seit Tagen liegt sie jetzt schon so da. Kann man denn gar nichts machen?«

Dr. Jens Voigt, Leiter der Intensivstation, schüttelte den Kopf. »Wir haben getan, was wir konnten. Jetzt müssen wir Geduld haben.«

»Aber … Sie haben sie doch erfolgreich operiert! Und Sie waren der Meinung, dann würde sie bald wieder aufwachen.« Rick presste die Lippen zusammen. Er war blass, sein linker Arm war geschient, da er eine leichte Knochenabsplitterung am Unterarm davongetragen hatte. Die Ärzte hatten ihm jedoch versichert, dass er schon in zehn, zwölf Tagen den leichten Gips wieder abnehmen könnte. Und auch seine Kopfschmerzen ließen allmählich nach.

Bettina hingegen war schwerer verletzt worden. Außer dem Schädel-Hirn-Trauma hatte sie eine Milzruptur erlitten, man hätte ihr beinahe das Organ entfernen müssen, um die massiven Blutungen einzudämmen. Dieser radikale Eingriff war dann aber dank neuester Behandlungsmethoden nicht notwendig geworden.

Sorgen bereitete den Ärzten jetzt vor allem die Kopfverletzung. Vor zwei Tagen hatten sie die Patientin aus dem künstlichen Koma aufwecken wollen, doch Bettinas Organismus reagierte nicht wie gewünscht. Sie lag immer noch ohne Bewusstsein da, angeschlossen an Apparate, die ihre Lebensfunktionen kontrollierten.

Unbeholfen strich Rick über Bettinas Arm. »Wenn ich doch nur etwas tun könnte!«

»Reden Sie mit ihr. Erzählen Sie ihr etwas. Was Sie gemeinsam erlebt haben. Oder von Ihrer Arbeit, von Freunden und Bekannten.« Dr. Voigt zuckte mit den Schultern. »Sie können ihr auch etwas vorlesen. Oder Gedichte rezitieren. Egal, was es ist – die Patientin sollte auf jeden Fall eine vertraute Stimme hören. Wir wissen immer noch nicht, was ein Komapatient aufnimmt und was nicht in sein Bewusstsein dringt.«

»Gut. Danke.« Rick sah dem Arzt nach, der mit einem knappen Gruß die Intensivkabine wieder verließ. Dann setzte er sich wieder neben Bettinas Bett. Was sollte er ihr erzählen? Er zögerte, dann berichtete er von den neuen Filmprojekten, vom Weingut, von seinem Großvater, der noch mit seinem Bänderriss zu tun hatte.

»Irgendwie sind wir zurzeit alle lädiert«, sagte er. »Aber ich denke, dass es jetzt nur noch besser werden kann. Du musst nur endlich wach werden, mein Spatz.« Er nahm vorsichtig ihre Hand, streichelte ihre weiche Haut.

Bettina reagierte nicht.

Schwerfällig stand Rick nach einer halben Stunde auf und ging in sein Zimmer zurück. Morgen sollte er entlassen werden, seine Beschwerden waren nur noch gering, erholen konnte er sich daheim sicher besser. Zwar war der leichte Gips am Arm hinderlich, doch auch den würde er, wenn alles gutging, in anderthalb Wochen los sein.

Sein Zimmer war geräumig und bot eine schöne Aussicht auf den See. Als er hereinkam, sprang die Besucherin, die am Fenster gesessen hatte, auf und kam auf ihn zu.

»Rick! Darling! Endlich! Ich warte schon eine Ewigkeit auf dich!« Ohne auf seine Verletzung zu achten, warf sich Vanessa an seine Brust.

»Au!« Mit der rechten Hand schob er sie von sich.

»Sorry. Ich bin nur so froh, dich zu sehen!«

»Ach ja.« Er schloss die Tür. Es musste ja nicht jeder sehen, wer ihn besuchte. Vanessa war wie immer auffallend gekleidet. Zu einer hautengen weißen Jeans trug sie ein türkisfarbenes Top, das viel von ihrer gebräunten Haut sehen ließ. Die schwarzen Haare fielen ihr glatt bis auf die Schultern, ein modischer Pony reichte bis zu den schmal gezupften Augenbrauen.

»Warum hast du mich nicht gleich angerufen? Ich hab Himmel und Hölle in Bewegung gesetzt, um dich zu finden. Mein armer Darling! Wer hat dir das nur angetan?« Sie wollte ihn erneut umarmen, doch Rick schob sie von sich.

»Lass das!«

»Warum soll ich dich nicht umarmen?« Sie beugte sich über ihn, bot unverhüllte Einblicke ins reizvolle Dekolleté. »Hattest du denn keine Sehnsucht nach mir? Ich konnte es kaum erwarten, wieder in Deutschland zu sein.« Sie strich sich das Haar hinters Ohr. »Obwohl … ich habe ein paar interessante Leute kennengelernt, die mir Angebote gemacht haben.«

»Schön für dich.«

»Ja. Supergeil ist das. Ich kann vielleicht sogar in

einem Dreiteiler mitspielen. Soll in Mexiko gedreht werden, ist das nicht total geil?«

»Freut mich.«

»Du willst gar nicht wissen, was es für eine Rolle ist, oder?« Vanessa wurde wütend. »Du bist ja nur neidisch!«

Kopfschüttelnd sah Rick sie an. »Worauf sollte ich neidisch sein? Ich gönne dir jede Rolle, Vanessa. Ehrlich.«

»Dann frag doch, was ich spielen soll, verdammt noch mal!« Sie wollte schon wild auf ihn einschlagen, doch Rick hielt ihren Arm fest.

»Lass die Show, Vanessa. Das zieht nicht bei mir, das solltest du wissen.«

Brüsk wandte Vanessa sich ab. »Du bist und bleibst ein Mistkerl, Rick!«, stieß sie hervor. »Und mit dir hab ich mich wieder eingelassen! Ich hasse dich!«

»Und du langweilst mich mit diesen albernen Vorwürfen. Ich bin's nun wahrlich nicht gewesen, der auf eine Neuauflage unserer Beziehung gedrängt hat. Du hast nicht lockergelassen. Aber es ist jetzt endgültig aus zwischen uns, Vanessa. Begreif es endlich.«

»Ach ja? Und was war das in New York? Ha? Du warst so scharf auf mich, dass du es kaum erwarten konntest, mit mir aufs Hotelzimmer zu gehen!«

»Ich war nicht mehr nüchtern. Tut mir leid. Normalerweise wäre es nie so weit gekommen. Und das weißt du auch.« Er machte eine kleine Pause, dann streckte er die Hand aus. »Lass uns nicht so auseinandergehen, Vanessa. Ich wünsche dir wirklich, dass du Erfolg hast. Und wenn ich dir noch irgendwie helfen kann …«

»Pah! Deine Hilfe brauche ich nicht. Da gibt es ganz andere Männer!« Sie stöckelte auf ihren schwindelerregend hohen Absätzen zur Tür. »Tut mir leid, dass ich überhaupt noch mal hergekommen bin. Du bist ein Scheißkerl, Rick.« Mit einem Knall fiel die Tür hinter ihr zu.

»Wow! Das war Schmierentheater vom Feinsten«, murmelte Rick, ließ sich aufs Bett fallen und schloss die Augen. So wie schon oft in den vergangenen Wochen machte er sich Vorwürfe, dass er sich noch einmal von Vanessa hatte verführen lassen. Auch, wenn viel Alkohol im Spiel gewesen war … es hätte einfach nicht passieren dürfen.

»Ich war ein Idiot. Ein eitler, verdammter Idiot.«

Aber diese Erkenntnis machte den Fehler, den er begangen hatte, nicht ungeschehen.

39

Noch ein letztes Mal bestellte Konstantin Reintaler champagnerfarbene Rosen bei Sabine.

»Antoinette wollte eine Urnenbestattung«, erklärte er. »Aber ich möchte, dass die Urne – und auch das Grab mit ihren Lieblingsrosen geschmückt werden.« Er wirkte blass, aber gefasst.

Sabine drückte ihm beide Hände. »Es tut mir so leid«, sagte sie leise. Gern hätte sie ihn umarmt, ihn zu trösten versucht, doch jede Zärtlichkeit versagte sie sich. »Natürlich bestelle ich die Rosen. Und ich stecke auch einen Kranz um die Urne, wenn du das so möchtest.«

Konstantin nickte. »Danke. Ich überlass das alles dir, wenn es geht.« Er griff nach Sabines Händen und legte für einen kleinen Moment das Gesicht hinein. »Ich … ich bin einerseits froh und erleichtert, dass sie nun nicht mehr leiden muss, die Qual ein Ende hat. Auf der anderen Seite hinterlässt Antoinette eine Lücke in meinem Leben. Wir waren schließlich mehr als fünfundzwanzig Jahre verheiratet, und sie war ein sehr lieber Mensch.« Er sah kurz auf. »Ich glaube sogar, sie hat geahnt, dass ich dich kennengelernt habe – und dass du mir viel bedeutest.«

»Wieso das?«

Konstantin zögerte. »Kurz vor ihrem Tod, sie war klar und beinahe schmerzfrei dank der starken Medikamente, hat sie gesagt, dass ich auf keinen Fall allein bleiben sollte.« Er presste kurz die Lippen zusammen, dann fuhr er fort: »Sie hat wohl geahnt, dass es jemanden gibt – dich.« Ein kleines, verloren wirkendes Lächeln glitt über sein Gesicht.

Sabine erwiderte nichts, doch der Druck ihrer Hände verstärkte sich.

»Wir sehen uns morgen. Ich gehe kurz rüber in die Boutique und regle alles mit der Angestellten. Können wir morgen Abend zusammen essen?«

»Natürlich. Gern.« Sabine zögerte, dann schlug sie vor: »Wenn du magst, koche ich uns was. Dann musst du nicht unter Menschen.«

Sie kochte noch etliche Male in den nächsten Tagen für Konstantin, der sich stets nach dem Essen verabschiedete und nach Hause fuhr. Sabine akzeptierte das, es war gut und richtig, dass er eine gewisse Zeit der Trauer brauchte.

Sabine besuchte etliche Male nach der Arbeit Bettina in der Klinik in Radolfzell. Nach mehr als einer Woche war sie endlich aus dem Koma erwacht, sie konnte sich nicht mehr an das Unfallgeschehen erinnern, war aber nun in einem ganz guten Allgemeinzustand.

Oft saß Rick an Bettinas Bett, wenn Sabine kam, doch nach ein paar Tagen verabschiedete er sich.

»Es tut mir leid, aber ich muss meine Verträge einhalten«, sagte er zu Sabine. »Könnten Sie sich um Bettina kümmern? Ich erkundige mich dann bei Ihnen, wie es ihr geht, ja?«

»Natürlich. Gerne.« Sabine fand Rick inzwischen sehr sympathisch, auch wenn sie ihren Traum, Bettina mit Markus zu verbandeln, nur ungern aufgab. Von Markus hatte sie seit einiger Zeit nichts mehr gehört. Sie hatte versucht, ihn anzurufen, doch nur auf die Mailbox sprechen können. Aber sie wollte sich keine Sorgen mehr machen, denn Markus war alt genug, um sein eigenes Leben zu leben. Und sie war noch jung genug, um an sich – und vielleicht an ein neues Glück denken zu dürfen.

Ein strahlend heller Tag ging zu Ende, und hinter den Spitzen der Alpenkette stieg sanft das Abendrot am Himmel empor. Mit einem Strauß zartroter Rosen betrat Konstantin Sabines Laden.

»Nicht schimpfen«, bat er lächelnd, als er Sabines Miene sah. »Ich dachte nur, es wäre nicht passend, bei der Frau, der ich Blumen schenken möchte, diese auch zu kaufen.« Er küsste sie kurz auf die Wange, dann legte er ihr den Strauß in den Arm. »Gehen wir heute aus?«, fragte er. »Ich habe dann auch noch eine Überraschung für dich.«

40

»Mein Spatz, ich lasse dich nicht gerne allein. Aber ich muss nach New York zurück.«

»Ich weiß das doch. Mach dir keinen Kopf. Mir geht's schon wieder ganz gut, vielleicht werde ich in der nächsten Woche entlassen.« Bettina lächelte tapfer.

»Und dann bin ich nicht da, um mich um dich zu kümmern.« Rick runzelte die Stirn. »Verdammt, ich könnte die beiden Typen, die den Wagen ihres Vaters geklaut und dann gemeinsam mit einem Freund eine Spritztour unternommen haben, eigenhändig verprügeln. So ein Leichtsinn! Aber ich konnte ihnen nicht ausweichen, sie sind viel zu schnell gefahren.«

»Das weiß ich doch. Und das haben die polizeilichen Ermittlungen ja auch ergeben.« Bettina drückte seine Hand. »Außerdem sind die Jungs gestraft genug. Sie sind verletzt, wenn auch nur leicht, und die Standpauke, die sie erwartet hat, war sicher nicht von schlechten Eltern.«

»Damit ist's nicht getan. Sie kriegen noch viel mehr Ärger mit den Behörden als mit den Eltern.« Er beugte sich über Bettina und küsste sie. »Ich rufe dich jeden Tag an, versprochen. Und ich versuche, so schnell wie möglich wieder zurück zu sein.«

»Gut.«

»Flirte nur ja nicht so viel mit diesem jungen Stationsarzt, der hier laufend auftaucht!«

»Warum denn nicht? Er ist sehr nett.« Bettina ging auf seinen Scherz ein. Es war besser, sich in Ironie und Scherze zu flüchten, als die Traurigkeit zu zeigen, die sie beim Gedanken an die bevorstehende Trennung von Rick empfand.

»Willst du nicht doch nach deiner Entlassung zu uns aufs Gut kommen? Ich habe eben noch mal mit Gertrud gesprochen, sie würde sich sehr gerne um dich kümmern.«

»Mal sehen. Noch ist es ja nicht so weit.« Verstohlen sah sie auf die Uhr. »Du musst gleich los.«

Rick nickte. »Ich weiß.« Noch einmal küsste er sie. »Ich liebe dich.«

»Ich liebe dich auch.«

»Ich will nicht fliegen.«

»Und ich würde sehr gerne mitkommen. Aber es geht nun mal nicht.« Bettina lächelte, auch wenn es ihr schwerfiel. »Und jetzt mach, dass du hier rauskommst. Ich erwarte meinen netten Doktor.«

»Biest.« Es folgte ein langer Kuss.

»Du musst.«

»Ich weiß.« Rick stand auf. »Pass auf dich auf, Liebling. Erhol dich gut. Ich bin bald zurück.«

Bettina nickte nur. Sie sah Rick nach, bis die Tür hinter ihm zugefallen war. Dann erst ließ sie den Tränen, die in ihren Augen brannten, freien Lauf.

Am übernächsten Tag kam eine junge Schwester, brachte einen Strauß Rosen und einen Stapel Zeitschriften. »Die Blumen sind von Rick Meinhard.« Sie stieß einen kleinen Seufzer aus. »So ein toller Typ. Ich habe die letzten beiden Filme mit ihm gesehen – einfach abgefahren, wie er da agiert hat.« Noch ein weiterer kleiner Seufzer, dem ein langer, bewundernder Blick in Bettinas Richtung folgte. »Er hat mich gestern gebeten, die Blumen für Sie zu besorgen. Und Lesestoff.«

»Danke. Sehr nett von Ihnen.«

»Und eine Vase hole ich auch sofort.« Die junge Lernschwester mit dem kurzen roten Haar und den unendlich vielen Sommersprossen legte Bettina die Blumen auf die Bettdecke, die Illustrierten stapelte sie auf dem kleinen Beistelltisch. »Wollen Sie jetzt schon etwas lesen?«

»Nein, nein, später. Danke, Schwester Rita.« Als sie allein war, schloss Bettina die Augen. Sie wollte jetzt nicht lesen. Sie wollte die wunderschönen Rosen riechen – und von Rick träumen.

41

Die Chefvisite war vorüber, der Tross um den grauhaarigen Klinikleiter verließ das Krankenzimmer, das von einem leichten Rosenduft erfüllt war. Ricks Rosenstrauß stand auf einem kleinen Tisch am Fenster, noch kurz vor der Visite hatte Schwester Rita den Blumen frisches Wasser gegeben.

An der Tür drehte sich Dr. Kiefer, der Stationsarzt, noch einmal um und nickte Bettina zu. »Ich hab's Ihnen ja gesagt – in spätestens vier Tagen können Sie nach Hause. Die Heilung verläuft optimal.«

»Danke.« Bettina lehnte sich zurück. Das waren gute Neuigkeiten! So freundlich man hier in der Klinik auch war, sie wollte sich lieber daheim auskurieren. Ihre Kopfschmerzen waren nur noch minimal, und auch die Milzruptur verheilte gut. Es hatte lange gedauert, bis sie aus dem Koma erwacht war, doch als sie dann endlich die Augen aufgeschlagen hatte, war sie ganz klar gewesen und hatte sich sofort orientieren können.

Von da an war ihre Genesung rasch vorangegangen. Bald konnte sie entlassen werden. Und dann würde sie wohl auch bald wieder arbeiten können. Bettina vermisste ihren Job, ihre Kollegen. Einige hatten sie schon besucht, was sie sehr nett fand.

Sie beugte sich vor und griff nach einer Illustrierten, in der sie gelesen hatte, bevor die Visite kam. Kurz blätterte sie die ersten Seiten durch – und zuckte zusammen.

»Nein! Nein … nein, das nicht!« Ihre Stimme war nur ein heiseres Krächzen. Wie paralysiert starrte sie auf das Foto, das beinahe die ganze Seite einnahm. Es zeigte Rick und die schwarzhaarige Vanessa auf einer Fähre im New Yorker Hafen. Rick, im hellblauen Poloshirt, hatte den Arm um seine Begleiterin gelegt, die ihn verliebt anstrahlte. Vanessa trug eine weiße dreiviertellange Hose, dazu eine rote Bluse, die sie lässig unter der Brust zusammengeknotet hatte. Ihr Haar wehte im Fahrtwind. Im Hintergrund war die Freiheitsstatue zu erkennen.

Rick Meinhard, der neue Star des deutschen Films, und seine Traumfrau in New York. Werden nach dem gemeinsamen Dreh in Big Apple endlich die Hochzeitsglocken läuten?

Die Bildunterschrift verschwamm vor Bettinas Augen. Es war unglaublich. Hinterhältig. Gemein. Verlogen. Es konnte, durfte einfach nicht wahr sein!

War vielleicht alles nur ein Irrtum? Nein, das Foto zeigte klar und deutlich Rick und diese Vanessa, die ihn schon auf dem Weingut besucht hatte.

Bettina konnte nicht mehr klar denken. Sie wusste nicht mehr, was sie glauben sollte. Vor drei Tagen hatte Rick noch hier an ihrem Bett gesessen und gesagt, dass er sie liebe. Davor hatte er sich mit seiner schönen Kollegin in New York amüsiert. Und dort war er jetzt wieder.

Bettina tastete nach dem Telefon. Sie musste mit Rick sprechen. Sofort. Aber sooft sie es auch versuchte – sein Mobiltelefon war abgeschaltet.

In der Nacht bekam sie hohes Fieber.

42

Nervös ging Sabine Borken zum Fenster und sah hinaus. Touristen schlenderten über die Straße in Richtung See, von der nahen Anlegestelle klang das Tuten des Ausflugsdampfers herüber, das die Abfahrt ankündigte. Ein Lieferwagen fuhr vor, parkte kurz und brachte drei Pakete nach nebenan, dann fuhr er weiter.

Es war später Nachmittag, doch die Sonne schien noch mit unverminderter Kraft. Der Himmel über dem Schwäbischen Meer war postkartenblau, nur vereinzelt zogen kleine Schönwetterwolken in Richtung Schweizer Berge.

Sabine schaute auf die Uhr. Es wurde Zeit für sie, sich umzuziehen. Das zweiteilige hellrote Seidenkleid, zu dem sie ein Top in einem etwas dunkleren Ton tragen wollte, hing schon am Schrank. Bis vor wenigen Stunden hatte sie sich noch uneingeschränkt auf den Abend freuen können. Konstantin hatte sie mit Karten für die Bregenzer Festspiele überrascht.

»Ich weiß doch, dass du Mozart liebst. Die Inszenierung der *Zauberflöte* soll ausgesprochen gelungen sein. Zumindest habe ich einige erste Kritiken gelesen.«

»Ich auch. Ach, Konstantin, und du willst wirklich schon jetzt mit mir da hin?«

»Aber ja. Das hat mit meiner Trauer um Antoinette nichts zu tun. Und auch du … wir … ich bin sicher, sie hätte es genau so für mich gewünscht.«

Damit war alles gesagt, sie sprachen nicht mehr über die Tote. Sabine wusste, dass Antoinette immer einen Platz in Konstantins Leben haben, er sie nie vergessen würde. Aber er hatte noch eine Zukunft, eine Zukunft, die er mit ihr, Sabine, verbringen wollte! Und der Gedanke stimmte sie froh.

An diesem Morgen war Sabine beim Friseur gewesen, hatte sich neue Schuhe gekauft und wartete gespannt auf Konstantin, der sie schon am frühen Nachmittag abholen wollte.

Dann, gerade als sie sich eine Kleinigkeit zu Mittag kochen wollte, kam ein Anruf von Markus. »Ich bin auf dem Weg zu dir«, verkündete er knapp. »Wir sehen uns.«

Seit zwei Stunden wartete Sabine nun schon auf ihren Sohn. Je mehr Zeit verstrich, desto unruhiger wurde sie. In einer knappen halben Stunde würde Konstantin kommen und sie abholen. Doch Markus war immer noch nicht eingetroffen, sie konnte ihn auch auf seinem Mobiltelefon nicht erreichen, es war abgeschaltet.

Sie ging noch einmal in die Maisonettewohnung zu Bettina, die seit einer Woche aus dem Krankenhaus zurück war. Sie war zwar noch schwach, aber froh, wieder zu Hause zu sein. Allerdings war sie so still und in sich gekehrt, dass Sabine sich immer größere Sorgen machte. Aber wenn sie Bettina fragte, was denn los sei, wehrte die nur ab. »Alles in Ordnung, mach dir keinen Kopf.« Diesen Satz wiederholte sie immer wieder.

Auch jetzt saß Bettina in einem Sessel, ein Buch auf den Knien. Sie war schmal und blass geworden, aus trüben Augen sah sie Sabine entgegen.

»Hallo, wie geht's dir? Hast du was gegessen?«

»Ja. Danke, der Salat war lecker. Und das Hähnchenfilet auch.« Sie log, ohne mit der Wimper zu zucken. Sie hatte kaum etwas zu sich genommen. Seit sie das Foto von Rick und Vanessa gesehen hatte, war ihr Magen wie zugeschnürt.

Sabine schüttelte den Kopf. »Ich bin sicher, du hast nicht alles aufgegessen. Bettina ...« Sie beugte sich über die jüngere Freundin. »Was ist denn nur los? Sprich dich doch aus. Ich würde dir so gerne helfen.«

»Alles in Ordnung. Danke. Mach dir keine Gedanken. Genieß lieber den Abend. Ich wünsche euch viel Vergnügen.«

»Danke.« Sabine zögerte. »Du, wenn Markus kommt, sag ihm bitte nicht, mit wem ich unterwegs bin.« Sie zuckte mit den Schultern. »Er wollte heute kurz vorbeischauen, ist aber noch immer nicht da. Und erreichen kann ich ihn auch nicht.«

»Geht klar. Er wird sich ja sicher bei mir melden.«

»Danke.« Sabine ging zögernd zur Tür. Ihre Freude auf den Abend in Bregenz war leicht getrübt. Sie machte sich Sorgen um Bettina, aber auch um ihren Sohn.

Erst als sie zu der Festspielstätte kamen, entspannte sie sich und wurde von der hier herrschenden Atmosphäre gefangen genommen. Sie hakte sich bei Konstantin ein. »Wunderbar ist es hier.«

»Hoffentlich kannst du es genießen.« Er sah sie besorgt an. »Was ist los?«

Sabine winkte ab. »Mal wieder mein Sohn. Aber ich mache mir wahrscheinlich grundlos Sorgen um ihn. Er ist einfach nicht zuverlässig.« Sie lächelte Konstantin an. »Ich hab's erst mal abgehakt und freu mich auf den Abend.«

»Richtig so.« Konstantin hatte Plätze in der Festspiel-Lounge geordert, somit hatten sie einen herrlichen Blick auf die Bühne. Das Bühnenbild, in dem vor allem die drei riesigen Drachenhunde ein Hingucker waren, beeindruckte jeden Besucher. Und auch die Sänger waren exzellent.

Sabine schloss die Augen, als die Arie der *Königin der Nacht* erklang. Spielerisch leicht schienen der Sopranistin die schwierigen Koloraturen zu fallen. Mit Leichtigkeit traf sie das hohe F.

Sabine merkte, dass Konstantin seine Hand auf ihre legte. Sie sah nicht auf, aber sie genoss die Wärme, die von ihm ausging. Er gab ihr ein Gefühl von Sicherheit, von einer Vertrautheit, das sie lange nicht mehr empfunden hatte.

»Gehen wir noch ein Glas Wein trinken?«, schlug er nach der Aufführung vor.

Sabine schüttelte den Kopf. »Ich wäre jetzt lieber mit dir allein.«

»Schön, dass du das sagst.« Er legte ihr den Arm um die Schultern. »Ich habe nicht gewagt, es zu sagen.«

»Du kannst alles sagen. Wir sind doch – Freunde.«

»Ja. Wir sind Freunde. Und ich bin sehr glücklich darüber.« Er nahm ihre Hände. »Aber das ist nicht genug. Mir jedenfalls nicht.« Er hielt ihren Blick fest. »Sabine, ich weiß, dass es noch zu früh ist. Meine Frau ...« Er brach ab. »Aber du weißt doch schon lange, dass zwischen uns viel mehr ist als Freundschaft.«

Sabine nickte. »Ja. Und ... es ist sicher gut so, wie es ist.« Sie lächelte und schaute in seine noch viel zu ernsten Augen. »Wir haben nicht mehr so viel Zeit wie die Jungen, Konstantin. Und ich denke, wir sollten die Zeit nutzen.«

Er antwortete nicht und zog sie fest an sich.

Als sie sich zum ersten Mal küssten, sank der Mond am Horizont in den nachtdunklen See.

43

»Verdammt, das hätte nicht passieren dürfen! Warum hast du nicht abgeschlossen? Wir wollten auf keinen Fall, dass uns irgendjemand in Verbindung bringen kann. Und jetzt hat uns diese Tussi schon wieder zusammen gesehen. Scheiße ist das! Riesengroße Scheiße!«

»Stell dich nicht so an. Das war doch nur die Wirtschafterin, die holt hin und wieder eine Flasche für die Küche. Uns hat sie bestimmt nicht entdeckt. Außerdem hat die im Moment ganz andere Sorgen, als sich um uns zu kümmern. Der Alte ist verletzt, und der Enkel ... ist seit Wochen in Amerika, hab ich gehört. Außerdem hat er mit dem Gutsbetrieb gar nichts am Hut. Meinst du, ich hätte mich grundlos hier eingenistet?«

»Nein. Dazu kenne ich dich inzwischen zu gut.« Der Italiener grinste, seine Wut war rasch wieder verraucht. »Und du glaubst wirklich, dass du bis zum Herbst freie Hand hast und allein entscheiden kannst?«

Dietmar Krawitzky nickte. »Der Alte ist nicht mehr belastbar. Und im Moment ist er nicht so gut zu Fuß. Da braucht's nicht viel, um ihn für eine Weile außer Gefecht zu setzen.«

»Sei nicht zu leichtsinnig. Der Enkel hat uns auch erwischt, das darf nicht noch mal passieren. Pass ja nur auf, sonst wird das nichts mit unserem Deal.«

»Meine Güte, du hast den Pessimismus wirklich für dich gepachtet. Ich zieh mein Ding schon sehr vorsichtig durch, keine Sorge. Und pass du auf, dass dich keiner mit deinem Lieferwagen sieht.«

»Ja, ja, mach ich.« Der Italiener stand auf und streckte Dietmar die Hand hin. »Okay, dann hole ich heute Nacht die ersten drei Fässer ab.«

»Und denk dran: In spätestens drei Wochen brauch ich deinen Landwein zum Verschneiden.« Dietmar grinste. »Die werden sich wundern, welch großen Ertrag wir dieses Jahr erzielen!« Er zwinkerte seinem Komplizen zu. »Und ich bin am Gewinn beteiligt.«

»Es war schon clever von dir, das in den Anstellungsvertrag zu schreiben.«

»Der Alte hat das gar nicht mehr gelesen. Der war so scharf drauf, endlich einen guten Kellermeister einstellen zu können, dass er die Rückseite mit dem Extra-Passus gar nicht mehr wirklich registriert hat.«

»Aber da steht auch seine Unterschrift, oder?«

»Klar doch! Bin ja nicht blöd. Und jetzt hau ab.«

So unauffällig, wie er gekommen war, verschwand der Italiener wieder. Mit gedrosseltem Motor fuhr er in seinem alten Lieferwagen, den er auf einem Seitenweg geparkt hatte, den Hang hinunter.

Dietmar löschte die zwei Kerzen, die auf dem kleinen Fass standen, das im hinteren Bereich des Weinkellers als Tisch diente. Er wartete ein paar Minuten, dann ging auch er auf den Gutshof hinaus. Das Sonnenlicht blendete, und er sah blinzelnd hinüber zum Haus – von Gertrud keine Spur mehr. Sicher saß die Haushälterin wieder bei Ottmar Meiningen und umsorgte ihn.

Ein geringschätziges Grinsen huschte über Dietmars Gesicht, als er zu dem Weinberg hinaufstieg, der sich gleich hinter dem Gutshaus erstreckte. Einige Arbeiter nahmen den notwendigen Laubschnitt vor, am südlicheren Hang wurde schon mit der sogenannten grünen Lese begonnen. Sie entfernten etliche der bereits erbsengroßen Weinbeeren, damit die verbleibenden mehr Kraft bekamen. So wurden die Rebstöcke entlastet, die Qualität der verbleibenden Trauben wurde verstärkt.

Nur kurz hielt sich Dietmar Krawitzky bei den Arbeitern auf, gab noch ein paar Anweisungen, dann ging er ins Büro zurück. Dort sortierte er etliche Papiere, gab Daten in den Computer ein und schrieb diverse Bestellungen aus.

Erst als es dämmerig wurde und Zeit zum Abendessen war, verließ er das Büro. Er war höchst zufrieden mit seiner Arbeit!

Doch ehe er zum gemeinsamen Essen ging, erstattete er dem alten Winzer Bericht. Er wollte ihn von einem noch jungen Wein kosten lassen. Die Flasche hatte er am Nachmittag abgefüllt und goss jetzt ein Glas ein.

»Ich bin gespannt, was Sie von dem Tröpfchen halten.« Er reichte Ottmar, der in seinem Lieblingssessel saß und das verletzte Bein hochgelagert hatte, das Glas. »Ich habe versucht, unseren Rosé noch etwas kräftiger zu machen.«

Ottmar runzelte die Stirn. »Keine Experimente. Das habe ich doch klar und deutlich gesagt, oder?«

»Probieren Sie einfach mal.«

Ottmar nahm zwei, drei Schlucke, ließ den Wein im Mund hin- und herrollen und nickte schließlich. »Nicht schlecht«, musste er zugeben.

»Nur das wollte ich hören.« Dietmar reichte ihm die Mappe, die er bisher unterm Arm gehalten hatte. »Ich brauche noch ein paar Unterschriften von Ihnen.« Er machte eine kleine Pause. »Unter anderem ist da die Bestellung eines Neukunden drin. Ich hoffe, Sie sind mit meiner Arbeit zufrieden.«

Ottmar überflog die Mappe, den Brief mit den Bestellungen hielt er eine Weile in der Hand. »Das ist hervorragend«, lobte er schließlich. »Ihre Kontakte?«

»Ja.« Dietmar grinste. »Ich hatte ja gesagt, dass ich nicht mit leeren Händen komme. Es gibt da noch einige Abnehmer, die an einer Zusammenarbeit interessiert sind.«

Ottmar wiegte den Kopf. »Wir sind kein riesiger Betrieb. Und wir haben Stammkunden, die ich auf keinen Fall verlieren will.«

»Das muss ja auch nicht sein. Ich bin sicher, dass wir in diesem Jahr besonders große Erträge einfahren. Da lässt sich bestimmt ein guter Gewinn machen.«

Gertrud, die an der Tür stand, runzelte die Stirn. Die selbstgefällige Art des Kellermeisters missfiel ihr gründlich. Doch sie sah, wie zufrieden Ottmar war, wie sehr ihn die Nachricht aufmunterte, und so schwieg sie. Erst am späten Abend, als sie allein waren und ein letztes Glas Wein tranken, kam sie auf Dietmar zurück.

»Findest du es richtig, dass der neue Kellermeister jetzt auch schon mit den Kunden verhandelt?« Sie drehte das Weinglas zwischen den Fingern.

»Warum sollte er nicht? Johann hat das doch auch getan.«

»Ja, Johann! Das ist doch ganz was anderes!«

»Du magst den Krawitzky nicht, oder?«

Gertrud zuckte leicht mit den Schultern. »Er ist mir zu smart. Zu selbstsicher. Tut schon nach einigen Wochen so, als hätte er allein das Sagen.« Sie sah Ottmar eindringlich an. »Lass dir nicht das Heft aus der Hand nehmen!«

»Ach was, davon ist doch gar keine Rede.« Er trank

sein Glas leer. »Aber ich bin nun mal gehandicapt und kann nicht selbst nach dem Rechten sehen. Und der Krawitzky hat hervorragende Zeugnisse.«

»Die du nicht nachgeprüft hast.«

»Alte Unke.«

»Vielleicht bin ich das. Aber ich lasse mir meine Bedenken nicht ausreden. Außerdem … du hast ein verletztes Bein, der Kopf sollte noch funktionieren, oder?«

»Also wirklich! Gertrud!« Empört sah er sie an.

»Ist doch wahr! Du sitzt hier rum und bläst Trübsal, statt dich wenigstens ins Büro zu setzen.« Seufzend stand sie auf. »Aber das ist typisch Mann: Aus jedem Zipperlein wird ein Weltuntergang gemacht.«

»Du spinnst ja.«

»Wenn du meinst. Sag später nur nicht, ich hätte dich nicht gewarnt.«

44

Drückende Schwüle lastete über der Bodensee-Region. Ein extrem heißer Tag ging zu Ende, und obwohl die Sonne hinter dichten Wolken verschwunden war, regte sich noch kein Lüftchen.

Bettina fühlte sich elend. Aber das lag weder an der Hitze noch an ihren Beschwerden, die von Tag zu Tag weniger wurden. Die Narbe am Bauch verheilte gut, die Gehirnerschütterung war schon vollkommen abgeklungen. Und auch von der heftigen Fieberattacke, die man sich in der Klinik nicht hatte erklären können, spürte sie nichts mehr.

Sie spürte nur eins: einen dumpfen, heftigen Schmerz in der Brust. Dort, wo das Herz saß.

Aber konnte es so schmerzen?

Ja. Ja, ja. Tausendmal ja!

Wieder und wieder holte Bettina die Zeitschrift hervor, in der das Foto von Vanessa und Rick abgebildet war. Und immer wieder kamen ihr die Tränen.

Lass es endlich. Vergiss ihn und wirf diese blöde Zeitschrift endlich weg, sagte ihr Verstand auch jetzt wieder. Dann ist bald Ruhe.

Aber das ging nicht. Das brachte sie nicht fertig. So, wie sie es auch erst nach fünf Tagen, als sie endlich aus der Klinik entlassen worden war, geschafft hatte, ihr Handy abzuschalten. Vorher hatte sie noch etliche Male versucht, Rick anzurufen, ihn aber nie erreicht. Er hatte auch nicht zurückgerufen – was ja alles sagte!

Sie stand von der Liege auf, die sie auf den kleinen Balkon gerollt hatte, und beugte sich ein wenig über das Balkongeländer. Die Minirosen, die gemeinsam mit Margeriten und zartroten Hängefuchsien in den Blumenkästen blühten, verströmten einen zarten Duft. Die Straße war menschenleer. Nur zwei Taxen fuhren eilig in Richtung Hafen.

Von fern war Donnergrollen zu hören. Hinter den Bergen zog ein Gewitter auf. Bettina sah hinüber, bemerkte die ersten aufzuckenden Blitze, die die Bergspitzen erhellten. Und im nächsten Augenblick donnerte es auch schon.

Die Wolken ballten sich noch stärker zusammen, dunkel und bedrohlich jagten sie über den See hinweg.

Dann, innerhalb von Minuten, entlud sich ein schweres Gewitter. Ein Blitz folgte auf den nächsten, das Donnergrollen schien nicht aufhören zu wollen. Und dann begann es zu regnen. Wie ein dichter Vorhang fiel der Regen zur Erde. Verdampfte auf dem heißen Asphalt, zerplatzte auf den Wellen des Bodensees, die von Minute zu Minute höher wurden und mit Gewalt ans Ufer schlugen.

Die kleinen Tret- und Ruderboote, die vertäut am Ufer lagen, begannen einen wilden Tanz, die Segeljachten waren schon vor einer halben Stunde in die Häfen zurückgerufen worden. Nur die Fähren und Ausflugsdampfer zogen unbeirrt ihre Bahnen durch das dunkle Wasser.

Bettina schaute hinaus. Und erst als ein besonders greller Blitz sie blendete, zog sie sich in die Wohnung zurück. Das Fenster ließ sie offen, es tat gut, die frische Luft zu atmen.

Ein klirrendes Geräusch ließ sie aufhorchen. Was war das? Es klang wie zerberstendes Glas.

Obwohl der Regen jetzt schräg fiel und sie nass wurde, ging sie zurück auf den Balkon und sah hinaus. Immer noch war die Straße leer.

Bettina wartete einen Moment, lauschte angestrengt. Dann, als alles ruhig blieb, ging sie hinunter ins Erdgeschoss und schaute nach, ob alle Türen verschlossen waren. Trotz des Unwetters sah sie auch vor Sabines Laden nach – alles schien in Ordnung zu sein. Wahrscheinlich hatte sie sich getäuscht, und das Klirren war durch ein Glas oder eine Flasche, die der Wind über die Straße gefegt hatte, verursacht worden.

Sie zögerte, ob sie Sabine, die mit ihrem neuen Bekannten ausgegangen war, dennoch anrufen sollte. Ach was, sagte sie sich dann, es ist doch nichts passiert! Noch bevor sie das Handy, das sie eben wieder eingeschaltet hatte, erneut abstellen konnte, klingelte es.

Sie sah aufs Display – eine unbekannte Nummer.

Zögernd meldete sie sich. Und zuckte im nächsten Moment zusammen.

»Bettina! Hallo, Liebes. Endlich erwische ich dich mal. Was ist denn los? Warum kann ich dich nicht erreichen? Ich mache mir die größten Sorgen!« Ricks Stimme überschlug sich beinahe.

So ein Heuchler! Bettina schluckte schwer. »Mach dir nur keine Mühe. Lass mich einfach in Ruhe.«

»Aber was soll das? Bettina, was ist denn passiert? Warum gehst du nie ans Telefon? Ich ...«

»Ich ... ich ... ich ... Darum dreht sich wohl alles bei dir. Aber das ist mir auch schon egal. Vögel von mir aus rum, mit wem du willst. Und zeig es der ganzen Welt, wenn du das brauchst. Aber mich verschon ab sofort mit deiner Gegenwart. Und mit deinen Anrufen. Du kannst mich mal!« Wütend unterbrach sie die Verbindung.

Sekunden später klingelte es wieder.

»Leg nur ja nicht wieder auf!« Ricks Stimme klang wütend. »Ich will wissen, was los ist!«

»Heuchler! Verdammter, widerlicher Heuchler! Warum hast du das getan?«

»Was? Was hab ich dir getan?«

»Frag nicht so scheinheilig. Du bist einfach ekelhaft. Ich will nie wieder was von dir hören.« Im nächsten Moment drückte sie auf die kleine rote Taste. Und da es gleich noch einmal läutete, stellte sie das Handy aus. Auch per Festnetz sollte Rick sie nicht erreichen, und so zog sie mit einem Ruck das Telefonkabel heraus.

Dann warf sie sich aufs Bett und heulte, bis sie keine Tränen mehr hatte.

Draußen tobte immer noch das heftige Sommergewitter.

45

»Du hast dich lange nicht gemeldet.« Mit süßem Schmollmund sah Vanessa ihren Begleiter an. »Wo hast du denn gesteckt?«

»Geschäfte.« Markus Borken legte den Arm um seine schlanke Begleiterin. »Du weißt doch, als Banker ist man immer im Stress. Die Zeiten sind aufregend.« Er beugte sich zu ihr und flüsterte: »Aber wenn ich dich so ansehe … du bist wesentlich aufregender als der größte Deal an der Börse.«

»Danke für die Blumen.« Vanessa kicherte. »Dann wollen wir mal sehen, ob der Abend auch aufregend wird.«

»An mir soll's nicht liegen.« Markus grinste. »Erst aber gehen wir ein paar Runden spielen, oder?«

»Klar doch. Alles andere hat Zeit.« Vanessa küsste ihn flüchtig auf die Wange. »Du weißt doch, da ist die Sache mit der Vorfreude.«

»Du raffiniertes Biest.« Er zog sie fester an sich. Seit sie sich zum ersten Mal gesehen hatten, standen sie in lockerem Kontakt. Doch so ausgiebig Vanessa auch von ihrer Arbeit erzählte, so karg waren die Informationen, die Markus über sich preisgab. Allerdings machte ihn gerade das für Vanessa besonders interessant, denn sie glaubte immer mehr, dass er drüben in der Schweiz einen tollen Job ausübte.

Das Geld saß ihm locker, und auch heute wechselte er ein paar große Scheine in Jetons ein und schob ihr eine Handvoll zu.

Vanessa ahnte nicht, dass Markus vor ein paar Stunden seine Mutter bestohlen hatte. Außer dem Geld hatte er eine alte goldene Taschenuhr, die einst seinem Großvater gehört hatte, und einen Brillantring mitgehen lassen. Damit es so aussah, als sei eingebrochen worden, hatte er einiges in der Wohnung verwüstet und auch das Kellerfenster eingeschlagen.

Den Anflug von schlechtem Gewissen betäubte Markus an diesem Abend mit Whisky, während Vanessa sich an den Champagner hielt, den er großzügig für sie bestellte.

Sie gewann dreimal hintereinander und sah verzückt auf das Häufchen Jetons, das sich vor ihr auftürmte. Auch Markus gewann einige Male, doch dann begann eine Pechsträhne, die bis in die frühen Morgenstunden andauerte.

Wie paralysiert starrte er immer wieder auf die kleine Elfenbeinkugel, die nie dort auf der Zahl zum Stillstand kam, wo es für ihn vorteilhaft gewesen wäre.

Zwischendurch stand Vanessa auf, wechselte heimlich ein paar Jetons ihres Gewinns ein und versteckte die Scheine in ihrer silbernen Abendtasche. Gerade als sie in den Roulettesaal zurückgehen wollte, hielt sie jemand am Arm fest.

»Meine schöne Gespielin! Ich freue mich, dich zu sehen.«

»Clemens!« Nur mühsam konnte sie das Zittern verbergen, das sie erfasste.

»Na, mein Häschen, Lust auf ein Spielchen?« Er lächelte süffisant und legte die Hand unter ihren Arm.

»Mistkerl! Lass mich sofort los, sonst schreie ich.«

»Aber nicht doch! Wir wollen doch keinen Skandal riskieren. Den kann ich ebenso wenig gebrauchen wie du. Wobei …« Wieder huschte ein ironisches Lächeln über sein gebräuntes Gesicht. »Ich habe den Ruf, ein untadeliger Geschäftsmann zu sein. Während du ein Filmsternchen bist, von dem man weiß, wie es sich seine kleinen Rollen ergattert hat.« Er strich über ihren nackten Arm, berührte kurz ihre Brust. »Und wer es nicht weiß, könnte es leicht erfahren, denkst du nicht?«

»Lass mich los!«

»Gern.« Er kniff sie kurz in die Wange. »Aber wenn du mal in Sorge bist … oder Geld brauchst … du weißt ja, wo du mich erreichen kannst.« Sein Gesicht wurde ernst. »Du weißt auch, wie du dir ein paar Hunderter verdienen kannst, oder?«

Vanessa riss sich los und hastete hinüber zu Markus, der gerade aufstand und sich über das schweißnasse Haar strich. »Scheißabend«, murmelte er. »Heute war echt der Wurm drin.«

»Bei mir leider auch.« Sie hakte sich bei ihm ein. »Komm, wir gehen was trinken, das entspannt.«

Als sie die Halle durchquerten, schaute sie sich nach Clemens um, doch der war verschwunden. Draußen regnete es immer noch, doch das Gewitter war abgezogen. Die Luft war rein und klar, und Markus atmete tief durch, als sie zu einem der wartenden Taxis gingen.

Vanessa, leicht beschwipst, lehnte sich an ihn. »Und? Fahren wir heute zu dir?«

»Nein.«

»Warum nicht? Ich dachte, du hast ein so schickes Apartment! War wohl gelogen, was?« Obwohl sie nicht mehr nüchtern war, funktionierte ihr kühler Verstand noch. Wenn Markus ein Aufschneider war, wenn er nicht über einen gewissen Wohlstand verfügte, dann war er nichts für sie. Sie brauchte einen Mann mit Geld. Sicher, so Missgriffe wie mit Clemens passierten, aber solche unerfreulichen Episoden hakte Vanessa ab.

»Gehen wir also wieder in mein Hotel«, sagte sie enttäuscht.

»Nur noch heute. Morgen fahren wir zusammen in die Schweiz. Was hältst du davon?«

»Und dann zeigst du mir deine Wohnung?«

»Auf jeden Fall.«

»Gut.« Zufrieden schmiegte sie sich an ihn.

Markus grinste. Er dachte nicht im Traum daran, Vanessa mitzunehmen. Aber erst mal war die Stimmung gerettet, und die Abenteuer der Nacht konnten weitergehen.

Vanessa besaß ebenso wenig Skrupel wie er. Sie amüsierten sich bis in die frühen Morgenstunden, dann, müde vom Sex und vom reichlich genossenen Alkohol, schlief Vanessa ein.

Grinsend blickte Markus auf sie herab, während er sich hastig anzog. Sie war ein geiles Häschen, eine Gespielin ganz nach seinem Geschmack. Aber jetzt musste er fort. Schnell und heimlich.

Er zog einen schmalen Ring mit einer grauen Perle aus der Tasche und legte ihn auf das Kopfkissen. Viel war's nicht, seine Mutter besaß nicht allzu viel Schmuck, und einiges hatte sie an diesem Abend wohl angelegt, denn er hatte ein paar Stücke vermisst. Doch das, was da gewesen war, hatte er skrupellos mitgehen lassen.

Bis bald – Er schrieb es mit Vanessas Lippenstift an den Badezimmerspiegel, dann verschwand er leise und unbemerkt aus dem billigen Hotel.

46

Ein Wohnungseinbruch wie tausend andere. So sah es die Polizei, die zwar ein Protokoll aufnahm und Spuren sicherte, doch man machte Sabine nur wenig Hoffnung, die gestohlenen Dinge wiederzubekommen.

»Das sind die sogenannten Beschaffungstäter«, meinte der Beamte, der vor Ort ermittelte. »Meist sind's Junkies, die nur das mitnehmen, was sich schnell zu Geld machen lässt.« Er zeigte auf die Stereoanlage und den neuen Fernseher. »Zu groß und zu mühsam zu transportieren«, kommentierte er. »Die waren nur auf Bares aus.«

»Und auf meinen Schmuck.«

»Na ja, der lässt sich eben einfach einstecken, und ein paar Euro kriegt so ein Kerl immer dafür. Hauptsache, es reicht für den benötigten Stoff.«

»Es waren zwei teure Ringe und eine Perlenkette mit Brillantverschluss dabei«, warf Sabine ein.

Der Beamte nickte nur. So etwas hörte er fast jede Woche. Für die Bestohlenen waren die Sachen wertvoll, oft hingen Erinnerungen an den einzelnen Stücken. Für einen Junkie oder seinen Hehler waren es lediglich Dinge, die sich zu Geld machen ließen.

Nachdem alle Spuren gesichert waren, sprachen die beiden Polizisten auch noch mit Bettina, doch die konnte auch keine Aussage machen, die irgendwie weiterhalf.

»Tut mir leid, ich habe nichts bemerkt«, erklärte sie und sah erst Sabine, dann die beiden Männer an. »Das Gewitter hat ja mehr als zwei Stunden gedauert … ich fürchte, genau in der Zeit ist es passiert.«

Davon gingen auch die Beamten aus. Sie verließen

Sabine Borkens Wohnung bald wieder. Viel Hoffnung, dass der Schmuck oder gar das Geld wieder auftauchen würde, machten sie Sabine nicht.

»Wenn ich das geahnt hätte …« Sabine biss sich auf die Lippe. »Dann wäre ich doch nie mit Konstantin nach St. Gallen gefahren! Dabei waren es zwei so schöne Tage, obwohl er sich dort mit zwei Fabrikanten getroffen hat. Aber das hat mir gar nichts ausgemacht. Im Gegenteil, ich fand's interessant! Später haben wir uns die Stadt angeschaut … es war ein wunderbarer Kurzurlaub für mich.«

Bettina strich ihr tröstend über den Arm. »Es tut mir so leid. Aber ich konnte wirklich gar nichts hören.«

»Ich mache dir auch keinen Vorwurf, wirklich nicht. Es ist schon ein Glück, dass der Kerl nicht zu dir hochgekommen ist. Wenn ich daran denke, dass er dir was hätte antun können …« Sie biss sich wieder auf die Lippe, als sie sah, wie blass Bettina wurde. An eine solche Möglichkeit hatte sie wohl noch gar nicht gedacht.

»Wir haben einfach Pech«, meinte Bettina und sah hinaus auf die Straße. »Du verlierst Schmuck und Geld, und ich …« Sie zögerte, dann fuhr sie bitter fort: »Ich verliebe mich in ein selbstgefälliges Arschloch, das sich bestimmt heimlich über die kleine Gärtnerin amüsiert hat, die tatsächlich daran geglaubt hat, ein Filmstar könnte sie aufrichtig lieben.«

»Sei nicht so verbittert. Du weißt doch nicht, ob es wirklich so war.«

»Und wie soll's sonst gewesen sein? Denkst du vielleicht, die Bilder in der Illustrierten wären getürkt?«

»Wer weiß? Für eine gute Story tun diese Journalisten so einiges. Das ist doch bekannt.« Für einen Moment vergaß Sabine ihre eigenen Probleme.

»Lass gut sein, Sabine. Ich komme schon drüber hinweg. Irgendwann.« Bettina fuhr sich mit der Hand übers Gesicht. »In drei Tagen gehe ich wieder arbeiten, dann wird alles leichter. Das tatenlose Rumsitzen bekommt mir einfach nicht.«

»Dann geh ich mal runter und räume auf.«

»Soll ich dir helfen?«

»Danke, aber das ist nicht nötig. Allzu viel ist ja gar nicht durcheinandergebracht worden.« Sie runzelte die Stirn. »Komisch eigentlich, meinst du nicht auch?«

Bettina zuckte mit den Schultern. »Eigentlich schon. Aber der junge Polizist sagte ja, dass der Einbrecher gleich gefunden hätte, wonach er gesucht hat. Also hat er sich schnell wieder aus dem Staub gemacht.«

Sabine nickte nur. Doch tief im Herzen war da ein Verdacht. Ein Verdacht, der schmerzte und den sie um nichts in der Welt ausgesprochen hätte.

Ihr Geschäft blieb an diesem Tag geschlossen, und Konstantin überließ seine Boutique am Nachmittag der Angestellten und kümmerte sich um Sabine.

Zunächst räumte Sabine auf, sie wartete auf den Versicherungsvertreter, dem sie den Schaden gemeldet hatte, dann ließ sie sich von Konstantin zu einem Spaziergang überreden.

»Du kannst ja jetzt doch nichts mehr machen«, meinte er, »und ein bisschen Abwechslung tut dir sicher gut.« Liebevoll nahm er ihren Arm und hakte sie unter. So schlenderten sie eine Weile am Seeufer entlang, und nach und nach entspannte sich Sabine.

»Sollen wir uns kurz setzen?« Konstantin wies auf eine Bank dicht am Seeufer. Ein Schwanenpaar hatte sich kurz davor niedergelassen, eins der Tiere putzte sein Gefieder und ließ sich auch von den Menschen nicht stören. Erst als ein paar Kormorane, diese schwarzen gefräßigen Räuber, über sie hinwegflogen, glitten die Schwäne wieder ins Wasser.

»Ich habe mir was überlegt«, sagte Konstantin nach einer Weile. »Du bist jetzt vielleicht nicht gerne in deiner Wohnung. Komm doch zu mir nach Lochau.« Er nahm ihre Hände und küsste sie. »Das ist ein Vorschlag ohne jeden Hintergedanken. Im Haus gibt es zwei Gästezimmer und …«

»Danke. Das ist sehr, sehr lieb von dir. Und ich weiß auch, dass du die besten Absichten hast. Aber ich bleibe lieber daheim.«

»Schade.« Er ließ ihre Hände nicht los. »Aber wir essen zusammen zu Abend, ja?«

»Gern. Am liebsten würde ich rüber nach Maurach fahren und dort fangfrischen Fisch essen.« Sabine gab sich Mühe, möglichst unbefangen zu wirken. Auf keinen Fall sollte Konstantin merken, dass sie sich um ihren Sohn sorgte. Er kannte Markus noch nicht, und sie wollte auch noch nicht, dass die beiden sich trafen.

Bis vor einigen Wochen war Sabine sehr stolz auf ihren Einzigen gewesen, der es weit gebracht und in einer Schweizer Bank eine gutdotierte Stellung bekommen hatte. Doch immer häufiger wurde sie von Zweifeln geplagt, ob Markus ehrlich war. Was tat er mit den Blumenkartons, die er immer wieder von ihr verlangte? Waren die Rosen wirklich für eine Frau? Außerdem war da noch seine Geldknappheit, die sie beängstigte. Er hatte sie schon so oft angepumpt … Hatte er sich jetzt genommen, was sie ihm beim letzten Mal nicht mehr freiwillig gegeben hatte?

»Die Idee mit der Seehalde ist perfekt. Da isst man ganz hervorragend. Ich war schon lange nicht mehr dort.« Konstantin lächelte ihr zu. »Ich rufe gleich da an und reserviere einen Tisch auf der Terrasse.« Beide kannten das alteingesessene Hotel, das über eine vorzügliche Küche verfügte. Es lag direkt unterhalb der Klosterkirche Birnau und existierte seit fast hundert Jahren.

»Es ist sicher verrückt, aber ich habe Hunger«, gestand Sabine. »Normalerweise schlägt mir Aufregung immer auf den Magen.«

»Dann bin ich aber froh, dass es heute anders ist.« Konstantin zog sie von der Bank hoch. Ungeachtet der Leute, die ganz in der Nähe vorüberschlenderten, küsste er Sabine. »Ich bin froh, dass es dich gibt. Du machst mich wieder glücklich, Sabine.«

»Und ich bin glücklich mit dir.«

47

»Ach, Johann, nun sag mir doch, was ich tun soll. Ich bin mir ganz sicher, dass dieser Typ nicht aufrichtig ist.«

Johann Kayser streckte die Hand aus. »Gar nichts kannst du tun, Gertrud«, erwiderte er. »Zumal du nicht den geringsten Beweis gegen diesen Krawitzky in der Hand hast.«

Sie saßen auf dem kleinen Balkon, der zu Johanns Krankenzimmer gehörte, und genossen die Abendsonne. Seit einigen Tagen durfte Johann aufstehen und sogar für kurze Zeit in den Klinikpark gehen. Dort waren Gertrud und er eine halbe Stunde spazieren gegangen, aber jetzt war er ein bisschen erschöpft und froh, wieder sitzen zu können.

In gut einer Woche sollte er entlassen werden. Doch nach Hause würde er nicht sofort wieder kommen, sondern erst einmal eine längere Reha antreten. Die beiden Infarkte hatten seinen Organismus geschwächt, es stand noch immer nicht fest, ob er jemals wieder seinen Beruf würde ausüben können.

»Sammy mag ihn auch nicht«, sagte Gertrud. »Der Hund verzieht sich, sobald Krawitzky auftaucht.«

Johann Kayser schüttelte den Kopf. »Das heißt nun wirklich nichts«, meinte er. »Es gibt viele Menschen, die keine Tiere mögen. Und die Viecher spüren das genau und gehen ihnen aus dem Weg.« Er machte eine kleine Pause, dann schlug er vor: »Ich werde mich mal bei den Kollegen umhören. Vielleicht weiß einer was über Krawitzky.«

»Ottmar sagt, er hätte ausgezeichnete Papiere.«

»Na, dann ist doch alles in Ordnung.« Er lächelte Gertrud liebevoll an. »Du musst ihn ja nicht ins Herz schließen, die Hauptsache ist doch, dass er einen guten Job macht.«

»Hoffentlich tut er das.« Kurz lehnte Gertrud den Kopf an Johanns Schulter. »Du fehlst mir.«

»Ich bin ja bald wieder da.« Johann drehte sich zu ihr um und strich ihr zärtlich über die Wange. Er war schmal geworden in den letzten Wochen, sein Haar war inzwischen von unzähligen grauen Strähnen durchzogen. »Du wirst mich noch nicht los.« Sanft küsste er sie.

»Daran solltest du nicht mal denken!« Erschrocken sah sie ihn an.

»Na ja …« Er grinste ein wenig schief. »Viel hätte nicht gefehlt, dann wäre es nichts mehr geworden mit unserer heimlichen Silberhochzeit.«

»Silberhochzeit?«

»Na ja, wir haben vor knapp fünfundzwanzig Jahren zum ersten Mal miteinander geschlafen. Vergessen?«

»Nein.« Gertrud wurde rot. »Du hast mich nach dem Weinfest total überrumpelt.«

»Und ich habe dir schon ein paar Tage später einen Heiratsantrag gemacht. Den du abgelehnt hast. So wie alle späteren auch.«

»Ich war damals verlobt!«

»Stimmt. Aber du hast diesen Mann nicht geliebt. Hast dich ja später von ihm getrennt.«

Gertrud nickte. »Ich weiß. Aber dann gab es so viel zu tun … Du warst mal für zwei Jahre in Südafrika, dann wurde Rick krank …« Sie hielt einen Moment inne. »Am schlimmsten war dann das Unglück von Ricks Eltern.« Sie schaute in den Himmel, der sich rot färbte. »Es war einfach schrecklich, als wir die Nachricht von ihrem Unfall bekamen. Rick steckte mitten in den Abiprüfungen, und Ottmar war völlig verzweifelt. Da konnte ich doch nicht an mich denken.« Sie drückte seine Hand. »Aber wir waren doch zusammen. Und glücklich.«

Johann sah ihr zärtlich in die Augen. »Meinst du nicht, wir sollten es jetzt endlich angehen? Rick ist erwachsen, auf ihn musst du ebenso wenig Rücksicht nehmen wie auf Ottmar.« Er lachte leise. »Mich wundert es, dass der nie was gemerkt hat.«

Gertrud schüttelte den Kopf. »Hat er schon. Aber er hat es einfach ignoriert.«

»Darin ist er ein Meister.«

»War er immer schon. Und ich befürchte, jetzt ignoriert er das eigenwillige Handeln von diesem neuen Kellermeister.«

»Halt einfach die Augen offen. Und ich telefoniere morgen mal ein bisschen rum. Wäre doch gelacht, wenn wir über diesen Krawitzky nichts erfahren würden.«

48

Die erste Arbeitswoche nach ihrem Unfall lag hinter Bettina. Zunächst hatte sie es ein bisschen langsamer angehen lassen und viel Zeit am Schreibtisch mit Planungen und Kalkulationen verbracht. Doch nach vier Tagen war sie wieder mit in den Park hinausgegangen, hatte sich um ihre geliebten Rosen gekümmert und geholfen, zwei Beete neu zu bepflanzen.

In wenigen Wochen würde die berühmte Dahlienschau auf der Mainau beginnen und unzählige Touristen anlocken, die Beete mussten also geschmackvoll gestaltet werden. Am Fuß des Südhangs würden den ganzen Herbst hindurch etwa zwölftausend Dahlien in den verschiedensten Größen und Farben ihr Blütenfeuerwerk entfalten.

»Willst du dich nicht ein bisschen mehr schonen?« Besorgt sah eine Kollegin sie an.

»Ach was.« Bettina zwang sich zu einem unbekümmerten Lächeln. »Mir geht's wieder prima.«

Davon merkt man aber nichts, war die Kollegin versucht zu erwidern, doch sie schwieg. Bettina war blass und in sich gekehrt, von ihrer Heiterkeit, von ihrem Humor, den alle so an ihr schätzten, war nichts mehr zu spüren.

»Gehen wir gleich noch was zusammen trinken?«, fragte die Kollegin.

Kurz zögerte Bettina, dann schüttelte sie den Kopf. »Sei mir nicht böse, heute nicht. Aber ein andermal gern.«

»Okay, wie du willst.«

Bettina atmete auf, als sie endlich Feierabend hatte. Obwohl das Wetter klar war und ein leichter Wind vom Wasser her die Hitze erträglich machte, hatte sie Kopfschmerzen.

Langsam radelte sie über den Damm nach Hause – und zuckte zusammen, als sie den Mann erkannte, der am Geländer lehnte. Der schwarze Hund, den er an der Leine hielt, begann, aufgeregt zu bellen, als ihm der vertraute Geruch von Bettina in die Nase stieg. Er zerrte an der Leine und sprang hoch, soweit es ihm möglich war.

Bettina stieg langsam vom Rad. Das Herz schlug ihr bis zum Hals, und sie hatte das Gefühl, keine Luft mehr zu bekommen. Wie gut Rick aussah! Braun gebrannt, das Haar perfekt geschnitten, zum weißen T-Shirt trug er eine hellgrüne Leinenhose.

Ernst sah er sie aus dunklen Augen an, in denen tausend Fragen zu brennen schienen.

»Warum?« Mit drei langen Schritten war er bei ihr. »Warum willst du nicht mit mir reden?« Obwohl sie zurückwich, griff er nach ihren Schultern.

Sammy, den er von der Leine gelassen hatte, sprang kläffend an Bettina hoch. Der Hund, der in den letzten Wochen ziemlich gewachsen war, gebärdete sich wie toll vor Freude.

»Aus, Sammy!« Ricks Stimme klang hart. Er zwang Bettina, ihn anzusehen. »Warum? Verrat es mir.«

»Das fragst du noch?«

»Ja. Weil ich nämlich nicht die geringste Ahnung habe, was los ist.« Er wollte Bettina an sich ziehen, doch sie wich zurück, soweit es ihr möglich war, denn noch immer hielt Rick ihre Arme umklammert.

»Du lügst wirklich, wenn du nur den Mund aufmachst.« Bettina blickte ihn kurz an. Es tat weh, das geliebte Gesicht so nah vor sich zu haben.

Und ehe sie es sich versah, zog Rick sie noch fester an sich. Hart presste er seine Lippen auf ihre. Sekundenlang war Bettina versucht, ihren Gefühlen nachzugeben und den Kuss zu erwidern. Aber diese Regung verging sofort wieder. Mit aller Kraft stemmte sie sich gegen seine Brust.

»Loslassen. Lass mich sofort los, sonst schreie ich!«

Er tat, was sie verlangte. Kopfschüttelnd schaute er sie an. »Meine Güte, Bettina, was ist denn los?« Er versuchte, Sammy, der wieder an Bettina hochsprang, an die Leine zu nehmen, aber es gelang nicht.

»Brav, Sammy. Komm her.« Mit Tränen in den Augen beugte sich Bettina zu dem Hund herunter, der sich sofort vor sie setzte und hechelnd um Aufmerksamkeit bettelte. Sie kraulte ihn ein paarmal, dann gab sie Rick die Leine. »Sieh zu, dass du ihn nicht auch verlierst.«

»Bettina! Verdammt noch mal, sag endlich, was du hast!«

»Ich hatte einen Traum.« Bettina blinzelte ihre Tränen weg. »Blöd war ich. Eine dumme, alberne Gans, die sich von dir hat einlullen lassen. Hast du dich gut amüsiert? War ich wenigstens ein halbwegs unterhaltsamer Urlaubsflirt für dich? Habt ihr drüben in den USA gemeinsam über die Provinztussi gelacht, die sich tatsächlich eingebildet hat, ein Mann wie du würde sich in sie verlieben?«

»Was redest du da?« Ungeachtet der Menschen, die an ihnen vorbeigingen und ihnen mehr oder weniger neugierige Blicke zuwarfen, packte Rick sie wieder an den Schultern. Sacht rüttelte er sie. »Das ist doch alles Unsinn, was du da von dir gibst! Du bist kein Flirt für mich gewesen, Bettina. Du bist die Frau, die ich liebe!«

»Ach ja? Und warum verlobst du dich dann mit einer anderen?«

Er zog sie ein wenig zur Seite. »Was sagst du da? So ein Unsinn!«

Sammy gab es auf, an den beiden hochspringen zu wollen. Er trollte sich ans Wasser und stillte erst mal seinen Durst.

Bettina und Rick bekamen davon nichts mit. Dicht standen sie voreinander. Bettina war blass, fest presste sie die Lippen aufeinander und sah zu Boden.

»Sieh mich an!« Rick hob ihr Kinn an. »Verflucht, Bettina, das ist doch der größte Unsinn, den ich je gehört habe! Ich bin nicht verlobt. Mit wem denn auch?«

»Dann hab ich wohl was mit den Augen.« Sie machte Anstalten zu gehen, aber Rick hielt sie zurück.

»Du bleibst hier. Und redest endlich Klartext.«

Bettina sah ihn kopfschüttelnd an. »Du bist wirklich ein guter Schauspieler. Tust auch jetzt noch so, als wärst du das größte Unschuldslamm der Welt.« Sie atmete ein paarmal durch, dann stieß sie hervor: »In zwei Zeitschriften habe ich es gelesen – und höchst aufschlussreiche Fotos gesehen. Deine Verlobte und du in Amerika. Beim gemeinsamen Dreh, auf dem Broadway vor einem Theater …«

»Das ist nicht wahr!«

»Willst du die Bilder sehen? Ich hab sie noch.« Plötzlich begann sie zu weinen. »Ich sehe sie mir täglich an, damit ich endlich begreifen kann, wie gemein du mich belogen hast.«

»Das will ich sehen.« Rick hob das Fahrrad auf und pfiff nach Sammy, der übermütig angelaufen kam.

Bettina zögerte. Er klang so aufrichtig, wirkte so überrascht von ihren Worten, dass leise Zweifel in ihr aufstiegen. So konnte man sich nicht verstellen! So abgebrüht war Rick doch nicht!

Zum ersten Mal kamen ihr Zweifel am Wahrheitsgehalt der Bilder und Bildunterschriften. Auch sie wusste, dass Journalisten gern übertrieben, dass man für eine gute Story oder Schlagzeile einiges an der Wahrheit zurechtrückte.

»Wir fahren zu dir.« Rick ließ ihre Hand nicht los.

»Mein Rad.«

»Das kann ins Auto.«

»Aber …«

Seine Augen brannten, als er sie ansah. »Mir ist es scheißegal, ob mein Wagen einen Kratzer abkriegt oder nicht. Ich will jetzt diese ominösen Bilder sehen. Und dann …« Er sprach nicht weiter.

Als er ihr die Wagentür öffnete, streifte sein Atem ihre Wange, und Bettina zuckte zusammen. Wie gern hätte sie ihm jetzt die Arme um den Hals gelegt, ihn geküsst, seine Wärme und Nähe gespürt.

Er war nun mal der Mann ihres Lebens.

Er war ein Lügner.

49

Während der Fahrt sprachen sie kein Wort. Mit undurchdringlicher Miene saß Rick hinter dem Steuer, sah starr geradeaus. Das schlechte Gewissen plagte ihn. Ahnte Bettina vielleicht doch etwas von seinem Fehltritt mit Vanessa in New York? War sie deshalb so sauer auf ihn?

Und so fiel es ihm schwer, Bettina nicht einfach an sich zu ziehen und sie so lange zu küssen, bis sie nicht mehr an seiner Liebe zweifelte.

Bettina saß verkrampft in den Polstern, sie hatte den Kopf nach rechts gedreht und schaute aus dem Fenster, ohne wirklich wahrzunehmen, was sie sah und wohin sie fuhren.

»Du musst gar nicht erst in die Tiefgarage fahren«, meinte Bettina, als Rick auf die Einfahrt zufuhr.

»Überlass das mir.« Er suchte sich einen Platz dicht neben ihrem Wagen und stieg aus. Sammy sprang mit einem Satz vom Rücksitz und wartete darauf, dass auch Bettina ausstieg. Dann wich er nicht mehr von ihrer Seite, bis sie die Wohnungstür aufschloss.

Mit einem begeisterten Kläffen stürmte er ins Wohnzimmer und kringelte sich in Bettinas Lieblingssessel zusammen.

Rick grinste. So ein kluger Hund! Er selbst blieb stehen und sah Bettina auffordernd an. »Wo ist dieses Käseblatt, dem du mehr glaubst als mir?«

Sie gab keine Antwort, sondern ging zum Tisch und holte die Zeitschrift, der man ansah, dass sie schon oft gelesen worden war.

»Hier. Und jetzt wag es, mich noch weiter anzulügen.«

Dicht, viel zu dicht stand sie vor ihm. Mit blitzenden

Augen und geröteten Wangen. Verführerisch. Zornig. Hinreißend. So süß, dass er sie am liebsten hochgehoben und gleich nach nebenan ins Schlafzimmer getragen hätte.

Stattdessen starrte er auf die beiden Bilder, die ihn und Vanessa bei einer Party zeigten. Vanessa, in einem hellroten, tief dekolletierten Kleid, hatte sich bei ihm eingehakt und sah ihn verliebt an. Das zweite Foto war vor den Studios aufgenommen, sie stiegen gerade aus dem Wagen, den die Produktionsfirma morgens losschickte, um die Schauspieler zum Set zu bringen. Vanessa hatte, wie absichtslos, die Hand auf seine Schulter gelegt und sah ihn mit strahlendem Lächeln an. Am Ringfinger glänzte ein Ring mit einem Stein.

»Das sind … Schnappschüsse. Zufällig aufgenommene Fotos, die gar nichts besagen.« Kopfschüttelnd schaute er Bettina an. »Wie kannst du anhand dieser albernen Bilder glauben, Vanessa und ich wären verlobt?«

»Weil es da steht. Lies doch: *Rick Meinhard, der neue Star des deutschen Films, und seine Traumfrau in New York. Werden nach dem gemeinsamen Dreh in Big Apple endlich die Hochzeitsglocken läuten?* So eine Info saugt sich doch kein Journalist aus den Fingern.«

»O doch, das tun die Klatschreporter nur zu gerne, das weißt du doch.« Er schlug mit der flachen Hand auf die Zeitschrift. »Hier, dieses Fragezeichen … damit sind sie abgesichert.« Er las laut vor: »*Werden nach dem gemeinsamen Dreh in Big Apple endlich die Hochzeitsglocken läuten? Vanessa Vasall jedenfalls kann es kaum erwarten. Sie liebt den Frauenschwarm Rick Meinhard seit langem und träumt davon, mit ihm eine Familie zu gründen.* – Pah, so ein Schwachsinn! Aber es kann gut sein, dass Vanessa dem Blatt diese Bilder zugespielt hat. Sie würde alles tun, um im Gespräch zu bleiben und ihren Namen in der einschlägigen Presse zu lesen.« Er sah Bettina eindringlich an. »Du hast sie doch kennengelernt. Wie kannst du denken, dass sie und ich … dass ich mich wirklich wieder mit ihr eingelassen habe?«

»Hast du das wirklich nicht? Kannst du mir das schwören?«

Rick zögerte. Erneut plagte ihn das schlechte Gewissen wegen der einen Nacht mit Vanessa in New York.

»Also stimmt's.« Bettina drehte sich um und starrte aus dem Fenster.

»Hör auf. Bitte, Bettina, glaub mir, ich liebe dich. Dich allein. Verdammt, du musst mir glauben! Sei doch nicht so stur!« Er drehte sie um, hielt sie fest, so dass sie sich nicht mehr wehren konnte. Und dann küsste er sie so lange, bis ihr Widerstand erlahmte.

Langsam öffnete sie die Lippen, erwiderte den Kuss, ihre Zunge spielte mit seiner, sie schloss die Augen und vergaß alles, was bis vor einer Minute noch trennend zwischen ihnen gestanden hatte. Erst als sie kaum noch Luft bekam, lösten sie ihre Lippen voneinander.

»Endlich!« Rick hielt sie noch fest und sah ihr in die Augen. »Das ist wieder meine Bettina.« Er küsste sie auf die Stirn. »Glaubst du mir jetzt endlich?«

Ein kleines, letztes Zögern, dann nickte sie.

Rick atmete tief durch. »Mein Spatz!« Mit einer raschen Bewegung hob er sie hoch und trug sie ins Schlafzimmer. Bettinas viel zu schwachen Protest erstickte er mit einem tiefen Kuss.

Die Versöhnung dauerte den ganzen Abend. Sie standen nur kurz auf, um etwas zu trinken und Sammy eine Schale Wasser hinzustellen. Dann begann das zärtliche Liebesspiel von vorn.

Draußen gingen die grauen Schatten der Dämmerung in dunkles Nachtblau über. Auf dem See blinkten die Positionslampen einiger Fischerboote, die hellen Lichter spiegelten sich im Wasser, und die Sterne funkelten am schwarzen Himmel.

Eng umschlungen lagen Bettina und Rick auf dem Bett, ihr Kopf ruhte an seiner Brust, und er drehte eine ihrer Locken um seine Finger.

»Mach das nie wieder mit mir«, murmelte Rick. »Nie wieder. Ich bin fast verrückt geworden, als du meine Anrufe weggedrückt hast. Weißt du überhaupt, wie oft ich versucht habe, dich anzurufen?«

»Ich habe dich auch angerufen. Gleich, nachdem ich die Bilder gesehen hatte. Aber ich konnte dich einfach nicht erreichen.«

»Der Akku von meinem amerikanischen Mobiltelefon war leer. Und wir haben irgendwo in der Pampa gedreht, von morgens früh bis spät in den Abend. Zeit ist Geld, von pünktlichem Feierabend kann da keine Rede sein. Ich konnte mir keinen neuen Akku kaufen. Schließlich habe ich mir das Handy von einem Kollegen geliehen, weil ich so unruhig war und unbedingt deine Stimme hören wollte.« Er streichelte ihre Schulter. »Immer wieder hab ich angerufen – nichts. Du hast mich immer wieder weggedrückt. Ich bin bald verrückt geworden, weil ich mir dein Verhalten nicht erklären konnte.«

»Ich … ich wollte nie wieder mit dir sprechen. Dich nicht mehr sehen. Dich aus meinem Leben streichen.« Bettina sah kurz auf. »Weißt du, ich … ich kann nicht mit Lügen leben. Und ich musste doch glauben, dass du mich belogen hast, dass du doch mit Vanessa zusammen bist. Schließlich war sie mit am Drehort und …«

»Unsinn. Sie ist Vergangenheit. War nie wichtig.« Seine Stimme klang ein bisschen heiser, und das schlechte Gewissen plagte ihn erneut bei diesen Worten. Er hatte Bettina betrogen, ja, aber das hatte nichts, gar nichts zu bedeuten. Er war betrunken gewesen, hatte nicht mehr genau gewusst, was er tat. Vanessa hatte die Situation ausgenutzt, und er war in ihre Falle getappt.

Eine Falle, die so simpel und alt war, dass er sich schämte, sobald er daran dachte.

Nein, das durfte er Bettina nicht sagen! Nicht jetzt. Sie vertraute ihm endlich wieder, sie durfte das, was in dieser verflixten Nacht in New York passiert war, niemals erfahren. Es hatte ja auch keine Bedeutung. Nicht für ihn. Nicht für seine Liebe zu Bettina.

»Du bist die einzige Frau, die für mich wichtig ist«, flüsterte er und verschränkte seine Finger mit ihren. »Ich liebe, liebe, liebe dich.«

Bettina schloss die Augen. Rick liebte sie. Er war hier bei ihr. Alles war gut.

In seinen Armen schlief sie zum ersten Mal seit langem tief und fest bis zum Morgen.

50

Hast du die Konten endlich ausgeglichen?«, fragte der Anrufer, und Markus hörte seinen Ärger, aber auch die Angst deutlich aus seiner Stimme.

»Noch nicht ganz. Aber ich habe eine weitere Umschichtung vorgenommen. Glaub mir, Jack, da steigt so rasch niemand dahinter. Die Verluste, die ich im Portfolio erwirtschaftet habe, sind schon fast wieder ausgeglichen.«

»Hör doch mit diesem Bullshit auf, Markus. Dir steht das Wasser bis zum Hals, und ich stecke mit dir in der Scheiße.«

»Ich regle das alles, glaub mir. In drei, vier Tagen ist alles wieder okay.«

»Das glaubst du doch selbst nicht.«

»Mach dir keinen Kopf, ich regle das.« Noch ehe Jack etwas erwidern konnte, legte er auf. Seine Kiefermuskeln mahlten deutlich sichtbar vor Anstrengung, er kniff die Augen zusammen und starrte auf das helle Display, als könnte von dort die Offenbarung kommen.

Aber das Gegenteil war der Fall. Alle Zahlenkolonnen, die Markus sich anschaute, bewiesen nur eins: Er steckte in der Scheiße. Bis zum Hals! Und es gab keinen Ausweg.

Der Typ, für den er etliche Male Geld geschmuggelt hatte, war untergetaucht. Wohin auch immer. Diese Quelle war also auch versiegt. Und neue Buchungen, um seine Fehler zu verschleiern, konnte er nicht mehr vornehmen.

Er würde auffliegen. Wenn nicht heute und morgen, dann mit Sicherheit in den nächsten Tagen.

Ich muss abhauen, sagte sich Markus. Irgendwohin. Nur schnell muss es gehen. Und unauffällig.

Was allerdings schwierig war, wenn man völlig blank war. Seine Mutter konnte er nicht mehr anpumpen, seitdem er sie bestohlen hatte, quälten sogar ihn Skrupel. Freunde besaß er nicht. Nur …

Vanessa!

Sein Hirn arbeitete auf Hochtouren. Vanessa könnte eine Option sein.

Wieder klingelte das Telefon. Er sah auf die Nummer im Display – Jack.

Markus ignorierte das lang anhaltende Klingeln. Voller Hektik holte er eine Reisetasche aus dem Schrank und warf wahllos einige Sachen hinein.

Irgendwann, als die Tasche mit so unsinnigen Dingen wie Skiunterwäsche, Badeshorts und einem Smokinghemd gefüllt war, hielt er inne und wischte sich wie erwachend über die Stirn.

Vanessa ... hoffentlich war sie noch in Deutschland!

Er erreichte sie beim dritten Anruf. »Hey, Baby, Lust auf einen Trip nach Übersee?«

»Wieso?«

Er lachte. »Frag nicht. Ich will nur eins wissen: Kommst du mit?«

»Aber ...«

»Vanessa. Morgen fliege ich los. Mit oder ohne dich. Aber ich sag dir was: Wenn du ablehnst, entgeht dir ein schönes Leben an der Copacabana.«

»Du hast gewonnen!«, kreischte sie begeistert los. »Markus, du hast die Bank gesprengt, ja?«

»So ähnlich.« Er grinste. Sie war ebenso naiv wie schön. »Du kommst also mit?«

»Ja. Ja, ist doch klar! Wann willst du losfliegen?«

»Morgen. Es ... es ist ein bisschen eilig. Ich habe da noch einen Deal mit der Bank gedreht.« Er hielt kurz inne. Jetzt nur keinen Fehler machen. »Du, Süße, es wäre wichtig, dass du die Tickets kaufst. Ich darf einfach nicht auffallen, du verstehst?«

Vanessa verstand zwar kein Wort, aber das wollte sie nicht zugeben. »Und – wohin fliegen wir?«

»Sag ich doch: Rio. Wir treffen uns morgen Mittag in München am Flughafen. Klar?«

»Ja, aber …«

»Süße, versteh doch, ich kann am Telefon nicht offen reden. Also frage ich nur noch einmal: Kommst du mit? Wenn du nicht willst, könnte ich noch eine andere fragen. Aber mit dir würde ich am liebsten dieses neue, aufregende Leben in Südamerika anfangen.« Er lachte. »Du, stell dir vor: Immer Sonne. Strandleben vom Feinsten. Keine Sorgen mehr. Ich keine kleinkarierten Kollegen, du keine Regisseure, die dein Talent nicht erkennen …«

Sekundenlang blieb es still in der Leitung. »Okay, ich komme mit.« Vanessas Stimme klang schrill vor Aufregung. »Da muss ich aber noch einiges besorgen. Und packen, und …«

»Kaufen kannst du dir in Rio, was immer du willst.« Markus verdrehte die Augen. »Mach einfach schnell mit den Tickets. Ich warte auf dich im Hilton.«

»Gut. Bis dann.«

Vanessa vollführte einen Freudentanz, nachdem sie aufgelegt hatte. Markus hatte sie eingeladen, mit ihm nach Rio zu kommen. Er hatte Geld. Viel Geld offensichtlich. Was mochte das für ein toller Deal sein, den er da eingefädelt hatte? Egal. Ganz egal. Sie warf die Arme in die Luft. Keine billigen Rollen mehr. Keinen Sex mehr mit irgendeinem Typen, der beim Film angeblich was zu sagen hatte – und sich dann doch als Niete herausstellte.

Kurz dachte sie an Rick. Auch ihn konnte sie abhaken, diesen spießigen Langweiler. Sollte er mit seiner Gärtnerin doch glücklich werden! Am besten auf diesem alten Weingut, für das sich niemand interessierte.

Auf sie, Vanessa, wartete die große Welt!

Und Markus Borken. Ein toller, reicher Typ, der zu leben verstand! Mit ihr!

In den kommenden Stunden entfaltete Vanessa hektische Aktivitäten. Sie ging zum Friseur, packte zwei Koffer, löste ihr nicht allzu großes Konto auf und buchte per Internet zwei Flüge nach Rio. Anschließend versuchte sie, ihren Agenten anzurufen, dem sie mit Freuden unter die Nase reiben wollte, dass sie ab sofort Besseres zu tun hatte, als auf Minirollen zu warten. Als sie ihn nicht erreichte, zuckte sie lässig mit den Schultern.

Auch egal. Irgendwann merkt er, dass ich weg bin. Soll der Idiot doch sehen, wen er ab jetzt ausbeuten kann. Ich stehe nicht mehr zur Verfügung, dachte sie.

Sie schlief nur wenig in der Nacht, trank am Morgen hastig eine Tasse Kaffee, dann stieg sie in den ersten Zug nach München.

51

Markus Borken hatte nur einen kleinen Trolley bei sich, als er sein Apartment in Zürich verließ. Er war nervös, das linke Augenlid zuckte unentwegt, und kalter Schweiß stand ihm auf der Stirn.

Vor einer Stunde hatte Jack wieder angerufen. Diesmal hatte er offenbar ein fremdes Handy benutzt – und er, Markus, war prompt drangegangen. Wüste Beschimpfungen, Drohungen, Mahnungen, Bitten und dann wieder weibisches Jammern ... Jack drehte total durch drüben in London.

Noch einmal versuchte Markus, ihn zu beschwichtigen, und als Jack nicht aufhörte mit dem lautstarken Lamentieren, legte er einfach auf. Sollte der Typ doch sehen, wie er aus der Sache rauskam. Er, Markus, war in spätestens vierundzwanzig Stunden in Sicherheit!

Er verschwendete kaum einen Gedanken an seine Mutter. Von der Panik getrieben, dass man ihm in den nächsten Tagen mit großer Wahrscheinlichkeit auf die Schliche kommen würde, hatte er nur eins im Sinn: Flucht!

Vanessa war zunächst mal ziemlich nützlich in ihrer Naivität. Zudem würden die ersten Tage mit ihr sicher amüsant werden. Sie war ein scharfes Luder, und solange sie nicht spitzkriegte, dass er kaum Geld hatte, würden sie sich miteinander vergnügen können. Rio war exakt der richtige Ort dafür.

Was später geschah, interessierte ihn im Moment herzlich wenig. Es galt nur, so schnell als möglich aus Europa zu verschwinden. Jack in London musste schon allein aus dem Schlamassel herauskommen, er, Markus, sonnte sich dann hoffentlich schon am Strand in Rio. Ein Glück, dass man ihn von dort nicht an die deutschen Behörden ausliefern konnte.

Er warf sich die Lederjacke über die Schultern und ging die zwei Treppen des modernen Apartment-Hauses herunter. Vor dem Haus wartete bereits das Taxi, das ihn zum Flughafen bringen sollte.

Er war nur noch zwei Schritte von dem Wagen entfernt, als zwei Männer auf ihn zukamen und kurz ihre Dienstausweise zückten.

»Markus Borken?« Der ältere der beiden, ganz klassisch in einen hellen Trench gekleidet, schaute ihn fragend an.

»Ja. Um was geht's denn? Ich bin in Eile.«

»Das kann ich mir gut vorstellen. Wie ich sehe, wollen Sie verreisen. Tut mir leid, aber daraus wird nichts. Sie sind verhaftet.«

»Warum? Was fällt Ihnen denn ein? Ich werde mich beschweren!«

Der jüngere Beamte grinste nachsichtig. »Tun Sie das. Aber erst nach den Vernehmungen. Sie werden der Unterschlagung, der Veruntreuung von Kundengeldern und einiger Devisenvergehen beschuldigt.«

»Das ist ein Irrtum! Sie haben den Falschen.« Er wollte sich losreißen, doch der ältere Mann hielt ihn eisern fest.

»Kommen Sie erst mal mit. Am besten ohne Aufsehen, das kann nur in Ihrem Interesse sein.«

»Ich hab nichts verbrochen! Lassen Sie mich endlich gehen. Ich hab Termine!«

»Ja, mit uns und den zuständigen Anwälten.«

»Sie können mir gar nichts beweisen.«

»Doch. Wir können. Sonst hätten wir wohl keinen Haftbefehl gegen Sie erwirken können.« Der ältere Beamte schob ihn in den Wagen. »Hören Sie mit dem Leugnen auf. Je eher Sie alles eingestehen, desto rascher sind Sie wieder draußen.«

Markus gab auf. Man musste einfach wissen, wann man verloren hatte. Und er hatte dieses Spiel ganz offensichtlich verloren.

In München wartete Vanessa drei Stunden auf ihn. Immer wieder sah sie auf die Uhr – aber von Markus keine Spur. Sie ging nervös auf und ab, kontrollierte, ob sie bei der richtigen Airline stand, hastete zum Informationsstand und ließ Markus ausrufen. Ohne Erfolg.

Die Maschine nach Rio stand schon bereit, das Boarding begann. Und noch immer keine Spur von Markus. Zum wiederholten Mal versuchte sie, ihn anzurufen, erneut ohne Erfolg. Sein Handy war abgeschaltet.

Drei Stunden wartete Vanessa. Das Flugzeug nach

Rio war bereits gestartet, ihre Nervosität wandelte sich in Wut. Was fiel Markus ein, sie zu versetzen? Wieder versuchte sie, ihn anzurufen, wieder erfolglos. Es blieb ihr schließlich nichts anderes übrig, als total frustriert nach Hause zurückzufahren.

52

»Wir müssen den Plan ändern. Der Enkel des Alten ist wieder da und wohnt auf dem Weingut.«

»Verdammte Scheiße! Und jetzt? Ich stehe auf Abruf bereit, der Tank ist schon auf dem Lkw. Was mache ich denn jetzt?«

»Warten, bis ich dir Bescheid gebe, dass alles wieder glatt läuft. Irgendwie müssen wir den Alten und seinen Enkel ausschalten.«

»Ohne mich! Da spiel ich nicht mit, das weißt du genau, Dietmar. Keine Gewalt! Beim Weinpanschen bin ich dabei, ich verkaufe dir auch unter der Hand die teuren Flaschen, die du abzweigen kannst, aber das ist dann auch schon alles.«

»Ja, ja, schon gut. Ich habe ja nicht gesagt, dass ich die beiden umlegen will. Das ist mir deine Ladung Billigwein nun auch wieder nicht wert.«

Eine Weile blieb es am anderen Ende der Leitung still, dann meinte der Italiener: »Drei Tage kann ich noch warten, dann muss die Ladung vom Hof. Ich kann keine blöden Fragen von meinen Leuten riskieren. Und meine Schwester ist auch schon aufmerksam geworden.«

»Mit der wirst du hoffentlich fertig.«

»Das ist nicht so einfach. Sie versteht mindestens so viel von unserem Job wie wir. Und sie ist in letzter Zeit misstrauisch geworden.«

Dietmar verdrehte die Augen, was sein Komplize zum Glück nicht sehen konnte. »Ich rufe an, sobald es losgehen kann. Verlier nur nicht die Nerven!«

Die Antwort, die aus einem langen italienischen Fluch bestand, hörte er nur noch halb. Als er aufgelegt hatte, barg er für einen Moment den Kopf in den Händen. Verdammt, er hatte wirklich gehofft, hier am Bodensee das schnelle Geld machen zu können. Über den alten Meiningen hatte er sich informiert, er wusste, dass auf dem Gut exzellenter Wein gemacht wurde, aber auch, dass der alte Mann nicht mehr alles im Griff hatte, nachdem sein Kellermeister schwer erkrankt war.

Wenn es ihm gelang, zwei der fünf großen Tanks mit Billigwein zu versetzen und stattdessen die besten Qualitätsweine in Flaschen abzufüllen, ließ sich ein guter Gewinn erzielen. Die ersten Kartons hatte sein Freund bereits zu Geld gemacht. Es waren Testverkäufe gewesen, aber auch die paar Tausender Gewinn taten seinem Konto sehr gut.

Dietmar stand auf und ging quer über den Gutshof zum alten Weinkeller, der halb in den Berg eingelassen worden war. Seit fast zweihundert Jahren wurden hier die besonders edlen Tropfen gelagert. Ottmar Meiningen nannte das mit Ziegeln ausgekleidete Gewölbe »meine Schatzkiste«.

Die Tür stand offen, und Dietmar Krawitzky runzelte die Stirn. Wer, zum Kuckuck, trieb sich um diese Zeit hier herum? Außer dem alten Meiningen hatte nur er einen Schlüssel zu diesem Gewölbe.

»Hallo!« Er ging ein paar Schritte in den nur von wenigen Neonlampen erleuchteten Raum hinein. »Hallo, ist da jemand?«

»Ich bin's, Herr Krawitzky.« Mit zwei besonders guten Flaschen unterm Arm kam Rick hinter einem alten Eichenfass hervor. »Ich habe mir zwei Flaschen geholt.«

»Ach so. Ja, dann ...« Dietmar schluckte. »Dann ist ja alles in Ordnung.« Ein Glück, dass dieser Schauspieler die Bestände nicht kennt, dachte er. Seinem Großvater wäre wahrscheinlich aufgefallen, dass etliche Lagerbestände fehlten.

»Schließen Sie dann ab? Ich wollte gleich losfahren«, sagte Rick.

»Klar doch. Viel Spaß mit dem Wein. Er ist wirklich ausgezeichnet.«

»Mein Lieblingsjahrgang. Hoffen wir, dass der diesjährige genauso gut wird.«

Dietmar schüttelte den Kopf. »Das wage ich zu bezweifeln, aber gut wird er mit Sicherheit werden, das kann ich schon versprechen. Es müssen nur noch ein paar Sonnentage kommen.«

Rick nickte, dann ging er zu seinem Wagen, legte die Flaschen vorsichtig auf den Beifahrersitz und startete den Motor. Das erleichterte Aufatmen des neuen Kellermeisters bekam er nicht mehr mit.

In den nächsten beiden Tagen kümmerte er sich tagsüber um seinen Großvater, der zu einer weiteren Untersuchung zum Arzt gefahren werden musste, dann um Johann Kayser, der endlich einen Rehaplatz in Radolfzell bekommen hatte.

»Bin ich froh, dass er hier in der Nähe ist«, meinte Gertrud. »So kann ich hin und wieder zu ihm.«

»Erzähl ihm nichts von den Schwierigkeiten auf dem Gut«, bat Rick. »Ich weiß auch nicht genau, was schiefläuft, aber Elmar hat mich gestern angesprochen und gemeint, man müsse dem neuen Kellermeister auf die Finger schauen.« Elmar war einer der älteren Arbeiter, der im Ort wohnte und seit fast zwanzig Jahren für die Meiningens arbeitete.

»Ach, du liebe Güte, der nicht auch noch«, murmelte Gertrud. »Ich habe auch so ein ungutes Gefühl. Aber dein Großvater denkt, dieser Krawitzky wäre kompetent und zuverlässig.«

»Morgen schau ich mir mal die Fässer an«, versprach Rick. »Wenn die nicht penibel sauber sind vor der neuen Weinlese, knüpf ich mir den Mann vor.«

»Aber du musst doch bald wieder fort«, wandte Gertrud ein.

»Nächste Woche erst. Und das auch nur für ein paar Tage.« Er gab der Haushälterin einen Kuss auf die Wange. »Mach dir keinen Kopf, ich kümmere mich darum.«

Die kommenden Abende und Nächte verbrachte er bei Bettina. Der Sommer zeigte sich von seiner besten Seite. Es war auch abends noch angenehm warm, so dass sie nach einem kleinen Spaziergang am See entlang gemütlich in einem der vielen Lokale einkehren und draußen sitzen konnten.

Die Nächte waren erfüllt von Liebe und Zärtlichkeit. Nur hin und wieder dachte Bettina daran, dass Rick sie in wenigen Tagen wieder verlassen würde. Er musste noch einmal nach New York.

»Heute wird's spät werden bei mir«, sagte Bettina, als sie morgens in Ricks Armen aufwachte. Sie küsste ihn und streichelte ihm die stoppelige Wange. »Tut mir leid, aber wir haben eine Besprechung wegen des gräflichen Schlossfestes. Du weißt, das findet immer Anfang Oktober statt und muss sorgfältig geplant werden.«

»Das ist grausam.« Rick küsste sie lange. »Du musst mich sofort trösten.«

»Und wie?«

Er lachte verliebt. »Das zeig ich dir sofort.«

Es dauerte noch eine Weile, bis sie endlich aufstanden. Bettina war spät dran, und auch Rick musste sich beeilen.

»Ruf mich an, wenn du fertig bist. Wir treffen uns dann gleich hier.« Ein letzter Kuss.

»Mach ich. Viel Spaß im Weinberg.« Sie lachte. »Sieh zu, dass du dir keinen Sonnenbrand holst. Das schadet dem Teint des Filmhelden.«

»Spotte du nur! Ich muss eben immer wieder zusehen, dass mir meine weiblichen Fans treu bleiben.«

»Eitler Affe!« Sie lachte. Glücklich. Sicher, dass dieser Traummann nur sie liebte. Ihre Eifersucht, die sie so oft schon gequält hatte, war überwunden.

»Biest! Aber ich liebe dich.«

»Und ich liebe dich.«

Sie winkte ein letztes Mal, dann bog sie mit ihrem Rad um die nächste Kurve und war aus seinem Blickfeld verschwunden.

Rick fuhr, nachdem er einige Besorgungen für Gertrud erledigt und noch ein Rezept in der Apotheke eingelöst hatte, zurück nach Nonnenhorn.

Gertrud war nirgendwo zu sehen, sein Großvater lag in dem alten Sessel in seinem Büro und schlief tief und fest. Neben ihm, auf dem runden kleinen Glastisch, stand eine Flasche Rotwein. Im Glas befand sich noch ein Rest. Rick grinste. Da hatte sich der Großvater am helllichten Tag wohl einen Tropfen zu viel gegönnt!

Kurz rüttelte er ihn an der Schulter, doch Ottmar reagierte nur mit einem leisen Grunzen.

»Dann nicht«, meinte Rick schmunzelnd und zog sich leise wieder zurück.

Die Männer waren alle im Weinberg, er sah zwei der Traktoren an den Hängen stehen.

»Das trifft sich gut«, sagte er sich und beschloss, gleich heute die Fässer zu kontrollieren. Schon als Junge war er, mit einer Kerze bewaffnet, in die großen Holzfässer gestiegen und hatte sie unter der Anleitung des Großvaters gereinigt. Viele von Ottmar Meiningens Kollegen hatten sich ein Dampfstrahlgerät zugelegt, um die wertvollen Barriquefässer zu reinigen, doch der alte Winzer hielt von dieser Methode nichts. Seiner Erfahrung nach schadete der hohe Druck dem Holz, und auch die Fassdauben konnten beschädigt werden.

Auf Gut Meiningen wurden die Fässer, wenn notwendig, mit einer Fassbürste und einem normalen Wasserstrahl gesäubert. Allerdings musste man darauf achten, wirklich sorgfältig zu arbeiten. Falls sich viel Weinstein abgelagert hatte, konnte es passieren, dass sich zwischen Fasswand und Weinstein Schmutz abgelagert hatte, der die neue Befüllung negativ beeinflussen könnte. Sauberer Weinstein hingegen konnte ruhig im Fass belassen werden.

Rick stieg nun, wie er es vom Großvater gelernt hatte, mit einer Kerze ins Fass. Solange die Flamme flackerte, hatte er selbst genug Sauerstoff zur Verfügung. Dieses ebenso einfache wie lebensrettende Mittel wurde weltweit angewandt.

Er kontrollierte das erste Barriquefass, das exakt zweihundertfünfundzwanzig Liter fasste. Dann kamen die beiden großen alten Behälter dran, und Rick musste vorsichtig hineinklettern. Wieder zündete er die Kerze an, die ganz ruhig brannte.

Beim letzten Fass stieß er einen unterdrückten Fluch aus. Das 10 000-Liter-Fass war nur unvollständig gereinigt. Schon nach einem kurzen Blick stellte er das fest und machte sich daran, mit Wasser und Bürste nachzuarbeiten.

Die Kerze flackerte ruhig – bis Rick auf einmal einen Luftzug verspürte. Im nächsten Moment wurde die Öffnung des großen Fasses geschlossen.

»Verdammt noch mal, was soll denn der Unsinn?« Er schlug mit der Holzbürste gegen die Fasswand. »Aufmachen!«

Doch nichts geschah! Rick rief noch mehrmals um Hilfe, er versuchte, sich von innen gegen die Fassöffnung zu stemmen, doch sie gab nicht nach. Gekrümmt harrte er eine Weile in seinem hölzernen Gefängnis aus, versuchte, sich zu beruhigen und so normal wie möglich zu atmen. Dann rief er wieder um Hilfe, schlug gegen die Wände und versuchte, so auf sich aufmerksam zu machen.

Zwischendurch zündete er die Kerze wieder an, doch die Flamme erlosch nach wenigen Minuten.

Jetzt nur nicht die Nerven verlieren. Und vor allem: Nicht ohnmächtig werden! Er atmete flach, wollte so wenig Sauerstoff wie möglich verbrauchen.

Und von draußen war immer noch nichts zu hören. Niemand schien in den Keller zu kommen.

Niemand vermisste ihn.

Verdammt, warum war er auch allein in das große Fass geklettert? Das sollte man unter keinen Umständen tun, schon als Junge hatte man es ihm eindringlich erklärt, und immer hatte man sich auf dem Gut an diese Sicherheitsvorkehrung gehalten.

Ich wollte ja nur mal kurz einen kontrollierenden

Blick ins Fass werfen, dachte er. Dass ich länger hier drinbleiben und nachsäubern müsste, habe ich nicht bedacht.

Sein Atem ging flach, er spürte, dass sich kaum noch Sauerstoff in seinem hölzernen Gefängnis befand.

Er bot alle Willenskraft auf und rief noch einige Male laut um Hilfe.

Vergeblich!

Rick verlor das Bewusstsein.

53

Bevor das Taxi das alte schmiedeeiserne Tor zum Weingut passierte, überprüfte Vanessa noch einmal ihr Make-up. Rick sollte nicht sehen, dass sie seit zwei Nächten nicht mehr richtig geschlafen hatte. Er durfte überhaupt nichts davon mitkriegen, dass sie völlig am Ende war.

Ihre Wohnung in einem der riesigen Wohnblocks am Stadtrand von Berlin war ihr gekündigt worden, da sie vier Monate mit der Miete im Rückstand war. Das Konto war, dank Markus' gütiger Mithilfe, leer. Und ein neuer Job war auch nicht in Sicht.

Bis gestern hatte sie immer wieder versucht, Markus zu erreichen. Dann, endlich, war jemand ans Handy gegangen. Zu ihrem Entsetzen war es allerdings ein Kriminalbeamter, der sie nach ihrer Beziehung zu Markus befragte.

»Wir sind ... Bekannte«, hatte sie zögernd erwidert. »Was ist denn mit ihm?«

»Er bleibt für eine Weile unser Gast.« Ein kurzes

Räuspern, dann die Frage: »Wer sind Sie? Könnte ich bitte Ihren Namen erfahren?«

»Nadine. Nadine Berger.« Damit hatte sie aufgelegt – und erleichtert aufgeatmet, weil sie für diesen Anruf das Prepaid-Handy einer Nachbarin benutzt hatte. Sie hatte, nachdem sie Markus nie erreicht hatte, schon den Verdacht gehabt, er wäre ohne sie losgeflogen und wolle nicht mehr mit ihr reden. Den Zahn hatte sie ihm ziehen wollen und mit einem fremden Mobiltelefon angerufen.

Ein Glück, dass sie nicht den eigenen Apparat genommen hatte! Einen Skandal konnte sie nun absolut nicht gebrauchen! Schon gar nicht, wenn sie sich zurück zu Rick schleichen wollte.

Was, zum Teufel, hatte Markus nur angestellt, dass ihn die Bullen einkassiert hatten?

Sie zuckte mit den Schultern. Egal. Er war passé. Der Traum von einem Leben in Luxus ausgeträumt.

Vanessa hatte kurz geheult und eine Weile getobt, dann hatte sie die letzten Dinge, die von Wert waren, in einen Koffer gepackt. Den und einen der beiden anderen Koffer, mit denen sie eigentlich nach Rio hatte fliegen wollen, deponierte sie am Bahnhof. Dann löste sie eine Fahrkarte an den Bodensee. Sollte der Vermieter, dieser engstirnige Bürokrat, mit ihren Möbeln selig werden!

Sie musste jetzt zu Rick. Er war eine Konstante in ihrem Leben. Wenn er auch behauptete, sie nicht zu lieben, so würde er ihr aus alter Freundschaft bestimmt helfen.

Sie brauchte unbedingt Geld. Und eine Bleibe. Vielleicht konnte Rick ihr auch noch mal eine Rolle verschaffen. Er war schließlich gut im Geschäft.

Das Taxi hielt, und Vanessa suchte den letzten Schein aus ihrer Tasche. Niemand war zu sehen, also musste sie wohl selbst bezahlen.

Der Taxifahrer nahm den Schein reglos entgegen. Nur zwei Euro Trinkgeld blieben ihm – kein Grund, der langbeinigen jungen Frau länger nachzusehen oder ihr gar das Gepäck zum Haus zu tragen.

Vanessa stand etwas ratlos vor dem alten Gutshaus. Niemand war zu sehen, nicht mal Ricks Sportwagen konnte sie entdecken. Sie kniff die Lippen zu einem schmalen Strich zusammen. Ob er schon wieder bei dieser Gärtnerin war? Was fand er nur an diesem unattraktiven Geschöpf?

Gerade, als sie an der Haustür läuten wollte, wurde diese von innen geöffnet.

»Sie? Was wollen Sie denn hier?« Auf zwei Krücken gestützt, stand Ottmar Meiningen im Türrahmen. Zwischen seinen Beinen schoss Sammy hindurch, wild kläffend sprang er an Vanessa hoch, die ihn nur mit Mühe abwehren konnte.

»Ist Rick nicht da?« Vanessa ließ sich von Ottmars mürrischer Miene nicht beeindrucken.

»Keine Ahnung. Aber selbst wenn ... er will bestimmt nicht mit Ihnen reden.«

»Das würde ich dann lieber von ihm hören.« Vanessa nahm ihren Koffer hoch. »Ich warte drinnen auf ihn.«

»Kommt ja gar nicht in Frage!« Ottmar hob die rechte Hand und wedelte mit der Krücke durch die Luft. »Es ist warm, Sie können sich draußen hinsetzen. Ich bin krank und brauche meine Ruhe.« Er sah zu Sammy hinüber, der erst mal an einem Strauch pinkelte, dann mit langen Sätzen hinüber zum Weinkeller raste. Dort stand er vor der verschlossenen braunen Holztür und kläffte wie verrückt.

»Was hat denn der Hund?« Stirnrunzelnd sah Ottmar zu Sammy hinüber, der sich wie wild gebärdete.

»Keine Ahnung.« Vanessa zuckte mit den Schultern.

»Da stimmt was nicht.« Ottmar machte einen Schritt aus der Tür. »Gertrud!« Er drehte sich um und rief noch zweimal nach der Haushälterin. »Verflixt, immer wenn man sie braucht, ist sie nicht da.« Er strich sich übers Haar. »Dann sehe ich eben selber nach.«

Vanessa zögerte, ob sie nicht einfach ins Haus gehen sollte, zog es dann aber vor, hinüber zum Freisitz zu gehen und sich dort an dem alten Tisch niederzulassen. Lässig schlug sie die langen Beine übereinander und wartete.

Ottmar humpelte hinüber zum Weinkeller, mühsam schob er den breiten Riegel von der Tür und rief Ricks Namen. Der Hund flitzte an ihm vorbei. Kläffend, aufgeregt.

Der alte Winzer schaltete alle Lampen ein und schaute sich um – nichts. Er kontrollierte die ersten Tanks, alles schien in Ordnung zu sein. Langsam ging er weiter in die Tiefe des Raums hinein. Er fühlte sich elend, hatte rasende Kopfschmerzen. Das konnte wahrhaftig nicht an dem einen Glas Rotwein liegen, das er sich mit einer Scheibe Schwarzwälder Schinken zum zweiten Frühstück gegönnt hatte.

Danach war er ... Ja, was war dann passiert? Er hatte einen Blackout. War einfach im Sessel eingeschlafen.

Sehr seltsam!

Seltsam war auch Sammys Verhalten. Der Hund kam zurück zu ihm, sprang an ihm hoch und bellte wieder wie irre.

»Ja, ja, ich komme ja schon. Was willst du mir denn zeigen?« Er ging weiter in den Raum hinein, konnte aber nichts Ungewöhnliches entdecken. Nur Sammy stand, immer noch bellend, vor einem der Fässer. Er wollte sich einfach nicht beruhigen, kratzte am Holz, sah dann wieder zu Ottmar auf, um dann wieder an dem großen Fass hochzuspringen.

»Rick? Rick, bist du hier?« Noch einmal rief der alte Winzer nach seinem Enkel.

Nichts. Keine Reaktion.

Nur Sammy bellte weiterhin laut und aufgeregt.

»Also gut, dann mache ich das Ding auf. Was soll denn da sein? Höchstens noch ein Rest Wein.«

Er öffnete den großen Deckel, nahm eine der alten Lampen, die auf den Fässern lagen, und leuchtete hinein – und stieß einen Schrei aus.

»Richard! Junge!« Er beugte sich, so tief er konnte, ins Innere des Fasses. »Junge … wach auf! Richard!« Immer wieder versuchte er, ihn zu fassen, aber es gelang ihm nicht. Schließlich musste Ottmar einsehen, dass er allein nichts ausrichten konnte.

So schnell, wie es seine Verletzung zuließ, lief er hinaus und winkte Vanessa aufgeregt zu. »Schnell, wir brauchen einen Notarzt!«

»Rick! Was ist mit Rick?« Vanessa sprang auf, knickte mit ihren hohen Absätzen prompt um und schrie unterdrückt auf.

»Er ist ohnmächtig geworden. Im Tank. Wir brauchen einen Arzt. In der Diele steht das Telefon. Und dann komm rüber, und hilf mir!«

Vanessa hörte die Panik aus seiner Stimme, schleuderte die High Heels von den Füßen und lief ins Haus. Der Notarzt war schnell bestellt, und kaum hatte sie die Zusage, dass der Wagen gleich losfahren würde, eilte sie quer über den Gutshof zu Ottmar Meiningen.

»Was ist denn mit Rick? Was hat er?« Verständnislos sah sie den alten Winzer an.

»Kohlendioxidvergiftung.« Der alte Mann keuchte. Schweiß stand ihm auf der Stirn, und er fuhr sich immer wieder aufgeregt durchs Haar.

»Und was jetzt?« Vanessa hatte nicht die geringste Ahnung, um welche Art der Verletzung es sich handelte. Sie lief neben Ottmar her ins Kellergewölbe.

Vor einem der Fässer blieb Ottmar stehen. Sammy saß vor der Öffnung und jaulte nur noch leise.

»Los, klettere rein, und versuch, ihn anzuheben. Ich nehme ihn von außen.« Unbewusst duzte Ottmar Vanessa wieder, es fiel ihnen beiden nicht auf.

»Ich? Ich ... soll da rein?«

»Nun mach schon. Ich kann das nicht mehr, das machen meine alten Knochen nicht mehr mit. Los doch!« Er schob sie ein Stückchen vor.

Nach einem kurzen Zögern kletterte Vanessa in das Fass. Sie konnte sich kaum bewegen, Rick lag quer auf dem Boden, er rührte sich nicht.

Vanessa bekam kaum Luft vor Angst. »Ist es immer noch gefährlich hier drin?«

»Nein, es kommt ja Frischluft rein. Aber Richard muss da raus.«

»Ja doch ... Er ist so schwer. Ich krieg ihn nicht richtig gepackt.« Sie keuchte, versuchte, eine bessere Position zu erlangen. Erst nach ein paar vergeblichen Versuchen schaffte sie es, Ricks Arme zu fassen zu kriegen und ihn wenigstens so weit zur Seite zu ziehen, dass sie selbst besser knien konnte. Jetzt gelang es ihr auch, ihn unter den Achseln zu packen und ihn ein Stückchen in Richtung der ovalen Öffnung zu bugsieren.

Ottmar streckte ihr beide Arme entgegen. Er achtete nicht auf die Schmerzen in seinem Bein, all seine Kraft setzte er daran, Rick aus dem Fass zu ziehen.

»Aufwachen, Junge! Nun mach schon!« Er schlug den Bewusstlosen auf die Wange, doch Rick reagierte nicht.

Von draußen hörte man die Sirene des Notarztwagens. Dann Stimmen. Aufgeregtes Rufen.

»Hierher! In den Weinkeller!«

Vanessa kletterte aus dem Fass, strich sich die Haare aus dem Gesicht und sah voller Panik auf Rick, der immer noch leblos auf dem Steinboden lag.

»Los, hol den Arzt her!« Ottmar wandte keinen Blick von seinem Enkel. Der alte Winzer war blass, sein Herz stolperte, aber er ignorierte es.

Auf nackten Füßen lief Vanessa los, stieß an der Tür fast mit dem Notarzt und den beiden Sanitätern, die ihm folgten, zusammen. »Da hinten liegt er. An dem großen Fass.«

Der erfahrene Notarzt warf nur einen Blick auf den Bewusstlosen. »Sauerstoff«, ordnete er an. Während die Sanitäter das Sauerstoffgerät holten, untersuchte er Rick kurz. Beruhigend nickte er Ottmar dann zu. »Das haben wir gleich«, versicherte er.

Schon kurze Zeit später schlug Rick die Augen auf. »Verflixt, was war denn da los?« Irritiert schaute er sich um.

»Sie waren arg leichtsinnig, allein in das Fass zu klettern«, erklärte der Notarzt. »Jetzt haben Sie eine ganz nette Kohlendioxidvergiftung.« Er kontrollierte noch einmal Ricks Puls. »Das wird ja schon wieder. Aber in die Klinik müssen Sie doch – reine Vorsichtsmaßnahme.«

»Die Fassöffnung war offen. Ich wollte doch nur kurz kontrollieren, ob alles sauber war.« Rick versuchte, sich aufzurichten, aber der Notarzt drückte ihn auf die Trage zurück. »Aber dann …«

»Ja?« Ottmar beugte sich über ihn. »Was ist passiert?«

»Ich weiß nicht …« Angestrengt dachte Rick nach. »Irgendwer muss die Luke geschlossen haben. Ich kam nicht mehr raus, und dann … dann wurde der Sauerstoff knapp.«

»Das klingt ja so, als hätte jemand vorsätzlich gehandelt.« Kopfschüttelnd sah ihn der Notarzt an. Er war etwa vierzig, hatte eine Halbglatze und kluge graue Augen. »Meinen Sie nicht, dass das ziemlich abenteuerlich klingt?« Er rollte das Stethoskop zusammen. »Sie waren leichtsinnig, allein in ein Weinfass zu steigen.«

»Da hat er recht. Ich hab dir schon früh genug eingebläut, niemals allein ein Fass zu reinigen! Das ist eins der ersten Dinge, die man auf einem Weingut lernt!«

»Sie sollten ihm jetzt keine Vorwürfe machen. Er muss erst mal zur Beobachtung in die Klinik.« Der Notarzt gab den Sanitätern ein Zeichen.

»Kann ich mit?« Vanessa drängte sich an Ricks Seite.

»Du? Was machst du denn hier?« Erst jetzt bemerkte Rick Vanessa.

»Ich habe dich gerettet, mein armer Darling!« Sie wollte sich über ihn werfen, aber der ältere der Sanitäter hielt sie mit einer schnellen Bewegung zurück.

»Großvater, ruf Bettina an«, bat Rick. Das Atmen fiel ihm immer noch schwer.

»Mach ich. Sofort, mein Junge.« Ottmar sah zu, wie Rick in den Krankenwagen geschoben wurde, der gleich darauf mit rotierendem Blaulicht vom Gutshof fuhr.

»Und jetzt?« Fragend sah Vanessa ihn an.

»Sie sollten heimfahren«, schlug Ottmar vor. »Danke für Ihre Hilfe, aber … Richard müssen Sie sich aus dem Kopf schlagen.« Er hielt Vanessa die Hand hin. »Ich werde rausfinden, wer diesen Anschlag auf den Jungen verübt hat.« Und auf mich, fügte er in Gedanken hinzu, denn ihm wurde klar, dass es nicht normal sein konnte, dass er nach einem einzigen Glas Rotwein länger als zwei Stunden tief und fest geschlafen hatte.

»Heimfahren! Pah! Wenn das so einfach wäre.« Vanessas Nerven lagen blank. Die Angst um Rick, aber auch um die eigene Zukunft raubten ihr die Fassung. Hemmungslos begann sie zu weinen. »Ich habe kein Zuhause mehr.« Verzweifelt blickte sie Ottmar an. »Ich bin pleite. Total pleite.«

»Ach, Mädchen …« Der alte Mann legte ihr die Hand um die Schultern. Er mochte Vanessa zwar nicht sehr, hielt sie für eitel und oberflächlich, aber jetzt tat sie ihm doch leid. Außerdem hatte sie geholfen, Richard zu retten, schon allein deshalb konnte sie auf seine Hilfe rechnen. »Komm erst mal mit rein. Wir werden schon einen Ausweg finden.«

54

Hör auf, dich zu grämen, Sabine. Du kannst doch wirklich nichts dafür. Dein Sohn ist erwachsen, er hat genau gewusst, was er tat.« Sacht strich Konstantin Reintaler über Sabines zuckende Schultern.

Es war früher Abend, und vor einer Viertelstunde hatten zwei Polizisten den Blumenladen verlassen. Nur kurz hatten sie Sabine vernommen und rasch festgestellt, dass sie von den Machenschaften ihres Sohnes nicht die geringste Ahnung gehabt hatte. Fassungslos, völlig geschockt hatte Sabine erfahren müssen, dass Markus verhaftet worden war.

Seit vorgestern saß er in der Schweiz in Untersuchungshaft, wegen diverser Delikte wurde gegen ihn ermittelt. Sein Arbeitgeber hatte ebenso Anzeige erstattet wie einige der Bankkunden, die er um hohe Beträge betrogen hatte. Devisenvergehen, Veruntreuung, Steuerhinterziehung ... die Liste der Anklagepunkte war lang.

»Ich schäme mich so.« Sabine saß zusammengesunken auf einem Stuhl im Hinterzimmer ihres Ladens. »Wie konnte er so etwas nur tun?« Sie schluchzte auf. »Und ich habe ihm auch noch geholfen!«

»Wieso das denn?«

»Die Blumenkartons ... ich habe doch geahnt, dass es nicht mit rechten Dingen zuging, als er immer wieder Rosen in den großen Kartons mitnehmen wollte. Aber auf die Idee, dass er darin Schwarzgeld von Deutschland in die Schweiz schmuggelt, wäre ich nie gekommen. Was soll ich denn jetzt machen?«

»Du kannst nicht viel tun. Deinem Sohn einen guten Anwalt besorgen – das ist aber auch schon alles. Er ist erwachsen und für seine Taten ganz allein verantwortlich.« Konstantin küsste sie zärtlich auf die Wange. »Komm, wir schließen ab und fahren zu mir.«

»Aber ...«

»Keine Widerrede.« Er zog sie hoch.

Blaue Schatten krochen hinter den Bergen empor, die sich wie stumme Wächter hinter dem schweizerischen Seeufer erhoben. Die Sonne stand schon tief, und ein leichter Wind wehte die ersten Blätter von den Bäumen. Es war deutlich zu spüren, der Sommer neigte sich dem Ende zu.

Auf den Felder ringsum waren die Bauern bei der

Ernte, und auch auf den Obstplantagen herrschte reger Betrieb. Die ersten Äpfel waren reif, ebenso frühe Birnensorten.

Während sie mit der Fähre über den See fuhren, sprachen sie nur wenig. Sabine war froh, dass Konstantin ihre Hand hielt, seine Nähe tröstete sie, wenn auch der Schmerz in ihrem Inneren kaum zu mildern war.

Wie hatte es so weit mit Markus kommen können? War es Leichtsinn? Hatte er sich, sein Können, überschätzt und war letztendlich mit der Situation überfordert gewesen? Sie suchte nach Ausreden, Erklärungen, nach Entschuldigungen. Und wusste doch, dass es all das nicht gab. Sie musste akzeptieren, dass Markus auf die schiefe Bahn geraten war – und dass er jetzt für seine Verfehlungen geradestehen musste.

»Wollen wir essen gehen, oder bleiben wir zu Hause?«, fragte Konstantin, als der Wagen von der Fähre rollte. Normalerweise stiegen sie aus und schauten aufs Wasser, wenn sie die Fähre von Meersburg nach Bregenz nahmen. Heute aber waren sie im Wagen sitzen geblieben, Sabine in ihre trüben Gedanken versunken, Konstantin bemüht, ihr wenigstens eine kleine Stütze zu sein. Aber er konnte, das wusste er, nicht mehr tun, als für sie da zu sein und sie spüren zu lassen, dass sie nicht allein war.

»Ich möchte heute nicht ausgehen.«

»Hab ich mir gedacht. Dann gibt es eben Brot und Käse.«

Er ließ es sich nicht nehmen, alles selbst aus der Küche zu holen. Sabine saß im Wintergarten und sah auf den See hinaus. Von fern glitzerten die Lichter von Bregenz zu ihnen herüber, und wenn man dicht ans Ufer trat, konnte man auch die Halbinsel Lindau sehen, die weit in den See hineinragte.

»Geht's dir besser?« Konstantin legte ihr die Hand auf die Schulter. »Hier, trink einen Schluck.« Er reichte ihr ein Glas Rotwein.

»Danke. Es geht schon wieder.« Sie nippte am Glas. »Es ist so friedlich hier …«

»Ja, das stimmt. Hier in diesem Haus kann man zur Ruhe kommen. Kraft schöpfen. Das war immer so.« Konstantin zögerte, dann sagte er: »Ich weiß, dass es heute vielleicht nicht der richtige Zeitpunkt ist. Oder gerade der rechte.« Er legte den Arm um Sabines Schultern. »Komm her zu mir, Sabine, bleib für immer hier. Wir sind nicht mehr jung genug, um lange zu warten. Ich liebe dich, und ich möchte nicht mehr ohne dich sein.«

Ungläubig sah sie ihn an. Sein Angebot überwältigte sie, und sie wusste zunächst gar nichts zu erwidern.

»Ich weiß, Antoinette ist noch nicht lange tot. Aber ich bin sicher, dass sie genau das gewollt hätte. Sie wollte immer nur mein Glück«, fuhr Konstantin leise fort. »Ich bin mir sicher, sie hat geahnt, dass es jemanden gab, den ich sehr mochte. Und sie hätte uns sicher Glück gewünscht. Sie war ein wunderbarer Mensch, und sie wird immer einen Platz in meinem Herzen haben.«

Sabine schwieg, doch sie schmiegte sich fester an ihn und legte ihre Hand auf seine, die immer noch auf ihrer Schulter lag. Eine Weile standen sie so da.

Und sie waren sich so nah wie nie zuvor.

Erst spät am Abend, als immer mehr Lichter entlang des Seeufers aufleuchteten, zog Konstantin Sabine in ein Zimmer, das er erst vor einigen Wochen hatte renovieren lassen.

»Ich weiß, dass du nicht gern in den Räumen sein möchtest, in denen Antoinette gelebt hat«, sagte er. »Deshalb habe ich einiges umbauen lassen und auch neue

Möbel gekauft. Ich hoffe, ich habe deinen Geschmack getroffen, und es gefällt dir.«

Sabine war sprachlos, als sie den in verschiedenen Beigetönen ausgestatteten Raum betrat. Wunderschöne Kirschholzmöbel standen an den Wänden, ein in hellbraunen Farbtönen und hellem Blau gewebter Seidenteppich lag unter einer blauen Sitzgruppe. Blickfang war ein kleiner, mit Intarsien geschmückter Schreibtisch vor einem der Fenster. Ein Strauß roter Rosen stand darauf.

»Ich weiß gar nicht, was ich sagen soll.«

»Mir genügt es, wenn du sagst, dass du dich hier wohl fühlen kannst.« Konstantin lächelte. »Es soll dein ganz eigenes Reich sein.«

Sabine sah sich um – und zuckte zusammen. »Die beiden Bilder von der Vernissage … du hast sie gekauft!«

Konstantin lächelte. »Sie haben dir doch so gut gefallen, da dachte ich, dass du dich freuen würdest, wenn sie hier hängen.«

Sabine nickte nur. Tränen standen ihr in den Augen, als sie sein Gesicht umfasste und ihn lange und innig küsste.

55

Die berühmte Dahlienschau auf der Blumeninsel war zu Ende, ebenso das gräfliche Schlossfest, das auch in diesem Jahr wieder besonders viele Besucher auf die Insel gelockt hatte. Jetzt waren die Angestellten damit beschäftigt, alles winterfest zu machen.

Der Herbst zog mit ersten kräftigen Stürmen übers

Land, und auf den Bergen, die sich hinter dem Schweizer Ufer erhoben, glänzte der erste Schnee.

Als Bettina an diesem Tag früher als sonst die Brücke überquerte, die von der Mainau aufs Festland führte, musste sie sich gegen den heftigen Sturm stemmen. Unter ihr tobten ungewöhnlich hohe Wellenberge, und die drei Schwanenpaare, die schon vor Jahren am Ufer ihre Nester gebaut hatten und dort regelmäßig ihren Nachwuchs aufzogen, saßen aufgeplustert im Trockenen und schützten ihre grauen Jungen. Die meisten Entenfamilien hatten im hohen Schilf, das sich an etlichen Uferböschungen ausbreitete, Schutz gesucht.

Schon vor einer halben Stunde war an die wenigen Segler, die auch um diese Jahreszeit noch ihrem Hobby frönten, eine Warnmeldung ergangen, und es war kein Boot mehr auf dem Wasser zu sehen, alle hatten die schützenden Häfen aufgesucht. Der Bodensee war berüchtigt für die raschen Wetterumschwünge, die das Gewässer für Wassersportler gefährlich machen konnten.

Bettina beeilte sich, zu ihrem Wagen zu kommen, den sie auf dem öffentlichen Parkplatz abgestellt hatte. Sie war mit Rick auf dem Weingut verabredet und hatte deshalb am Morgen gleich den Wagen genommen, um zur Arbeit zu fahren. Gestern erst war Rick von Dreharbeiten in München zurückgekehrt, und sie freute sich auf einen gemütlichen Abend mit ihm.

Nach seiner Vergiftung hatte er zwei Tage im Krankenhaus bleiben müssen, zum Glück aber keine größeren Beschwerden davongetragen. Mit Vanessa hatte er sich ausgesprochen, ihr für die Hilfe gedankt und versprochen, bei einem Produzenten, mit dem er schon oft zusammengearbeitet hatte, noch einmal ein gutes Wort für sie einzulegen.

»Danach sind wir quitt«, hatte er gesagt, und Vanessa musste endlich akzeptieren, dass sie sich auf ihn keine Hoffnungen mehr machen konnte. Sie war zurück nach Berlin gefahren, wo sie fürs Erste in der WG einer Kollegin unterkommen konnte.

Wie es zu Ricks Unfall hatte kommen können, stand immer noch nicht fest, die polizeilichen Ermittlungen waren noch nicht abgeschlossen. Fakt war nur, dass jemand vorsätzlich das Fass und auch die Tür zum Weinkeller wieder verschlossen hatte.

»Das war ein Mordversuch«, hatte der leitende Beamte festgestellt. »Wir werden der Sache weiterhin nachgehen.« Dass man schon einen konkreten Verdacht hatte, wussten nur Ottmar Meiningen und Johann Kayser. Johann war vor knapp einem Monat von der Reha zurückgekehrt und hatte gleich die Bestände kontrolliert. Was er herausfand, war so ungeheuerlich, dass Ottmar und er es zunächst nicht glauben mochten. Sie teilten ihren Verdacht der Polizei mit, und es war nur noch eine Frage der Zeit, bis man den Verdächtigen überführen konnte.

Zunächst aber schwiegen die beiden Männer beharrlich, um den Tatverdächtigen nicht zu warnen. Nicht einmal Gertrud ahnte etwas. Sie war nur froh, dass Johann wieder genesen war, und endlich bekannten sich die beiden offiziell zu ihrer Liebe. Noch vor Weihnachten wollten sie heiraten.

Rick und fünf Frauen, die bei der Lese geholfen hatten, fuhren gerade mit einem Traktor auf den Hof, als Bettina eintraf.

»Und wie bekommt dir das Alternativprogramm?«, fragte Bettina, nachdem sie sich mit einem langen Kuss begrüßt hatten. »Es ist doch sicher nicht einfach, wieder den Weinbauern zu geben, wo du vor einer Woche noch als Egmont geglänzt hast.«

»Spotte nicht«, erwiderte Rick und lachte. »Mir gefällt es im Moment sehr gut hier. Was allein an dir liegt.« Er gab ihr noch einen Kuss. »Komm ins Haus, es wird immer ungemütlicher«, meinte er dann. »Die anderen werden auch gleich hier sein.« Er überließ es einem der Arbeiter, die Reben zum Lagerhaus zu fahren, wo auch die moderne Weinpresse stand, die Ottmar vor fünf Jahren gekauft hatte.

»Seid ihr fertig geworden?«

»Ja, bis auf einen letzten Hang. Wir können nur hoffen, dass das Wetter noch ein bisschen hält und es nicht allzu stark regnet. Krawitzky wollte versuchen, dort noch vor dem Einbruch der Dunkelheit fertig zu werden. Er hat noch sechs Leute da im Einsatz.«

»Sollen wir nicht hinfahren und helfen?«

»Lasst ihn ruhig noch ein bisschen draußen. Es wird für lange Zeit sein letzter Aufenthalt an der frischen Luft sein.« Ottmar, der in seinem Lieblingssessel saß und in einer Fachzeitschrift geblättert hatte, stand auf und ging zum Fenster.

»Was meinst du denn damit?«

Der alte Winzer zuckte leicht mit den Schultern. »Johann hat endlich rausgefunden, dass dieser Krawitzky ein Schuft ist. Er hat uns betrogen und bestohlen. Und mit ziemlicher Sicherheit ist er es gewesen, der dich in dem Fass eingesperrt hat. Er brauchte nämlich für drei Stunden freie Hand.«

»Warum?«

»Weil er mit einem Komplizen Wein gepanscht hat. An dem Tag kam wohl eine Lieferung Billigwein aus Italien. Mir hat er irgendwas in den Wein geschüttet, ich hab einfach tief und fest geschlafen, und du …« Er sah auf seine alte goldene Taschenuhr, die an einer verschlungenen Kette an seiner Weste baumelte. »Du warst ihm im Weg, mit dir und deinem plötzlichen Auftauchen im Weinkeller hatte er gar nicht gerechnet.«

»Woher weißt du das?« Bettina ging zu Ottmar und begrüßte ihn mit einem Kuss. Sie mochte ihn sehr, und er hatte sie ins Herz geschlossen und sah eine Enkelin in ihr. »Das sind doch ziemlich abenteuerliche Theorien.«

Bevor Ottmar antworten konnte, fuhr ein dunkler Wagen vor, aus dem drei Männer stiegen.

»Das sind Oberkommissar Burgreuther und seine Kollegen. Sie haben sich für heute angesagt.«

»Und, wie wollt ihr diesen Krawitzky überführen?« Rick war immer noch skeptisch.

»Johann hat Weinflaschen mit gefälschten Etiketten gefunden. Im alten Schuppen am Nordhang. Eine ganze Wagenladung lagerte dort – gepanschter Wein von schlechter Qualität. Aber deklariert als unser prämierter Weißburgunder.« Er schnaubte wütend. »Wenn ich mir vorstelle, welcher Schaden uns da entstanden wäre, wenn wir das nicht bemerkt hätten …«

»Vor allem wäre das ein immenser Imageschaden gewesen«, warf Bettina ein.

»Du sagst es. Aber dem Kerl werden wir Feuer unterm Hintern machen. Der wird sich wünschen, nie im Leben nach Nonnenhorn gekommen zu sein!«

»Da kommt er schon!«

Ein Anhänger, beladen mit den letzten geernteten Reben, fuhr soeben auf den Hof. Zwei Arbeiterinnen sprangen vom Traktor, kaum dass er hielt.

Dietmar Krawitzky hatte den Motor noch nicht abgestellt, als er verhaftet wurde. Im ersten Impuls wollte er wieder Gas geben, ließ es aber sogleich. Flucht wäre sinnlos gewesen, das musste er einsehen.

»Seinen Komplizen haben die italienischen Kollegen auch schon dingfest gemacht«, berichtete Kommissar Burgreuther, der im Haus gewartet und die Verhaftung seinen Kollegen überlassen hatte. »Der wird allerdings glimpflicher davonkommen, schließlich kann man ihm keinen Mordversuch zur Last legen.«

»Ob man Krawitzky das beweisen kann?« Rick hatte Zweifel.

»Mal sehen. Das ist jetzt Sache der Staatsanwaltschaft. Wir haben unseren Job getan.«

»Und wir müssen jetzt versuchen, einige gute Fässer zu retten«, sagte Ottmar. »Aber wir werden massive Verluste haben.«

»Das lässt sich verschmerzen.« Rick legte seinem Großvater die Hand auf die Schulter. »Ich bin ja auch noch da. Mach dir keine Sorgen ums Gut.«

»Mach ich mir aber. Immer.«

»Vielleicht kann ich dir eine Sorge abnehmen.« Bettina stellte sich neben ihn. »Was hältst du davon, wenn du mir alles beibringst, was man als Winzer so wissen muss? Ich habe ja schon einige Kenntnisse aus der Landwirtschaft und der Gartenbautechnik, und einen besseren Lehrmeister als dich kann ich doch nicht kriegen.«

»Du willst wirklich ...« Ottmar verschlug es die Sprache.

»Ja, ich will.« Bettina lächelte hinter seinem Rücken ihrem geliebten Rick zu. Es war ein doppeltes Versprechen.

56

Sie schmeckte den Wind, der vom See herüberwehte. Sie spürte die Wärme der Sonne und hielt das Gesicht mit geschlossenen Augen dem Himmel entgegen.

Noch waren nur wenige Menschen unterwegs, dieser frühe Sonntagmorgen gehörte Bettina beinahe allein. Sie hatte in Sammys Begleitung eine Runde gejoggt und machte jetzt auf ihrer Lieblingsbank direkt am See eine kleine Pause. Der Hund lag zu ihren Füßen, er ließ die Entenfamilie, die sich ganz in der Nähe aufhielt, nicht aus den Augen. Leider hatte sein Frauchen, das sonst so viel Verständnis für ihn hatte, ihn angeleint, so dass er gezwungen war, dicht bei der Bank sitzen zu bleiben.

Bettina blinzelte, als ein Schatten auf sie fiel.

»Wie fühlen Sie sich, Frau Meiningen?« Sanft wurde sie von hinten umarmt und in den Nacken geküsst.

»Ganz wundervoll, Herr Meiningen.« Sie drehte sich nicht um, genoss es, dass Rick sie sanft zu massieren begann. »Hm, daran könnte ich mich gewöhnen.«

»Musst du gar nicht. Das kannst du jeden Morgen haben, musst nur nicht immer so früh aufstehen.« Diesmal küsste er sie zärtlich aufs linke Ohrläppchen. »Ich könnte dann noch ganz andere Stellen massieren.«

»Ein reizvolles Versprechen.« Sie drehte sich halb zu ihm um und zog seinen Kopf zu sich herunter. »Mal sehen, ob du daran nach zehn Jahren auch noch denkst.«

»Auch in dreißig noch!« Er machte einen Hechtsprung über die alte weiße Bank und setzte sich neben Bettina. »Du siehst süß aus. Und ich liebe dich heute noch mehr als gestern.« Er zog sie fester in die Arme. »Ich brauche eigentlich keine große Feier. Am liebsten würde ich sofort mit dir irgendwohin fahren, wo wir ganz allein sind.«

»Typisch Mann! Kaum hab ich meine Unterschrift unter die Heiratsurkunde gesetzt, denkst du, ich wäre dein alleiniges Eigentum.«

»Eine wunderbare Vorstellung!« Er grinste.

»Möchtegern-Macho!«

Sammy unterbrach das verliebte Geplänkel, indem er aufgeregt an der Leine zerrte und die Ente, die sich ihm so schamlos näherte, laut verbellte.

Rick stand auf. »Komm, wir müssen gehen, sonst kommen wir noch zu spät.«

Hand in Hand gingen sie an Obstwiesen und Weingärten entlang zurück zum Weingut. Vor drei Wochen hatte Rick einen Spielfilm mit internationalen Stars abgedreht, er war längere Zeit in Norwegen, Schweden und auf Island gewesen. Seine Bekanntheit nahm stetig zu, und er erhielt immer häufiger Angebote aus Übersee. Aber die Karriere war zweitrangig geworden, sein privates Glück ging ihm über alles. Und so lehnte er manches Angebot ab. Sein Zuhause war hier am Bodensee, hier waren nicht nur seine Wurzeln, hier tankte er Kraft, hier wollte er mit Bettina leben. Ein paar Wochen drehte er gern irgendwo im Ausland, aber über Monate wollte er nicht von daheim fort sein.

»Da seid ihr ja endlich!« Gertrud umarmte Bettina. »Die Friseurin wartet schon seit zehn Minuten, ist schon ganz nervös. Du musst dich endlich fertig machen!«

»Ohne uns fängt der Pfarrer eh nicht an«, erwiderte Rick.

»Ach, du … so kann auch nur ein Mann reden.« Gertrud schob ihn wieder aus dem Zimmer. »Zieh du dich auch um, und schau, dass du mit deinem Großvater schon losfährst. Die Braut kommt später nach, so, wie es sich gehört.«

»Ganz, wie du befiehlst, liebste Gertrud.« Rick umarmte sie übermütig, dann gab er Bettina noch einen Kuss. »Bis dann, Frau Meiningen. Lass mich nicht zu lange warten.«

Bettina nickte nur. So langsam spürte sie doch leichte Nervosität in sich aufsteigen. Die Trauung auf dem Standesamt am Tag zuvor war ziemlich unspektakulär verlaufen. Heute würde es wohl anders sein, eine große Hochzeitsgesellschaft war eingeladen worden.

In aller Eile duschte sie, dann ließ sie sich von Gertrud und Sabine in das weiße, schlicht geschnittene Brautkleid helfen. Der ovale Ausschnitt war mit einer dünnen Borte aus kleinen Seidenblüten verziert, einige dieser Blüten waren, wie zufällig hingetupft, auch auf dem leicht ausgestellten Rock zu finden.

Bettinas einziger Schmuck war eine dünne Platinkette, an der ein zierliches Kreuz mit Diamanten hing. Es war eins der wenigen Dinge, die sie von ihrer Mutter geerbt hatte, und sie hütete das Kreuz wie einen kostbaren Schatz.

Die Friseurin steckte ihr geschickt die langen Haare auf und befestigte den Spitzenschleier darin. Drei weiße kleine Rosen, verschlungen mit frischer Myrte, hielten die hauchzarte Pracht.

Den Brautstrauß hatten Bettinas Kollegen zusammengestellt: Hellgelbe Orchideenranken, weiße Rosen und Maiglöckchen waren zu einem länglichen Bukett gebunden, in das zartblättriges Efeu eingeflochten war.

Mit diesen Blumen waren auch die Kirchenbänke der Klosterkirche von Birnau geschmückt, ebenso der Hauptaltar.

Bettinas Herz klopfte aufgeregt, als Konstantin Reintaler seinen Wagen vor der rosafarben getünchten Barockkirche parkte, die sich weithin sichtbar am Südhang des Überlinger Sees erhob. Konstantin, der ebenso wie Sabine zum engsten Freundeskreis von Bettina und Rick gehörte, hatte es sich nicht nehmen lassen, seinen Wagen zu schmücken und damit die Braut zur Kirche zu chauffieren.

Neben Konstantin, der im letzten Herbst seine Sabine in aller Stille geheiratet hatte, saß Ottmar Meiningen, der in dem gediegenen schwarzen Anzug ganz fremd wirkte. Doch das Lächeln, mit dem er Bettina die Hand reichte und ihr aus dem Wagen half, war liebevoll vertraut und auch ein bisschen spitzbübisch.

»Auf geht's, Mädel, lassen wir den Richard nicht länger warten. Hast ihn lange genug zappeln lassen.«

»Aber geh, die anderthalb Jahre sind so schnell vergangen. Und bevor ich nicht meine Abschlussprüfung als Kellermeisterin hatte, wollte ich nicht aufs Gut kommen.«

»Dickkopf.« Er drückte ihr die Hand.

»Ich weiß. Darum pass ich ja so gut zu euch.« Sie zwinkerte ihm zu, bevor sie endlich die wunderschöne Kirche betraten.